JN103671

魔笛の調べ 3 SONGS OF MAGIC

ハーメルンの子ども

A THUNDER OF MONSTERS

S.A.パトリック 作
S. A. PATRICK
岩城義人 訳
YOSHIHITO IWAKI

評論社

A THUNDER OF MONSTERS

by S.A.Patrick

Japanese translation rights arranged with Luigi Bonomi Associates, London,
in conjunction with Intercontinental Literary Agency Ltd, London,
through Tuttle-Mori Agency, Inc., Tokyo

装画=藤原徹司（テッポーデジャイン。）
装幀=水野哲也（watermark）

魔笛の調べ3

ハーメルンの子ども

ドラゴンが棲み、笛ふきたちが音楽を魔法のように使う世界。図らずも世界を救うことになったパッチたちの冒険は、『ドラゴンの来襲』『消えたグリフィン』を経てなおも続く。ハーメルンの笛ふきの野望を打ちくだくべく、はなればなれになりながらも奮闘するパッチ、レン、そしてバルヴァー。いま彼らの最後の冒険がはじまる……。

これまでのあらすじ

十年前、ハーメルンの町から子どもたちをさらった男は、双子の兄弟を身代わりにして、すがたを消した。その男をつかまえるため、笛ふきの最高府である評議会が、〈大追跡〉を開始する――。

パッチ・ブライトウォーターは笛ふきの見習いだった少年で、その勇気は証明ずみ。**バルヴァー・ノップファーケアキル**は、ドラゴンとグリフィン（上半身と翼がワシ、下半身がライオンの想像上の生き物）のあいだに生まれたドラコグリフ。**レン・コブル**は魔法でネズミにされていたが、魔法をかけた**アンデラス**の友人のグリフィン、**アルケラン**を救い、人間にもどることができた。レンは変身の技術を学ぶことを決意する。

パッチたちは**ハーメルンの笛ふき**の居場所をつきとめた。邪悪な笛ふきは竜石でつくった黒い鎧をまとい、**黒騎士**とよばれていた。鎧は、言い伝えにある〈命の石〉をはめると完成し、それをまとう者は不死身になる。それだけはなんとしても阻止しなければならなかった。

パッチたちを助けるのは、十年前、ハーメルンの笛ふきと戦った〈八人〉のうちのふたり、**アリーア・コーリガン**と**トビアス・パラフォックス**。

ハーメルンの笛ふきをとらえるには、大勢の力が必要だった。トビアスは援軍をたのみにキントナー砦に向かい、アリーアはドラゴンたちの助けを借りるため、パッチ、レン、バルヴァーといっしょに、ドラゴンと人間が共存するゆいいつの街、スカモスへと向かった。けれどもスカモスは、**カスターカン**が率いるドラゴン軍に破壊されてしまう。パッチたちはどうすることもできずにスカモスを去った。残された道はひとつ。グリフィンの力を借りることだった。

パッチたちは〈クモの巣谷〉でトビアスが集めた援軍と合流するが、そこで絶体絶命の危機におちいる。ハーメルンの笛ふきは、彼らをはるかに上まわる数の軍勢を引き連れ、待ちぶせしていたのだった。

レンは仲間たちを救うため、ハーメルンの笛ふきにとらわれてしまう。パッチたちは、移動装置を使って逃げることができたが、移動した先は監獄のような島で、そこにはなんと死んだはずのバルヴァーの父**ギャヴァリー**がいた。その島は何者かがつくった〈**ベスティアリ**〉――すなわち、魔法使いが特殊な獣を飼っている場所だった。

一方、守護隊の英雄**ランデル・ストーン**と、その弟子**アーナー・ウィットロック**は、救援を要請しに、笛ふき評議会の拠点**ティヴィスキャン**へと向かう。評議会が信用できるかどうかはわからなかった。アリーアの予言は、評議員たちを裏切り者と警告していたからだ。

パッチたちは、その奇妙な島からぬけ出すことができるのか。ハーメルンの笛ふきにとらわれたレンの運命は。ランデルとアーナーは、ティヴィスキャンの協力を得られるのか、それとも裏切りにあうのか。

はたして彼らは、不死身になろうとしているハーメルンの笛ふきを、止めることができるのだろうか――。

第1章 孤軍 パッチ&バルヴァー

パッチ・ブライトウォーターは、崖から少しさがったところにすわり、見知らぬ海からのぼる朝日を見ていた。首にかけたひもには、フクロウの駒がぶら下がっている。〈キツネとフクロウ〉をするとき、レンが好んで使う駒だ。この奇妙な島にやってきて以来、朝が来るとパッチは決まって海をながめ、レンのことを考えていた。

これが三日目の朝だ。

近くに、バルヴァーがねむる洞窟があった。夜のあいだ、ドラコグリフの友人がそばにいないのはさびしかった。けれども彼は父とすごすべきだし、パッチは夕方には必ずバルヴァーを送り出すようにしていた。自分ならまったく平気だと言って。

もちろん平気ではなかった。けれども危険を感じていたわけではない。野営地にはアリーアもトビアスもいたからだ。彼らは名うての笛ふきで、アリーアに関してはすご腕の魔法使いでもある。ふたりだけでなく、四十人の戦闘隊の笛ふきと二百三十人の兵もいた。ハーメルンの笛ふきの捜索に協力してくれた三匹のグリフィンも。そのうちの二匹は、ひどい傷を負っていたが。危険を感じてはいない。けれどもどういうわけか、自分がひとりぼっちに思え、みじめな気持ちになるのだった。

前の晩、メルタ・ストライフはねむらずに、焚火の前にすわっていた。そのすぐそばで、傷ついた二匹のグリフィンたちがねむっていた。パッチはメルタのところに行ってたずねた。

「ねむれないの？」

メルタは首をふり、ねむっているクランバーとウィンテルのほうにあごをしゃくった。

「トビアスの話では、クランバーは快方に向かっています。しかし目を覚ますまでは油断できません」

クランバーは、動かさずにわき腹の包帯を交換できるよう片方の翼を体の上部に固定した形でねかされていた。その彼のとなりで、ウィンテルが翼のあいだに顔をうずめてねむっていた。クランバーの息があらい一方で、ウィンテルの呼吸は落ちついていた。しかし彼女は頭を強くなぐられていた。

「ウィンテルはどう？」パッチはたずねた。

「ずっとねむっています。ときどき目を覚ましますが、頭が混乱し、目の焦点も合っていません。あと数日様子を見ますが、それでどこまで回復するか」

パッチは数日前のことを思い返した。

彼らは、自分たちの作戦がうまくいくと信じていた。ハーメルンの笛ふきは、わずか数十名の兵を引き連れ、オーティングスの森にひそんでいるはずだった。竜石の鎧をつくり、これまで以上の力を得ていることは、彼らも知っていた。不死身になるため、〈命の石〉を探していることも。

それを承知の上で、兵力で勝る自分たちが上だと、ついにこの邪悪な笛ふきに裁きを下せるのだと、思っていた。

が、ふたを開けてみれば、ハーメルンの笛ふきは、彼らを上まわる数の兵を雇い、〈クモの巣谷〉で待ちぶせしていた。パッチたちに勝ち目はなかった。

「ウィンテルは勇敢だった」パッチは言った。「クランバーも、メルタも」

「わたしたちは、やるべきことをやったまで」メルタはそう言って、やさしくほほ笑んだ。「助かったのはレンのおかげです」

パッチはフクロウの駒をにぎりしめた。なみだがこみあげる。彼らは移動装置を使ってこの島にやってきた。それが全滅をまぬかれるゆいいつの方法であり、レンは自分を犠牲にしてほかの者たちを逃がしたのだった。

パッチはなにも言わず、ただうなずいた。

この数日間、野営地にいるだれもが、同じようなことを口にした。笛ふきや兵士たちは、傷心したパッチを見かけると、肩に手をかけて言うのだ。「彼女のことは決してわすれない」と。

パッチはそう言われるたびに、「だまれ！」とさけびそうになった。彼らは——メルタやトビアス、アリーアまでもが、こう思っていた。レンはもう帰ってこないと。

彼女は死んでしまったのだと。

パッチは、バルヴァーが父のところへ行ってしまうと、ひとりぼっちになった気がした。なぜなら彼以外でレンが生きていると信じていたのは、バルヴァーだけだったからだ。

そのためパッチは、こうして朝日をながめ、友が目を覚ますのを待っていた。やがて洞窟から物音が聞こえてくる。それからすぐに、バルヴァーがとなりに来て腰を下ろした。

「よう」と、バルヴァー。

「おはよ」と、パッチ。

「それ、ちょっといいか？」バルヴァーはたずねた。

パッチはうなずき、首からフクロウの駒をはずすと、それをバルヴァーの手にのせた。バルヴァーは駒をにぎりしめた。彼らはだまってその場にすわり、レンのことを思った。

彼女が生きていると信じて。

肉が焼けるにおいがする。パッチは空腹感を覚え、バルヴァーといっしょに野営地に向かって歩いていった。

「昨夜はお父さんからなにか聞けた？」パッチはたずねた。

バルヴァーの父は、十二年以上この島に閉じこめられていた。なぜとらわれているのかもわからず、まったくのひとりぼっちで。そこにとつぜん大勢の人間がやってきて、そのなかにドラコグリフの息子までいたのだ。混乱するのも無理はない。彼はまだ、それが現実かどうかわからずにいた。

バルヴァーはほほ笑んだ。

「あいかわらず父さんは話しっぱなしさ。十年間ためこんだ言葉をはきだすみたいに。でもおれはそれでかまわない。またこうして父さんの声を聞けたんだ。思ってもみなかった贈り物だよ。おれの冒険の話を聞くと、父さんは目をかがやかせていた。とはいえ、まだ全部は話せていない。冒険以前に、ハーメルンの笛ふきや〈八人〉の話をしなきゃならなかったからな。父さんが消えたときには、まだハーメルンの事件は起こっていなかったんだ」バルヴァーは、ふと顔をくもらせた。「だがまだ頭が混乱してるみたいで、父さんはこの十二年間、船はもちろん海鳥さえ見ていないと言うんだ。それからときどき濃い霧が立ちこめ、『すべてが一変する』とも言っていた。どういう意味かは教えてくれなかったが、そのことにひどく動揺してるようだった。ここを出るには、父さんが知っていることを話してもらわないと。だが、正気にもどらないうちはなにを聞いてもむだかもな」

「少しはねむった？」

「いや。父さんがうとうとしだしてすぐに洞窟を出た。あとで少しねむるよ」バルヴァーはため息をついた。「父さんと話してると、こっちまで混乱するよ。あるときはおれの知ってる父さんだけど、そうかと思えば急によそよそしくなって、大声でひとりごとを言ったり、子どものように話したり。母さんのことはまだ話してない。聞かれたが、母さんは元気で、父さんに会いたがっているとだけ答えた」彼は悲しげな目でパッチを見た。「いまの父さんが母さんの死を受けとめられるかどうか。おれと母さんが仲たがいしていたことも」

　スズカケの木立を歩いていくと、肉が焼けるにおいが強くなり、斧で木を切る音が聞こえてきた。この不思議な監獄で最も奇妙なのは、一晩で植物が再生することだった。林にはノラニンジンやイモ、リンゴやベリーなど食べられる植物が豊富にあった。そのうえ、つみ取った果実も、ほり出した茎や根も、朝にはまた茂みや土の中でもと通りになっているのだった。薪にするため、あるいはアリーアが計画しているなにかをつくるため切られた木々でさえも、斧で切られたのがうそのように再生していた。

　どうやら動物も同じらしく、彼らが見つけたのはウサギとハトくらいだが、それらも翌朝にはとった分だけ増えているようだった。

彼らは林のところどころにある空き地に野営していた。ある空き地では、杭につながれた馬たちが草を食べていた。別の空き地には戦闘隊と兵士たちが野営し、そのはしのほうで、メルタが看病されるグリフィンたちを見守っていた。

崖とバルヴァーの父の洞窟からほど近い空き地では、アリーアの計画が形になりはじめていた。パッチとバルヴァーが向かったのはその空き地だ。早朝にもかかわらず、そこではすでに多くの者たちが働いていた。

アリーアはパッチとバルヴァーに気づくと、手をふった。彼女は空き地の中央に立ち、そのまわりを兵士たちが行きかう。前日に集めた丸太を組み、なにかをつくっている。

アリーアのそばまで来ると、バルヴァーが言った。

「順調なようだな。なにをするつもりかは知らんが」

「だいぶ形になってきたわ」アリーアは言った。兵士たちは三つの班に分かれ、蔓のようなもので丸太をしばっている。「筏が二艘と足場。キントナーの兵士たちはとても優秀よ。ほとんどの装備は〈クモの巣谷〉に置いてきてしまったけど、幸い何頭かの馬は鞍に装備のかばんをつけたままだった。おかげで斧が四本とナイフが数種類あるわ」

「筏なんてなにに使うの？」パッチはたずねた。

「それに足場とはどういうことだ？」と、バルヴァー。

筏は見ればすぐにそれとわかった。丸太をしばって長方形にした典型的なものだ。しかしもう一方のほうは、なにをするものなのかよくわからない。それは丸太を三角形に組み、それをいくつも組みあわせた、幅数メートルの柱状のものだった。

「すぐにわかるわ」と、アリーア。「それよりお父さんはどう？　この状況に少しは慣れた？」

「わからん」バルヴァーは言った。「だが食事ついては感謝してるそうだ。なにしろここにとらわれて以来、調理した食べ物を口にしていなかったからな」

パッチは鼻をくんくんさせた。ハトを焼くにおいがし、お腹が鳴る。

「食べ物といえばだけど」


アリーアはパッチたちについてきた。バルヴァーは、筏と足場をなにに使うつもりかと彼女にせまった。

「わたしたちは、なんとしてもここを脱出しなきゃならない」アリーアは言った。「ハーメルンの笛ふきとその軍隊のことを世界に知らせるために。でもどうすれば外に出られるのか？　わかっているのは、ここが特殊な獣を集めた〈ベスティアリ〉という場所だということ。島はいくつかの区域に分けられているようね。いまいる区域のほとんどは崖に面しているから、移動するにはスズカケの林をぬけて草原に出るしかない。そして草原の向こうは骨の木の林。アルケランもここにとらわれていたとき、ひとつの区域をわり当てられていたはずよ。あなたのお父さんが気づかなかったということは、さけんでも声がとどかないほどはなれていたんでしょう。いったいどれほど広いのか見当もつかないわ！」

「そうだな」バルヴァーは言った。「ここではなにもかもが奇妙だ。遠くに丘が見えるが、景色がゆらゆらして、距離も高さもはっきりしない。木より高い位置を飛べば意識を失うし、骨の木の林には得体の知れない生き物もいる……」


パッチは身ぶるいした。ここにやってきた直後は、だれもが混乱していた。なかでも一頭の馬がひどくうろたえ、草原の向こうの、脚の骨のような木々のなかへかけこんでいった。そしてすがたが見えなくなるやいなや、馬の断末魔のさけびがひびき、その声もとつぜん消えた。

「ええ」アリーアは言った。「おそらくそこがとなりの区域よ。魔力をもつ生き物はだいたい危険だけど、その林にいるのはとりわけやっかいそうね。お父さんの話だと、ときどきエサをとりに草原に出てくるのよね。だけどこちらの区域には入ってこられない」

「ああ。そいつらは夜だけ草原に出てきてエサをとる。実際に見たことはないと父さんは言っていたが……その鳴き声を聞けば、見たい気持ちにならないそうだ」

アリーアは重々しくうなずいた。

「それほど危険な生き物だとすれば、入ってこられないよう予防線がはってあるはずだわ。おそらくスズカケの林のはしにある柵が向こうとの境界。その柵が防壁のような働きをしているんでしょう」

パッチは、支柱のあいだに一本ロープがはられただけの奇妙な柵を思いうかべた。

「防壁って、あんなものじゃ凶悪な生き物どころかなにも止められやしないよ」

「もちろん魔法がほどこされているわ」アリーアは言った。「おそらくほかの区域にも同じ柵があるはずよ。わたしたちは自由に行き来できるところをみると、その区域に閉じこめられている生き物だけが境界をこえられない」

「じゃあどうして父さんは鎖につながれているんだ」バルヴァーは言った。「境界をこえられないなら、あんなふうに自由をうばう必要はないじゃないか」

「そうね。でも単純な生き物にしか効かない魔法も多いの。おそらくあの柵でグリフィンを閉じこめることはできない。だけど骨の木の林にいる生き物は柵をこえられないはずよ。そして、出口を見つける方法だけど、骨の木の林を通りぬけるのもひとつの手ね。そこにひそむ恐怖と戦いながら、ひとつの区域からまた別の区域に移動していく。先が続くかぎり。でもおそらく無難なのは、崖の下に筏を下して海に出ることよ」

「崖の下って、波が打ちつける岩場に?」パッチはいぶかしんだ。筏が岩にくだかれ、ばらばらになるところを想像せずにはいられない。

「岩場から少しはなれたところに下せばいいのさ」バルヴァーは言った。「おれがそこまで筏を運んでやるよ!」

アリーアは聞き終わる前に首を横にふっていた。もともとバルヴァーは、自分が助けをよびに外海に出ると言いはっていた。けれどもアリーアは、彼にそれを禁じたのだった。

「わすれたの、バルヴァー」アリーアは言った。「どんな魔法かは知らないけど、高いところを飛ぶと気を失うのよ。崖から飛びたつときにも、たとえ少しの距離であっても、同じことが起こるかもしれない。そうなったらだれもあなたを助けられないの!」

「うまくやってみせる!」バルヴァーは言った。

「あなたの能力をうたがってるわけじゃないの、バルヴァー。わざわざ危険をおかす必要はないと言っているの。足場はそのためのものなんだから。あれを崖のふちに設置して、岩場からはなれた場所に筏を下すのよ」

野営地ではこれまでどおり、料理したハトとウサギが配られた。バルヴァーは、あとで父に持っていくから少しとっておいてほしいと、炊事係にたのんだ。

パッチとバルヴァーは草地に腰を下ろし、自分たちの分の肉を食べた。トビアスが、傷ついたグリフィンたちのために演奏する『癒しの調べ』が聞こえる。もうすぐ演奏を代わる時間だ。いまではパッチの腕前もなかなかのものだった。短い期間でずいぶん上達したものだと、自分でも誇らしく思っていた。少し前までは、治癒曲に関してはごくかぎられた技術しかなかった。ティヴィスキャンにいたころ、教官たちはパッチの戦闘曲の力に注目し、そこばかりをのばそうとしたからだ。けれどもパッチがむしろ親しみを覚えるのは、治癒曲のほうだった。トビアスが、彼の治癒曲の力を引きだしてくれたのだ。

「足場はいつできあがるの？」パッチはたずねた。

「明日には完成してほしいわね」アリーアは言った。「でも、今日の午後にちょっと試してみたいことがあるの。兵士が何人かで崖を下る予定よ」

バルヴァーは顔をしかめた。

「崖を下ったところで、筏がなきゃどうにもならんだろう」

「ちゃんと目的があるの。いまわかっているのは、上に行くと気を失うということ。じゃあ下はどうなのかしら」

「同じだとしたら、筏も使えないよ」パッチは言った。

「そうね。だから崖を下って、筏が使えるかどうかをたしかめる。下は問題ないことを祈りましょう。そっちもだめだと骨の木の林をつっきることになるわ。どんな化け物に出くわしても、それをしりぞけて区域を移動するしかない……あまり気が進まない方法だけど」

しばらくして、演奏を終えたトビアスがやってきた。パッチはちょうどハトの肉を食べ終えるところだった。

「やあ、おはよう」トビアスは、パッチが手にした食べ物を見て言った。「わたしもなにか食べるとするか。といってもまたウサギかハトの肉だろうが……」

「しょうがないよ」パッチは言った。「手に入るものはかぎられてるし」

「まともな材料さえあれば、わたしがもっとうまいものをつくってやるのに。何度、玉ねぎの酢づけのことを考えたか。ヤブテンサイの酢が、玉ねぎをぐっとあまくするんだ……」トビアスは遠い目をして言った。「二樽買ってウラルの屋敷に運んでおいたというのに、このままではむだになってしまう。無念だ！」

「どのみちおれは食えん」バルヴァーはそう言って、にやりとした。パッチもほほ笑んだ。以前、その玉ねぎを食べたバルヴァーは、げっぷとともにはげしい炎をふいた。「ヤブテンサイはおれの胃腸に合わない。ドラゴンだったらもっとひどいことになっていたはずだ」

「ああ、そうだったな」トビアスは言った。「すまん。食べ物があるだけでも、ありがたいと思うべきだな」

「患者たちはどう？」アリーアはたずねた。

「順調に回復している」トビアスは答えた。「今度はきみの番だ、パッチ。今朝はクランバーに集中し、呼吸が安定するよう努めてくれ。ウィンテルは峠をこしたが、クランバーは気をつけていないと容体が急変するおそれがある」

パッチはうなずき、立ち上がった。バルヴァーも腰を上げる。〈クモの巣谷〉でハーメルンの笛ふきに打ちのめされ、彼はいまだ手負いの状態だった。そのためパッチが『癒しの調べ』を演奏するときはいつも、そばで丸くなってねむった。そうすれば曲の効果にあずかれるからだ。

「崖下りがはじまったら起こしてくれ。おれも見たいからな！」バルヴァーはアリーアにそう言うと、パッチといっしょにグリフィンたちのほうへ歩いていった。

第2章　黒騎士の陣営にて　レン

レンは自分の運命をわかっていた。最初に死をかくごしたのは、〈クモの巣谷〉の丘に立っていたとき――パッチとバルヴァーが波打つおおいの向こうに消え、移動装置が彼らを安全な場所へ飛ばすのを確認した直後だった。

そのとき彼女は笑みをうかべた。数秒前には、丘の上から爆裂弾がいっせいに放たれ、トビアス率いる数百程度の軍勢に向かって飛んでいった。けれども、彼らを包むおおいが一瞬で消えると、その衝撃で爆裂弾はすべて破裂し、黒騎士――すなわちハーメルンの笛ふきが一歩しりぞくほどの大爆発を起こしたのだった。

レンは、その場でハーメルンの笛ふきに殺されると思っていた。勝利を目前にしてあざむかれた男の怒りは、すさまじいものだった。けれどもハーメルンの笛ふきはレンを殺さず、ただ彼女の顔を打った。くちびるがさけながらも、レンはほほ笑まずにはいられなかった。なぜなら、友人たちは無事に逃げられたのだから。

それからの数日は、数カ月のように感じられた。野営地の中央に手枷でつながれ、あたえられる食物はごくわずか。胃がきりきりと痛み、水分不足で体に力が入らなかった。ハーメルンの笛ふきを目にすることはあまりなかった。少なくとも間近では。それでも鎧のすねの部分が竜石ではなく――彼女が竜石のすね当てをうばい、それを使ってアリーアは仲間たちを安全な場所へ移動させたのだった――鉄のすね当てがそこにおさまっているのがわかった。

烈火のごとき怒りが、自分に向けられているにちがいない。いずれ必ずハーメルンの笛ふきがやってくる。その瞬間を、彼女はおそれていた。

四人の兵士が、ずっと彼女を見はっていた。しかし、彼らはそれを自分にふさわしい仕事とは思っておらず、この少女は危険だと大将が言うから、しかたなく見はっていたにすぎない。こんな少女が危険なものか、と彼らは思っていた。それはレンにとって都合がよかった。

つかまった最初の晩、彼女はねむらず、夜通し本で学んだ変身の練習をした。つかまってすぐに持ち物を調べられたが、幸い変身の本はアリーアにわたしてあった。もし持っていたら、変身能力者だと気づかれ、いっときも目をはなさず見はられただろう。

レンは、ふるえたり、めそめそしたりして、できるかぎりみじめな少女のふりをしていた。見はりたちに聞こえるように、自らの境遇をなげき、毛布がほしいとお願いもしてみた。鼻で笑われただけだったが。それでも聞いてみる価値はあった。夜の空気はあたたかかったが、毛布があれば、変身がうまくいって体が変化しても、見はりたちにばれずにすむ。

彼女は、変身したい動物のすがた形を、できるだけくわしく思いうかべた。そのこと自体はむずかしくなかった。ネズミとしてしばらくのあいだすごし、その体のすみずみまでくわしくわかっていたからだ。けれども、努力はなかなか実を結ばなかった。

朝が来ると、ハーメルンの笛ふきの軍隊はテントをたたみ、さらにオーティングスの森の奥へと入っていった。手枷にとりつけた鎖を引かれ、レンは歩いた。つまずいて転ぶと、兵士たちが彼女をけった。日が暮れると、ふたたびテントがはられた。今度は別の四人が、彼女の見はりについた。彼女にあたえられたのは、わずかばかりの水と、カビの生えたパンだけだった。

その夜、彼女はつかれはてるまで一時間ほど、変身の練習をした。けれども尻尾はおろか、ヒゲの一本も生えなかった。夜が明けると、軍はふたたび動きはじめた。

彼女は、まわりで話す兵士たちの声に注意ぶかく耳をかたむけた。友人たちのその後のことが知りたかった。けれども聞こえてきたのは、日中の長い行軍に対する不平不満ばかりで、ときどき〈クモの巣谷〉での出来事にもふれられたが、そこには彼女の知らないことはなかった。

彼女は、ランデル・ストーンと、その弟子アーナー・ウィットロックのことを思った。彼らは、評議会が本当に信用できるかどうかを見極めに、ティヴィスキャンへ向かった。それ以来たくさんのことがあった。ドラゴンと人間が共生するゆいいつの街スカモスが、非情なドラゴンの軍隊によって破壊され、ハーメルンの笛ふきをとらえるという計画も、結果は〈クモの巣谷〉での惨事となった。

じきにアリーアが、ハーメルンの笛ふきとその軍勢のことを、ティヴィスキャンに伝える。そうなれば評議会も動かざるを得ないはずだ、とレンは思った。


また一晩の野営、そして一日の移動。いまだ友人たちのことはなにも聞けず、練習の成果も見られなかった。レンは、カシミールの屋敷でヒゲが生えたときのことや、スカモスで辛いものを食べたあと、とつぜん尻尾が生えたときのことを思った。そんな小さな変化すら意図して起こせず、どうして体全体を変えることができるだろう。

また、変化がないならまだしも、悪くなる一方の問題もあった。水分不足と空腹で、頭がまともに働かなくなってきたのだ。その晩は、練習の方法を思い出すのにも苦労した。なにかを成しとげるのが、いっそうむずかしくなったように思えた。

見はりたちは、だんだん残酷になっていた。水をまったくあたえなかったり、ひとかたまりのパンを見せ、それをぎりぎりとどかないところへ放ったりするのだ。あざ笑う声が彼女の耳を満たし、うそではない本当のなみだが、目からこぼれた。夜までもが残酷で、ぐっと寒さが増した。指先の感覚がなくなり、体ががたがたふるえた。毛布がほしいと何度かたのんでみたが、だめだった。とてもねむれそうになかったが、ねむれずともほかにすることはあった。ただ、見はりたちへの怒りをわすれ集中できるかどうか……。

そのときそれは起こった。服の下にとつぜんあらわれた異物――尻尾だ。しばらくして消えてしまったが、成功にはちがいなかった。

でもどうしていま？　最初は怒りが関係しているのかと思った。しかしそうではない――栄養と水分の不足で引っこんでいた頑固さが、怒りによってよび覚まされたのだ。

幸い、レン・コブルにはだれにも負けないことがひとつあった。頑固さだ。

成功のよろこびでレンは寒さをわすれ、ねむることができた。翌朝、明るい日差しのなかで目を覚ますと、見はりたちのあざ笑う声が聞こえてきた。

「腹がへったか？」見はりのひとりが、目覚めた彼女を見て言った。「早くしないと、全部食われちまうぞ！」

そこには、前の晩に見はりが放ったパンがあり、七羽のカラスがそれをとりあっていた。見はりたちにはそれが面白いようだったが、レンの興味はそこになかった。彼女はじっとカラスたちを見つめた。その羽根、翼、脚、くちばし。それらを頭に焼きつけた。ネズミ以外の動物になる練習をするために。

彼女の頭にあった計画――それはふたたびネズミになり、身をかくしながらどこか安全なところまで行き、人間にもどることだった。しかし、じゅうぶんはなれた場所まで行けるかどうかが心配だった。ネズミが一日で移動できる距離はたかが知れている。人間の足でも、それほど遠くまでは行けない。

けれどもカラスたちを見て、ひらめいた。

もし鳥になることができたら。

とにかく一度はうまくいったのだし、もっと野心をもっていいはずだ。もし鳥になることができれば、一日で国を横断することさえできるのだから……。

第3章 師と弟子 ランデル&アーナー

ランデル・ストーンとアーナー・ウィットロックがティヴィスキャン城に到着するころには、すでにレンはハーメルンの笛ふきの手に落ちていた。

彼らは、評議会の忠誠心がどこにあるのかをたしかめるため、ティヴィスキャンにやってきた。もし評議会が信用できると思えたら、トビアスとアリーアが、ハーメルンの笛ふきをとらえるために立てた計画を話すつもりだった。

それがすでにむだであることを、彼らは知るよしもない。

思ったよりも早くティヴィスキャンに到着し、アーナーはほっとしていた。自分ではなく、師のことを思って。ランデル・ストーンはいまだ毒の後遺症に苦しんでおり、何時間も馬にのると体調が悪化するおそれがあった。けれどもランデルは、弟子の心配をよそに、旅の終盤になると夜通し馬を走らせると言いはった。

アーナーは注意ぶかく師を見守り、そのつかれ具合に不安をつのらせていた。夜が明けてまもなく、深い森を見下ろす崖の上にティヴィスキャン城が見えると、彼は心底ほっとした。

城は以前と同じく荘厳だったが、灰色の石壁に、ほかと少し色合いのちがうところがある。大がかりな修復のあと。ドラゴンが大群でおしよせ、城に巨大な岩を投げつけたのだ。牢獄にいるハーメルンの笛ふき――少なくともそのときはハーメルンの笛ふきと思われていた男をうばいとるために。しかしいまこうして城を見上げると、破壊されたのがまるでうそのようだった。まさに難攻不落という言葉がふさわしい。

表情から、ランデル・ストーンもそう思っていることは明らかだった。

「見事に修復したものだ」

「まったくです、先生」アーナーは言った。パッチとレンのことが頭にうかぶ。ふたりがくずれた牢獄をぬけだしたときのことは、いっしょに旅したときに聞いた。彼らはあの崖を下り、その先の森でバルヴァーに出会った。運命は不思議なものだ。アーナーは、そう思わずにいられなかった。そもそもドラゴンたちが襲撃してこなければ、パッチはいまも牢獄のどこかにいただろう。そして城には替え玉ではなく本物のハーメルンの笛ふきがいて、世界の国々を統治している。そういう未来もありえたのだ。

もちろん、ランデルとアーナーは守護隊のローブを着ていたため、旅のあいだずっと丁重にあつかわれた――守護隊への尊敬は、世界中どこへ行っても変わらない。笛ふきたちの頂点に立つのは評議会にちがいないが、評議会の役目は法律をつくることで、その法を執行するのは守護隊だった。さらに言うと、守護隊は世界中のまずしい人びとや虐げられた人びとに、正義と希望をもたらす存在でもある。この隊に入ることができるのは最も優秀な笛ふきだけであり、彼らはその能力を、できるかぎり世の中のために役立てていた。

　城壁から草原に向かってティヴィスキャンの町が広がる。すでに目を覚まして表に出ている者も多く、通りを行くランデルとアーナーにあいさつした。

　ティヴィスキャンで、ランデル・ストーンを知らない者はいない。

「ヴィルトゥス・ストーン」と、彼らは守護隊の最高位〈ヴィルトゥス〉の階級をつけてランデルをよぶ。ランデルはうなずいて人びとに応えた。それだけでなく、アーナーがはじめて見ることまでしてみせた。

　ランデルは、町の人びとに向かってほほ笑んでいた。

　人びとがいささか混乱しているのが、アーナーにはわかった。しかし彼らの気持ちもわかる。ヴィルトゥス・ストーンは、生真面目な顔の、生真面目な男で、生真面目に生きていた。世間からは、〈冷徹なる正義〉などともよばれている。その男が、まさか笑顔を見せるとはだれも予想していなかった。しかしアーナーには、笑顔になるのも当然に思えた。ランデル・ストーンは命を落とすところだった。死んでいたら、愛するティヴィスキャンをふたたび目にすることはなかった。ここにいるのはまったく奇跡のようなものなのだ。いまの彼に、笑顔以外のどんな顔がふさわしいというのか。

彼らは町の広場まで行くと、エルボ・モナシュの石像のそばで馬を止めた。台座のところにたらいがあり、そこで馬たちに水を飲ませるためだ。アーナーは馬をおりると、手押しポンプでたらいに水を注いだ。馬たちがよろこんで水を飲みはじめると、アーナーはモナシュの像を見上げた。数世紀前、モナシュは笛ふき評議会を設立した。さらに彼は、公正な社会を実現すべく、笛ふきのなかから選りぬきの精鋭を集め、守護隊をつくった。その評議会をうたがわねばならないことに、アーナーは身を切るようなつらさを覚えた。

彼らは城門をくぐり、巨大な二連のアーチを通りぬけた。主塔まで行くと、東の壁の近くで馬をおり、ランデルは衛兵に馬をつないでおくよう命じた。

「ドレヴィス議長はおもどりか?」ランデルは衛兵にたずねた。

「まだです、ヴィルトゥス・ストーン」衛兵は答えた。

「そうか」と、ランデルは事もなげに言った。けれどもアーナーは、ランデルがどれほどドレヴィス議長の帰りを待ち望んでいたかを知っていた。いまでこそドレヴィスは評議会の議長だが、十年前はハーメルンの笛ふきを追う〈八人〉のリーダーだった。ランデル・ストーンにとって、ドレヴィス以上の笛ふきはいない。評議会のなかでどんな不正が進行していようとも、ドレヴィスだけは一も二もなく信用できた。けれども評議会が〈大追跡〉にのりだすと、守護隊のほとんどはハーメルンの笛ふきを追う遠征にかりだされ、ドレヴィスはその第一陣を率いることになった。それ以来、彼はティヴィスキャンにもどっていない。

「評議員の面々がお目覚めになったら、ストーンがもどったと伝えてくれ」ランデルは言った。「それからすぐに会議を招集していただきたいと。おそくとも九つ目の鐘が鳴る前には。それまでわたしは部屋にひかえている」

「承知しました」衛兵はそう言うと、馬をつなぎに行った。

ランデルはアーナーをふり返った。

「いまできることはすべてやった。あとは体が悲鳴をあげる前に、少し休まねば」

守護隊の居住区は城の西塔にあった。ヴィルトゥスであるランデルの部屋はなかでもいちばん広く、棚やキャビネットが一式そろっている。また彼が望むのであれば、雑貨や美術品で部屋をかざることもできた。

けれどもランデルの部屋は、むしろ殺風景で、棚には笛ふきの法律が書かれた本、それにティヴィスキャンや守護隊の歴史の本がならび、なにかの記念品や思い出にひたれるような品は、なにひとつなかった。

その寒々しさが、アーナーを畏縮させた。

「部屋を空けてどれくらいになる？」ランデルは中に入りながら言った。

「ティヴィスキャンを発ったのがパッチ・ブライトウォーターの裁判の日ですから」アーナーは答えた。「四カ月になります」

「四カ月か……もう何年もたった気がする」ランデルはぐったりして、机にもたれかかった。

アーナーはベッドで休むよう師を説きふせた。

「会議にはまにあうように起こします」

ランデルはうなりながらブーツとコートをぬぐと、ベッドに横になった。そして数秒のうちにねむってしまった。アーナーはそっと歩みよると、彼に厚手の毛布をかけた。

アーナー自身もねむることはできた。けれどもその前に、北塔の診療所に用があった。そこには小さな浴場があり、夜明けから日暮れまでお湯が使える。彼は師のために、いちばん大きな浴槽を空けておいてほしいとたのむつもりだった。

部屋を出る前に、アーナーはランデルの机のそばにある小さな戸棚を開け、たたまれたコートを取りだした。シカ革のコート――パッチが牢獄に入れられるときにあずかった、祖父の手製のコートだ。アーナーは自分が大切に保管すると約束し、ずっとこの戸棚にしまっておいた。彼はコートを広げると、それをドアのフックにかけた。

コートをパッチに返せる日が、待ちどおしかった。

診療所からもどるとちゅう、守護隊の居住区の入口にある掲示板の前で足を止めた。帰ったばかりのときは、彼もランデルもさして気にしなかったが、今度は掲示板にはりだされた布告や記事にざっと目を通した。地元のものから、遠い異国のものまでさまざまだ。

一枚の記事が目に留まる。彼はしばらくそれを見つめると、掲示板からはぎ取り、ランデルのもとへ急いだ。

「先生！」アーナーは部屋にかけこんだ。

法を執行する立場の者の習性か、ランデルはすぐに目を覚ました。

「どうした？」

アーナーは一枚の記事をわたして言った。

「スカモスが壊滅しました」

ランデルは記事に目を走らせた。くわしくは書かれていないが、ドラゴンの軍隊が市民を強制的に避難させ、その後――。

「おそるべき兵器により、街は一瞬で壊滅した」ランデルは眉を上げた。「一瞬は少し大げさだろう。たしかにティヴィスキャンでやったように、岩を使うのは効果的だ。だが、城を破壊するのと街を破壊するのとではわけがちがう。評議会はすでにくわしい情報を入手し、どう対応すべきか考えているはずだ」ランデルは、アーナーの心配そうな顔を見て言った。「どうもパッチ・ブライトウォーターという男は、いざこざが起こる場に居合わせる傾向があるな。だが記事には、市民は事前に避難したとある。きっとあいつらも無事だ」

「そうでしょうか……」

「わたしを信じろ。こういう記事を書く者は、犠牲者が出た場合は必ずそれを書く。死者が多ければ多いほど読者が増えると思っているからだ。運がよければ、街にいたドラゴンが何匹かはアリーアの要請に応えてくれたかもしれない。だとすれば、いまごろはオーティングスの森でハーメルンの笛ふきを探しているはずだ」

「そう願っています」

「あまり思いなやむな。じきにいい知らせもとどく。いまわれわれがやるべきことに変わりはない。評議会の潔白が証明されるまでこちらの計画は話さない。そうトビアスとアリーアに約束したからな。ウラル・カシミールが死に、わたしも死にかけたことは話すが、黒騎士のことはだまっておこう。もし彼らのなかにハーメルンの笛ふきとつながっている者がいるとしたら、それを話すのは危険だ」ランデルは首をふった。「予言か……信じようが信じまいが、聞けば必ず面倒なことになる。いまいましい」

アーナーはなにも言わなかった。

彼らが評議会をうたがう理由は、ある予言にあった。それはレンにかけられた魔法を解くために、恍惚状態となったアリーアが口にしたものだった。予言は裏切り者がいると警告し、結果、彼らは評議会をうたがうことになった。

また、その予言のせいでアーナーは雇い兵たちにつかまり、海賊に売りとばされ、命を落とすところだった。

彼もランデルと同じく、予言を嫌っていた。

第4章 触手 パッチ&バルヴァー

笛の才能をもって生まれる者はごくまれだ。子どもたちがよくやる遊びのひとつに笛ふきごっこがあり、それがきっかけで能力に目覚める子もいる。ただの口笛で魔法のようなことができると気づくのだ。友人たちは、うらやましそうにその子を見つめるだろう。

その魔法のような力は、特別な笛を使うことで一段と強まる。ふつうの楽器は曲から力をうばってしまうが、笛ふきが使う笛は、ふき手の能力を増幅するようにできており、魔法のメロディを、けたはずれの力をもった曲へと変える。

いま、パッチは『癒しの調べ』を演奏しながら、自分が笛の才能に気づいたときのことを思い出していた。祖父母の家のそばにある森で口笛をふいていたときのこと、そばに来た動物たちが曲に引きこまれてはしゃぐのを見て、彼は自分の口笛に不思議な力があることを知った。そしていまでは、当時の彼がたまげるようなことまでできるようになった。ティヴィスキャンでの修行のたまものだ。

彼はトビアスに言われたとおり、クランバーに集中して『癒しの調べ』を演奏した。ほかの二匹――ウィンテルとメルタは、バルヴァーと同じように、演奏のあいだそばでねむっていた。最初の二日間、クランバーの腹部に巻かれた包帯は血で真っ赤だった。呼吸があらく、傷口が何度も開いてしまった。けれどもいまは、包帯に血はにじんでいない。呼吸さえ落ちつけば、傷口がふたたび開くことはないはずだ。

とはいえ、曲で呼吸を安定させるのはかんたんではない。ところどころで指をすばやく動かす必要があり、一時間も演奏すればくたくたになる。それでもクランバーのおだやかな様子を見ると、その大変さも苦にならなかった。

野営地には、治癒曲を得意とする戦闘隊士がほかにふたりいた。そのうちのひとりがやって来て演奏を引きつぎ、そろそろ崖下りがはじまるとパッチに告げた。

パッチはバルヴァーを起こし、いっしょに筏と足場がつくられている空き地に向かった。ところが、作業はすべて中断していた。全員が空き地をはなれ、いちばん近い崖に向かっている。あとをついて行くと、三十人ほどの兵士と戦闘隊が崖にそってならんでおり、そのなかにアリーアとトビアスのすがたもあった。

だれが崖を下るのかはすぐにわかった。ふたりの男と三人の女が、体にロープを結んで立っている。地面にはロープの束があり、そのはしはスズカケの木の幹にしっかりと結ばれていた。

さらに少しの準備のあと、戦闘隊のひとりが笛をふきはじめた。パッチもよく知っている曲――『山の調べ』だ。この曲を聞くと、絶壁のどこに手や足をかければいいか、自然とわかるようになる。もちろん曲の効果を最も得るのは、崖を下る調査班の者たちだ。けれども、近くにいる者にも影響はおよぶ。パッチは、岩をつかみたくてうずうずし、崖のふちまで行って下をのぞきこんだ。これほどの断崖絶壁、ふだんならちぢみあがっていただろう。けれども曲の影響下にあるいまはちがった。

パッチは、ティヴィスキャンの牢獄が破壊されたときのことを思い出した。あやうく死をまぬかれた彼は、『山の調べ』の力を借り、命からがら崖を下ったのだった。彼にしがみつく小さなネズミの友人とともに……。

やがて調査班の準備が整った。崖の上では、数人がぴんとはったロープをにぎっている。少しずつロープを送りだしたり、必要なときに引っぱったりするためだ。

最初のひとりが崖から身をのりだす。下りはじめると彼女は言った。

「これは大変そうね。岩がところどころくずれやすいから気をつけて！」

崖下りは思うように進まなかった。岩肌がもろく、手足をかけるとすぐにくずれてしまうのだ。ゆっくりと下っていく様子を、みんなが息をつめて見守る。上でロープを送りだしている兵士が、ときどき声を発して進み具合を知らせた。

「現在、十五メートル！」

調査班は無事に崖の半分くらいに達し、まわりの者たちは安堵した。もし調査班が意識を失い、崖下りが中止となれば、計画がすべて台なしになる。みんなそのことをわかっていた。

しかし彼らの安堵は長く続かなかった。

地面がかすかにふるえだす。最初は気のせいかと思ったが、ふるえはどんどん大きくなっていった。

「あれはなんだ！」兵士のひとりがさけび、崖の下の海を指さした。

パッチはそちらを見やり、ぎょっとした。崖の付近一帯の海面が泡立ち、そこからなにかがつき出てきた。あまりに巨大で、一瞬なにを見ているのかわからなかった。

触手だ。海の中から触手があらわれた！

パッチは、ぐんぐんのびる恐怖の触手を見つめた。細くなった先端は、いまや崖の高さにまで達している。根元の幅は二メートル近く。動くたびに表面からばらばらと岩がはがれ落ちる。まるで岩の中にうまっていたかのようだ。

調査班は、すぐに引っぱり上げてくれとさけんだ。地面がふるえ、岩壁の一部がくずれた。下のほうにいたふたりは、手足をかける場所を失い、宙ぶらりんになった。そのふたりに触手がせまっている。

ロープ班は全力でロープを引っぱった。けれどもおそかった。次から次へと調査班は触手に巻(ま)きつかれ、恐怖で悲鳴を上げた。

そのとき、パッチは数人の兵士が走ってくるのに気づいた。射手(しゃしゅ)だ。弓をかまえ、止められる前に触手に向かって矢を放った。けれどもかたい外皮にはじき返されてしまう。これではとらわれている者たちを危険(きけん)にさらすだけだ。

「さがって！」だれかがさけんだ。

パッチは声の主がすぐにわかった――アリーアだ。両手に紫(むらさき)の光をまとわせ、勇気ある調査班を救(すく)おうと、かまえている。全員がアリーアの邪魔(じゃま)にならぬよう、崖からはなれた。巨大な触手が、調査班をぶんぶんふり回す。彼らは絶叫(ぜっきょう)し、その目に絶対的(ぜったいてき)な恐怖がうかぶ。パッチにもその表情(ひょうじょう)が見えるほど、触手は一瞬、崖に近づき、また遠ざかった。

アリーアは集中した。どんどん力が増(ま)していく。表情は険(けわ)しく、決意に満ちている。指のまわりで紫の光がこうこうとかがやき、彼女は前に歩みでた。

出るぞ――パッチは思った。アリーアがなにをするつもりにせよ、それはいまにも起きようとしていた。が、そのときパッチは別のなにかを感じた。空気中に熱のようなものを。草地があやしげに発光し、その光がアリーアのほうに集まっていく。アリーアは不安げにまわりを見やった。足元から霧(きり)のような白い光が上ってくる。そして枝(えだ)が折れるような音がしたかと思うと、光は一気にアリーアを包みこんだ。彼女は地面にたおれ、その後、光はすぐに消えた。

アリーアはたおれたまま動かなかった。

とらわれた者たちがさけび、パッチは、はっとそちらを見やった。巨大な触手がまた向かってくる。しかも今度は崖をこえ、草地にまで入ってきた。次の獲物になることをおそれた者たちが悲鳴を上げる。が、触手はゆっくりと地面に横たわるように止まり、海に引き返していった――つかんでいた調査班をその場に残して。彼らは息を切らし、ぼうぜんとしていたが、全員無事だった。

触手は海の中に引っこみ、すぐに見えなくなった。地面のふるえも止まった。

兵士たちは調査班にかけより、肩を貸して崖からはなれた。アリーアは立ち上がると、途方にくれた様子で海を見つめた。パッチとバルヴァーは彼女にかけよろうとしたが、トビアスに先をこされた。

「どうやら筏を下ろすのは無理のようね……」アリーアは肩を落とした。

「平気なのか」トビアスは、顔に苦悶の色をうかべてたずねた。「きみが光に飲まれたときは肝を冷やしたぞ」

アリーアは心配ないとばかりに首をふった。

「あれはただの警告。この島にかけられた魔法は、外から来た魔法使いの干渉を好まないらしいわ。本気で殺すつもりなら、わたしはいまごろ灰になってた。また同じようなことをすれば、ただじゃすまないでしょうね」彼女は調査班のほうを見た。彼らはつかれはて、急いでロープをほどこうとしていた。

「まだ海岸にそって飛ぶことはできる」バルヴァーは言った。「触手が追えないくらいすばしこく動けば、だいじょうぶだ」

「あれはわたしたち全員への警告よ、バルヴァー」アリーアは言った。「あの化け物は一瞬であなたをたたき落とすわ。それをわかってて行かせるわけにはいかない」

「だけどおれなら――」

「だめだと言ってるでしょう！」彼女は海を見つめた。「もうだれも失いたくないの、バルヴァー。だれも……」

パッチは無意識にフクロウの駒に手をのばした。

「アリーアの言うとおりだよ。お願いだからよして」

けれどもバルヴァーは食い下がった。

「じゃあまっすぐ沖に向かって飛ぼう。おれが助けをよんでくる。全速力で飛べば、あんな図体のでかいやつにつかまりはしない」

「だからだめなの、バルヴァー。たとえ気を失わず飛びつづけられたとしても、そこにはまだなにかある。注意深く見ていれば、触手をはずれた矢がどうなったか、気づいたはずよ」アリーアは、射手ふたりに声をかけた。「あなたたち、海に向かって矢を放ってちょうだい。できるかぎり遠くへ」

射手たちは弓を引き、矢を放った。二本の矢が空に上り、触手があらわれた場所の上空を飛んでゆく。そして……。

とつぜん見えない壁に当たったように、矢はくだけ散った。

「わかったでしょう」アリーアは言った。「この島に逃げ場はないの」

「だけどアルケランは逃げられたじゃないか」バルヴァーは言った。「傷を負った彼は、海に身を投げだした。海の怪物につかまりもしなかった！」

アリーアはうなずいた。

「そのとおりよ。おそらくこの島が彼をあわれに思い、逃がすことにしたのよ」彼女は触手が消えた辺りの海を指さした。「でもあの化け物が、わたしたちをすんなり逃がしてくれると思う？」

「じゃあどうするんだ。次の手を考えなきゃならんだろう」

そう言いながらもバルヴァーは、次になにをすべきかをわかっていた。彼だけでなくそこにいる全員が。彼らは陸をふり返り、草原の向こうを見やった。

「骨の木の林になにがいるのか。次はそれをたしかめる」アリーアは言った。「もう一度あなたのお父さんに話を聞きましょう」

バルヴァーは、炊事係にたのんでおいたハトとウサギの肉を持ち、父の洞窟へ向かった。今度は、アリーア、トビアス、パッチもいっしょだ。三人を連れていくのははじめてだった。バルヴァーは、まず自分と父だけにしてほしいと、彼らにたのんだ。ギャヴァリー・テンソ。それがバルヴァーの父の名だ。彼は十二年間、だれとも会わずにすごしてきた。それがとつぜん島にたくさんの人間があらわれ、ひどくとまどっていた。

「ぼくらが行ってもだいじょうぶ？」パッチは洞窟に向かう道でたずねた。

「慣れてもらうしかない。起きているか見てくるから、少し待っててくれ」

バルヴァーは洞窟に入り、パッチたちは外で待った。すぐにバルヴァーが出てきて、手ぶりで中に入るよううながした。

「悪いが散らかっている」奥の暗がりで低い声がした。明かりは入口から差す陽の光だけで、うす暗い。中の幅は三十メートルほどで、天井はバルヴァーが腰をかがめなくていいくらいの高さ。壁ぎわには数十個の木の彫刻があり、木の切れはしや削りくずが、むき出しの岩の床に散らばっている。この十二年間、彫刻が父のゆいいつのなぐさめだった、とバルヴァーは言った。彼の父は、その鋭い爪で枝を切り落とし、木ぼりの彫刻をつくっていたのだった。パッチはあら削りなものを想像していたが、予想に反してそれらは美しく、動物の彫刻から、表面に複雑なうず巻き模様がきざまれた球体まであった。グリフィンの大きな爪でそのような繊細な作業ができるのかと、パッチはおどろいた。

ギャヴァリー・テンソは、ぎこちない笑みをうかべ前に歩み出た。首には大きな金属の首輪。そこからたれた鎖が、地面で重なりあっている。鎖の長さは百メートルくらいで、バルヴァーが言ったように、洞窟を出てエサをとりに行くことや、湧水のところへ行くことはできた。

彼はバルヴァーよりもだいぶ大きかった。体の色は黒と緑。羽にはほかのグリフィンたちのような光沢はなく、首輪のまわりの羽毛がうすくなっている。

「パッチのことは覚えてるだろ?」バルヴァーは言った。「おれたちがここへ来た日に会った」

ギャヴァリーはうなずいた。

「きみらの冒険のことは息子から聞いた。また会えてうれしいよ、パッチ」彼はパッチに歩みより、両手を差しだした。両方の手を同時ににぎるグリフィン式の握手だ。パッチも同じように両手を差しだした。

「こちらこそ」パッチは言った。バルヴァーを見慣れていたにもかかわらず、ギャヴァリーの手の巨大さと、その爪の鋭さにぎょっとする。けれどもギャヴァリーの握手は、彼のつくった木ぼりのように繊細だった。

「そしてこちらがアリーアとトビアスだ」バルヴァーは言った。

ギャヴァリーはにこりとし、ふたりと握手を交わした。

「ハーメルンの笛ふきの話は聞いた。〈八人〉のことも。きみらはその英雄のうちのふたりだが、その話をするのは好きじゃない。だからわたしも話すのはよそう」

「父さんはなんでもあけすけに言ってしまうんだ」バルヴァーは言った。「慣れてくれ」

「すまない。会話など久しぶりだし、ここにいる友人たちは不満があっても言ってくれないんだ」ギャヴァリーはそう言って、木ぼりのほうにあごをしゃくった。「だが、わたしも努力はしている。おまえが洞窟にいるときは、おならもひかえようと思っている。失神されてもこまるしな」

バルヴァーはあきれた顔をすると、「食べ物を持ってきたよ」と言って、ハトとウサギの肉を差しだした。

ギャヴァリーは肉を受けとり、深く息をすいこんだ。

「いいものだな、調理された食べ物というのは。息子がうらやましいよ、自分で火をふけるのだから。半分ドラゴンなのは得だ。だれか少しいるかな?」

「わたしたちは食べたわ」アリーアは言った。「それはあなたの分よ」

アリーアとトビアスは、崖での出来事と、骨の木の林に行くつもりだということをギャヴァリーに告げた。彼はすわってウサギ肉を味わいながら、ふたりの話を聞いていた。

「そんなことがあったのか」ギャヴァリーは言った。「地面がふるえてさけび声が聞こえたが、林にさえぎられてなにが起きているかは見えなかった」

「以前にもこういうことはあった？」アリーアはたずねた。

「地面がふるえたことか？　ああ、あったよ。だが海から触手が出るのは見たことがない！　ここへ来てまだまもないというのに、ずいぶん島をいら立たせたものだな」

「島がいら立つ？」パッチはたずねた。

「父さんはこの島が生きていると言うんだ」バルヴァーは言った。

「生きているとも」と、ギャヴァリー。「機嫌がいいときもあれば悪いときもある。草原の向こうの林に行けばなにかわかるはずだが、かくごはしてくれ。そこにいるのはおそろしい怪物だ！」

「なにか知っていることがあれば教えてほしい」トビアスは言った。「それが状況を大きく変えるかもしれん」

ギャヴァリーはため息をつき、首をふった。

「知っていることはすべて息子に話した。林にいるのがどんな生き物であれ、そいつらはときどきエサをとりに草原に出てくる。足あとを残していないところをみると、それほど目方のある生き物ではない。動きはすばやく、音も立てない——わたしが聞いたのはウサギの断末魔の声くらいで、あとはなにも知らない。知りたいとも思わない」

アリーアはうなずいた。

「もしなにか思い出したら教えてちょうだい」

「ああ」ギャヴァリーはハトの肉を丸ごと口に放りこむと、それを飲みこみ、にこりとした。

「魔法道具を使ってこの島に来たとバルヴァーに聞いた。見せてもらえるか？」

「もちろん」アリーアはポケットから装置を取りだし、「一瞬で移動する装置よ。いまは動かすことはできないけど」と、それをギャヴァリーにわたす。小さな金属製の箱で、横面の留め金にバルヴァーの羽根がはさまっている。

ギャヴァリーは手にした箱をしげしげと見つめた。

「こんな小さな箱にそんな不思議な力が」

「父さん、そいつはカシミールの地下室で見つけたんだ」バルヴァーはそう言うと、パッチに向かってささやいた。「昨夜はその辺まで話した」

「カシミール？」ギャヴァリーは、にやりとしてアリーアとトビアスを見た。「ああ、きみらの友人だな。〈八人〉の！　鉄仮面をつくったのがカシミール。この箱も彼が？」

「いいえ」アリーアは言った。「それをつくったのはラー・セネン。かつて存在した偉大な魔法使いよ」

「その魔法使いのことも聞かせてくれ！」ギャヴァリーは目をかがやかせて言った。

「父さんは物語が大好きなんだ」と、バルヴァー。「話してくれるか？」

だれがことわれるだろう。

「ウラル・カシミールは、ラー・セネンを尊敬していた」トビアスは言った。

アリーアが、ちっちっと舌打ちする。

「それ以上よ、トビアス。ウラルにとってラー・セネンは、歴史上最も偉大な人物で、世界中の魔法使いからも崇拝されているわ」

「ラー・セネンのなにがそんなに偉大なんだ？」ギャヴァリーはたずねた。「強大な力をもつ者が偉大とはかぎらんだろう」

「そのとおりよ。でもラー・セネンは、その力に見合う人格者だったと言われているの。そして発明の才能もあった。とにかく好奇心が強くて、強すぎだと言う人もいるくらい。だけど彼はあるとき悟った。発明品が最大の敵――闇の魔導士クアラスタスの手にわたれば大変なことになる。それであらゆる手段を使って発明品をかくしたの」

ギャヴァリーはうなずき、移動装置をアリーアに返した。

「だが、そいつを見つけたのは善人だった。わたしはそれをうれしく思う」ギャヴァリーは言った。が、しばらくして顔をしかめると、ひとりごとのようにつぶやいた。「たとえその善人たちが、林の怪物に殺されたとしても」

気まずい沈黙が流れる。

「言っただろ？　父さんはなんでもあけすけに言ってしまうって」バルヴァーは言った。

第5章 川越え　レン

尻尾を生やせたよろこびは、思わず表情に出るほどだった。翌日はいっそう寒さが増し、早朝から冷たい小雨がふったが、レンは笑みをうかべていた。そんな彼女を見て、見はりの兵士たちは気味悪がった。

昼近くになると、ふたたび進軍の命令がくだった。

「一日でいい」見はりのひとりが言った。パードルという名の気性のあらい男だった。「一日でいいから、きちんと休ませろってんだ。そうだろ、カレン。おれはまちがったこと言ってるか？」

カレンはもうひとりの見はりで、素手で岩をくだけそうなほど屈強な女兵士だった。

「まちがってないわ。そのうえわたしたちは夜まであの小娘の見はりでしょう。つまり移動中はずっと横についてなきゃならない。前みたいに、こっそり荷車にのせてもらうこともできやしないわ」カレンは冷たい目でレンを見た。ほかの見はりたちも、同じように冷ややかな目をしている。

長い一日になりそうだ、とレンは思った。

彼女が見たかぎり、ハーメルンの笛ふきの軍には、雇い兵の部隊が少なくとも十隊はあった。兵士たちが馬に鞍をつけ、荷づくりするのを、彼女はじっと見つめた。できるだけ敵の情報を入手し、逃亡したあとでティヴィスキャンに伝えるために。

レンは自分がおかしかった。逃げられるかどうかではなく、逃げたあとのことを考えているのだから。そのときはじめて、死をかくごしていた彼女の胸に、ふたたび友人たちに会うという希望が芽生えた。

ハーメルンの笛ふきは馬にまたがり、軍の先頭にいた。レンと見はりの兵士たちも、すぐに進軍に加わった。ふたりの見はりが彼女の前を歩き、もうふたりが後ろを歩く。前のふたりのうちのひとりがカレンで、彼女はレンの手枷の鎖をにぎり、ときどきうっぷん晴らしに鎖をぐいと引っぱった。

レンは、ほかの雇い兵の部隊をちらちら見ながら歩いた。とちゅうで帆布がかけられた荷車のそばを通りすぎた。そこにあるのが、〈クモの巣谷〉でおそろしい爆裂弾を発射した投石機であることは知っていた。見はりたちがそう話していたのだ。

軍隊は、丘の連なる曲がりくねった谷間の道を進んでいった。ふり返るとその数の多さがわかる。谷間にそって、荷車、歩兵、騎兵の長い列ができている。レンの気持ちはしずんだ。見るからに手ごわい軍隊だった。

カレンは、歩きながらぐいぐい鎖を引っぱった。手枷がこすれ、レンの手首からは血が出ていた。

正午ごろ、軍隊は川にたどりついた。川幅が広く、底の岩盤は平らですべりやすかったが、それほど深くないように見える。流れがゆるやかなら、たやすくわたれるだろう。けれども川岸に近づくと、流れが速く、先の部隊が苦戦しているのが見えた。カレンとほかの見はりたちは悪態をついた。けれどもそこをわたる以外に選択肢はなかった。

「すてきね」カレンはあざ笑った。「足までぬれるだなんて最高の一日だわ」

川岸にいた軍曹が、じろりと彼女をにらんだ。

「うだうだ言ってないでさっさとわたれ。それほど深くはない」

レンは下流を見やった。川下は幅がせまくて深い。水は大きな岩のあいだを通り、そこから一気に流れが速くなっている。荷車は重く、問題なくわたれていた。馬たちも平気のようだが、歩兵たちは列になって腕を組み、おたがいを支えあった。ひとりの兵士が足をすべらせ、ほかの兵士をひとりかふたり道連れにして水につかった。けれども彼らはすぐに立ち上がった。あとに続く者たちは、いっそう足元に注意した。

カレンとパードル、そしてほかのふたりの見はりたちは、彼ら四人が腕を組んで川をわたったらどれだけ滑稽だろうと笑い合った。けれども顔はひきつっていた。そして水の中に足をふみ入れた——水がひどく冷たい。レンはすぐにその流れの強さを思い知った。いまにも足をすくわれ転びそうだ。

川を半分わたったころには、パードルはいい気になっていた。

「たいしたことなかったな」彼は言った。息を切らしながら。そして、「あの連中がどんくさいんだ」と、前方の歩兵に向かってあごをしゃくった。十数人の歩兵がずぶぬれになり、自らをあわれんでいる。

そのとき、パードルが足をすべらせて転んだ。流された彼がカレンの足をすくい、彼女は体を支えるため反射的に鎖を引いた。急に引っぱられたレンは、前のめりにたおれた。

その直後、鎖がカレンの手をはなれ、レンは水流に引きこまれた。しかもおそろしいことに、どんどん川下へ流されている。

見はりたちが事態に気づいたときには、レンはすでに手のとどかないところまで流され、恐怖で悲鳴を上げていた。平らだった川底はどんどん深くなり、流れは速くなった。

とつぜん足がつかなくなり、レンは水の中にしずんだ。そのとき頭にうかんだのは、魚のすがただった。変身を習得する時間があったなら、魚に変身し、泳いで逃げることもできただろう。けれども彼女にできたのは、ネズミの尻尾を生やすことくらい。それがいま役に立つとは思えなかった。

大きな岩にぶつかって止まると、レンは水面から顔を上げ、大きく息をすった。けれども、すぐにまた流されてしまった。彼女は必死にもがいた。なんとか水面から顔を出し、わずかばかりの空気をすった。が、やがて体力が底をついた。もはやあらがう力もなく、ただ水に流され、意識は遠のいていった。そのとき手首に痛みが走った。手枷が引っぱられ、体がゆっくりうきあがっていく。両腕がまっすぐ上にのびると、ようやく水面から顔が出た。彼女は思いきり息をすうと、だれが助けてくれたのだろうと、目を開けた。

激流のまっただ中にもかかわらず、彼女のまわりだけ流れが止まっていた。つるされた状態で肩が痛く、のびた腕の先には、ぴんとはった鎖が宙にういていた。

彼女は川岸にいる一頭の馬に気づいた。そのとなりに馬の乗り手が立っている。陽の光をあびてかがやく真っ黒な鎧をまとって。

レンを助けたのは、ハーメルンの笛ふきだった。

頭上の鎖が動きだし、彼女は腰から下を水につけたまま引かれていった。体のまわりにできた、流れのない不思議な領域もいっしょについてくる。ハーメルンの笛ふきは、くちびるをわずかに動かし、眉をよせて曲に集中していた。いまや笛は必要なかった。口笛でふいた曲は、鎧によって増幅され、笛でふくよりも強力なものになった。

鎖は岩をよけず、ごつごつした岩の上を引きずって、彼女をかわいた岸辺まで運んだ。口笛が止むと、鎖はだらりと落ち、彼女も地面にくずれ落ちた。

ハーメルンの笛ふきは、彼女に歩みよった。

「そうかんたんに逃げられてたまるか」彼は、十メートルほど後ろにいた四人の兵士に向かってうなずくと、馬にまたがり行ってしまった。兵士たちはレンを立たせ、ひとりが手枷の鎖を手に取った。

その四人が新たな見はりだった。ハーメルンの笛ふきは、カレンやほかの見はりたちを罰するのだろうか。レンは思った。別に彼らがどうなろうと知ったことではなかったが。

その後わずか一時間ほどで、ふたたび野営地がつくられた。それはレンが思っていたよりずっと早かった。暗くなるまでに、まだだいぶ時間がある。それでも兵士たちは地面に杭を打つと、そこにレンの鎖をつないだ。見はりは火を焚いて、彼女に粗末な毛布をあたえた。今度の見はりたちは、見はり同士でもほとんど口を利かず、レンにはそれがありがたかった。

ようやくレンの体のふるえはおさまった。服もかわき、指とつま先の感覚ももどった。

そして食事が用意される。根菜と肉のかんたんなものだが、とてもおいしく、一切れのパンもそえられていた。レンはパンをこっそりポケットにしまった。翌朝、それで鳥たちをおびきよせるためだ。彼女には学ぶべきことがあった。

しかし練習はいったん止めにし、今晩のところはゆっくりねむることにした。

少なくとも彼女はそのつもりだった。

暗くなるにつれ、野営地から話し声や物音は消えていった。レンは目を閉じ、毛布で体を包んだ。そのとき近よってくる足音が聞こえた。

彼女は目を開けた。見はりたちが去っていき、入れちがいに来た何者かが、焚火のそばに腰を下ろした。

レンは体を起こした。一瞬で眠気は消え、背すじがこおりついた。

「少し話をしようじゃないか」ハーメルンの笛ふきは言った。

第6章

骨の木の林　パッチ&バルヴァー

パッチとバルヴァーは、境界線のところから、草地で準備が行われるのを見守っていた。骨の木の林にふみ入るのであれば、そこにいるのがどんな怪物かを知っておく必要がある。そこで今晩、何匹かを草地にさそいだし、境界線の向こうから観察するつもりだった。その怪物は境界線をこえられないと、バルヴァーの父は断言していたが、もしもの場合にそなえ、彼らは木を切りたおし、防壁をつくっていた。

やがて防壁はできあがった。明かりは灯さず、林から怪物が出てきたところで、合図とともに数人の射手が火矢を放って草地を照らす。残りの射手は、可能であれば一匹でも怪物をしとめる。いちばんの目的は、その目で怪物のすがたをたしかめることだったが、実物を調べるのも同じくらい重要だった。

六人の兵士が、防壁から骨の木の林に向かって、エサとなるウサギやハトの死骸を置いていく。かくごを決め、脚の骨のような幹をもつ不気味な木々に近づいていく。少しの動きも見のがさぬよう警戒しながら。彼らの緊張がどれほどのものかは、境界線のところにいるパッチにもわかった。

エサを置き終えると、全員がそれぞれ位置についた。前線に少人数の兵士、その三十メートルほど後ろには、もしものときにそなえて笛ふきと射手がならぶ。残りの者たちは、スズカケの木の林で待機するよう言われていた。いまパッチが向かっているのは、そのスズカケの木の林で、当然バルヴァーもいっしょに来るものと思っていた。けれども、そのときだれかがバルヴァーの名前をよんだ。

「それじゃ行ってくる」バルヴァーは言った。

「どういうこと?」パッチは彼を見つめた。

「前線に加わってほしいとアリーアに言われた。おれは夜目がきくからな」

パッチは苦い顔をしたが、バルヴァーの言うことは理にかなっていた。彼はバルヴァーをだきしめると、わきあがる不安をおさえて言った。「気をつけてね」

バルヴァーはにやりとした。

「ああ。いつも以上に気をつけるよ」

「だといいけど」

辺りが真っ暗になり、不安をかきたてた。野営地では焚火や松明をすべて消すよう命じられ、上空の星も雲の後ろにかくれてしまった。しばらくすると、ウサギの断末魔の声が聞こえた。エサでおびきだす作戦は成功だったが、怪物はどうやら生きた獲物にも興味があるようだった。数秒おきに、草原のあちこちから短い悲鳴が聞こえた。

ついに合図の声が上がる。射手たちは矢に火をつけ、いっせいに空に放った。その明かりで世界がふたたびすがたをあらわす。

混乱してさけぶ者もなく、なにか問題が起きた様子も、兵士や防壁が襲われた様子もない。警戒を解く合図があり、兵士たちは松明を灯した。パッチはバルヴァーを探しながら、すれちがう兵士たちの声に耳をかたむけた。草原になにがいたのか知りたかったが、兵士たちはぶつぶつとつぶやくばかりで、ほとんどなにもわからなかった。

やがてバルヴァーがもどってくる。

「それで」パッチは言った。「あそこになにがいたの？」

バルヴァーは大きく息をすって答えた。

「わからない」

「なんで？　ウサギが襲われてる声がしたじゃないか」

「あそこにいたのがなんであれ、相当すばしこいのはたしかだ。トビアスが合図を出し、火矢が草原を照らしたときにはすでにいなかった。まったくなにも！」

「そんなことありえるの？」パッチは言った。バルヴァーのほかにも、十数人の手練れの兵士たちが草原を見はっていた。それなのにだれもなにも見なかったのだ。

バルヴァーは首をふった。

「なにかがおかしい。それにすごくいやな感じがする」

パッチはふるえた。が、しばらくして、ふるえの原因が単に恐怖のせいでなく、実際に気温が下がっているからだと気づいた。スズカケの木々のあいだから草原を見やると、松明の明かりで霧が出てきたのがわかった。

「天候が変わった」バルヴァーが顔をしかめて言う。「野営地へもどろう。それから父さんに会って結果を報告する。父さんはとつぜんの霧に用心しろと——霧の話になると父さんはひどく動揺していた」

「前に言ってたよね。でも、なんでそんなに動揺するのさ」

「父さんが言うには、それですべてが変わるらしい。どういう意味かは、おれにもわからん」

その意味がわかったのは、陽がのぼってからだった。

野営地にもどってからも、パッチは緊張してねむれず、クランバーとウィンテルに『癒しの調べ』を演奏するおそい時間の当番を引き受けることにした。なぞの生き物はいっそう不気味な存在となり、そのことをしばらくわすれるためにも、なにかに集中していたかった。

交代の時間になると、パッチは焚火のそばに行って横になった。霧が濃くなり、しめった空気のせいでなかなかねむれない。けれどもしばらくすると、ようやくねむりに落ちた。夜が明ける少し前、バルヴァーが彼を起こし、ついてくるよう手ぶりで示した。

「まだ夜明け前じゃないか。もう少しねむらせて！」パッチはそう言って、目を閉じた。けれどもバルヴァーはしつこく彼の体をゆすった。パッチはあきらめて起き上がると、不満げな顔でバルヴァーについて行った。

野営地に変わった様子はなかった。数人の兵士が見はりにつき、残りはねむっている。幸い霧は晴れていたが、木立のなかを強風がふきぬけ、パッチはすぐに焚火のあたたかさが恋しくなった。

馬のところまで行くと、先を歩くメルタのすがたが見えた。

「いったいどうしたのさ？」パッチはバルヴァーにたずねた。

「話があるとアリーアが言っている」バルヴァーは言った。「父さんの洞窟を出たとき、空がどこかおかしいことに気づいた。野営地に向かって急いでいると、触手があらわれた崖のところにアリーアがいた。おれが気づいたことを話しはじめると、彼女はおれの話をさえぎり、おまえとトビアス、そしてメルタをよんでくるようおれに言った」

パッチは顔をしかめた。

「空がおかしい？　それってどういう――」

「わからないのか、パッチ」

パッチは空を見上げた。空には雲がかかり、夜明け前のうす明かりがただよっている。陽がのぼるまでまだ少しかかるだろう。けれどもとくに変わったところはない。

アリーアは崖のへりに立ち、海を見つめていた。そのそばに、トビアスとメルタもいる。アリーアはつかれた様子だった。もしかしたら一睡もしていないのかもしれない。

「おはよう」アリーアは言った。「何事かと思うのも当然だけど、ずっといっしょに旅をしてきたあなたたちにまず話しておきたかったの。兵士や戦闘隊には、あとでトビアスが伝えるわ」

トビアスは、いつも以上に不機嫌そうな顔で言った。

「わたしになにを伝えろというのだ、アリーア？」

「いまから話すわ、トビアス。草原で起こったことについて、昨晩からここで考えてたの。この奇妙な島に来て以来、わたしはここがどういう場所なのか明らかにしようとしてきた。〈ベスティアリ〉であることはまちがいないにしても、所有者はだれで、世界のどこに位置するのか。

あらゆる可能性を考えてみて、あまりにとっぴに思えて頭から否定していたことがひとつあるの。昨晩の出来事があって、わたしはその可能性についてあらためて考えてみた。そして夜明けが近づくにつれ、あることがはっきりした。バルヴァーもそれに気づいたわ。あなたたちもわかるかしら？」アリーアはそう言って、海を指さした。水平線から太陽がのぼろうとしている。

　最初に気づいたのはメルタだった。

「そんな。ありえません！」

　その直後、トビアスが目を見開く。

「信じられん……」

　しばらくしてパッチもはっとした。この島に来て以来、彼は毎朝、ギャヴァリーの洞窟からほど近い崖にすわり、陽がのぼるのを見つめていた。けれども、今朝は前日までとことなることがある。

　朝日がのぼる位置がちがうのだ。

「日の出の位置が変わったわ。少なくとも八十度はちがう。天体が変化し、太陽のほうが移動したとも考えられる。でもそれは少し飛躍しすぎじゃないかしら？　だとしたら残された可能性はひとつ」アリーアは、太陽からパッチたちのほうに顔を向けた。「動いたのは陸地、つまり島のほうだとしか考えられない。それに、わたしはようやくここがどこだかわかったの」

第7章 泥棒紳士ランデル・ストーン

アーナー&ランデル

九つの鐘が鳴る少し前、ランデルとアーナーは主塔の門の前にすがたを見せた。アーナーは何度もあくびをし、ランデルににらまれたが、なかなか止められなかった。彼はぐったりつかれていた。ねたのはわずか二時間ほど。入浴と清潔な服、それに深皿一杯のヒツジ肉のシチューは助けになったが、楽な一日にはならないだろう。

ランデルはアーナーをしたがえ、主塔の中央階段を上っていった。その先に議会場の豪華な扉がある。ふたりは中に入ると、しんとした議会場の中央にある席にすわった。まわりの壁際には、聴衆席が階段状に連なっている。アーナーはパッチの裁判を思い返した。あのときは集まった聴衆の重みで、座席がぎしぎし音を立てていた。

九つの鐘が鳴ると、奥の壁にある扉が開き評議員たちが入ってきた。ピューター、ウィンクレス、コブ、ラムジー。議長のドレヴィスだけがいない。評議員は五人と決まっており、それぞれの支部から選出された者たちで構成されている。

アーナーは近づいてくる評議員たちを見ながら、この尊敬すべき四人の笛ふきが、本当に予言された裏切り者なのだろうかと思った。

ピューターは、訓練生時代のアーナーが、最も親しみを覚えた教官でもある。慣例として評議員たちもいくつか授業を受けもっていたが、なかでもピューターはとりわけ気さくで忍耐強い教官だった。彼はほかの評議員たちよりもずっと年上で、耕作曲の使い手だと言われているが、いままでは関節炎をわずらい笛を手にすることはなかった。

ピューターの後ろにいるのがウィンクレス。彼女の専門は笛ふきの歴史だ。そして曲の性質や理論についてだれよりもくわしい。彼女も訓練生たちに人気があり、とりわけ有名な授業がひとつあった。さまざまな物質を、ニスにまぜられるものにして見せるのだ。その授業では炉を使い、小さな爆発が何度も起きた。とても楽しい授業なのだが、ウィンクレスはどこかぼんやりしたところがあり、あぶなっかしくもあった。アーナーには、彼女が裏切り者になれるほど用心深い人物に思えなかった。

けれども、ラムジーとコブは先のふたりとは毛色がことなる。どちらも戦闘隊として長年つとめあげた経歴をもつ。ささいな違反にもきびしい罰をあたえ、質問に答えられないと激怒するため、訓練生たちからおそれられていた。

アーナーもそのふたりが苦手だった。が、それと同時に、彼らを道義的で高潔な存在だとも思っていた。それゆえ、いまだ予言のことが信じられなかった。

評議員たちは四人ともどこか不満げだった。全員が席に着くと、コブが口を開いた。

「昼食後ではだめだったのか、ヴィルトゥス・ストーン。朝から会議をするなど少し野暮な気もするがね……」彼はそう言って、あくびをした。アーナーもつられてあくびをしそうになったが、必死にこらえた。

「しばらく音沙汰がありませんでしたね、ランデル」と、ラムジー。「最後に顔を合わせたのはいつでしたか」

「ブライトウォーターの裁判のときです」ランデルは言った。

「そんなに前になるのか」と、ピューター。「留守中にずいぶんいろんなことがあったぞ」

「まったくです」ランデルはうなずいた。「ドラゴンの襲撃、城の損壊。そして死んだはずのハーメルンの笛ふきがあらわれ、世界中から集まった一流の笛ふきたちをあやつり人形にしようとした」

「あの悪党は野心家よ」と、ウィンクレス。

「そしてあのブライトウォーターという少年」ラムジーは言った。「彼がハーメルンの笛ふきを止めるなど、いったいだれが予想したでしょう」

「あの少年はたしかに自分の価値を証明しました」ランデルは言った。「わたしは彼のことを見あやまっていたようです」

　コブは鼻で笑った。

「運がよかったにすぎん。だいたいあのオルガンを破壊したのは例の友人だろう。半分がドラゴンで半分がグリフィンの。彼にはなにか褒章をあたえようと思っていたが、いつのまにかブライトウォーターといっしょに消えていた。名前も聞けずじまいだ」

　彼の名はバルヴァーです、とアーナーは心の内でつぶやいた。ランデルもだまっていた。評議員たちは気づいていないが、すでに取り調べははじまっていた。取り調べをするうえで大切なのは、できるだけ相手にしゃべらせ、自分は多くを語らないことだ。評議員たちの知るかぎりでは、ランデルは裁判以降パッチに会っておらず、バルヴァーとは会ったこともないはずだった。

「ドレヴィス議長はいまどちらに？」ランデルは言った。「〈大追跡〉を指揮していると聞いていますが」

「ええ」ウィンクレスは言った。「最初に出発した部隊のどれかを率いているはずです」

「はず？」と、ランデル。「居場所を把握していないのですか？」

　評議員たちは、気まずそうに視線を交わした。

「なにも聞いておらんのだよ」ピューターは言った。「議長は捜索隊を編成すると、なにも言わずに行ってしまった。そのためわれわれもどの隊を率いているのかは知らん。きみも〈大追跡〉

に加わるためにもどったのかね、ランデル？」

「残念ながらちがいます」と、ランデル。「今回もどったのは、非常に悲しいことをお伝えするため。ウラル・カシミールが殺されました」

評議員たちは息をのんだ。

「そんな……」ラムジーは言った。「〈八人〉のひとりが殺されたというのですか。いったいなにがあったのです？」

「自邸にて撲殺されました」

ピューターがいちばんおどろいているようだった。

「しかるべき捜査はされたのか？　彼の素性を知る者さえほとんどおらんのに」

「もちろんわたしも知らん」コブは腹立たしげに言った。

「われわれもだ。知っているのは、ドレヴィス議長とランデルをふくめた、〈八人〉の生き残りのみ。しかし状況を考えれば、彼の素性を明らかにすることが、捜査の手助けになるとは思わんかね？」

ランデルは首をふった。

「彼は自分が死んだあとも素性を秘密にしておくことを望んでいました」

ピューターは顔をしかめた。彼は知らなかったが、ウラル・カシミールの素性を知っているのは、〈八人〉の生き残りだけではない。なぜならアーナーは知っている。パッチとレンとバルヴァーも。

ウラルの本当の名はイェマス・デ・フレン。十五歳で両親を亡くし、莫大な財産を相続したが、彼にとって裕福なくらしは退屈でしかなかった。そんな彼を夢中にさせたのが笛だった。彼はティヴィスキャンに入学し、笛を学んだ。特別あつかいされるのをきらい、素性は明かさなかった。ところが、のちに〈八人〉のひとりとして有名になってしまう。彼にはそれがうとましかった。アリーアやトビアス同様、ウラル・カシミールも名声など望んでいなかった。そうしてアリーアはジェムスパーの魔女に、トビアスは修道士になり、ウラルはといえば、一族が代々住む屋敷に帰った。イェマス・デ・フレンにもどった彼は、遺産を使ってひっそりとくらしながら、笛と魔法の研究を続けた。地下の秘密部屋に集めた魔法に関する本や道具は、膨大な数になる。それをほしがる魔法使いや盗賊はたくさんいただろう。しかしウラルは、〈八人〉以外に自分の収集品をわたすつもりはなかった。そのため、彼は死後も決して素性を明かさないことを望んだのだった。

「ウラルの殺害については、調査すべき点がまだ多く残っています」ランデルは言った。「そこで城の守護隊士を六人ばかり連れていく許可をいただきたく。また調査の一環として、みなさんとおひとりずつ話ができればと。もちろん、ご同意いただければですが」

「かまわんよ」ピューターは言った。「われわれもできるかぎり協力したいと思っている」

ウィンクレス、コブ、ラムジーはしぶしぶうなずいた。

「それはよかった」ランデルは言った。「では、あとでお声がけします。ああ、それとパイプオルガンの残骸ですが……城の安全な場所に保管されていると聞きました」

「それがどうした」コブは言った。

「本当に安全かどうか、たしかめさせていただけますか」ランデルは言った。「ハーメルンの笛ふきにうばわれでもしたらと……〈八人〉のひとりとして気が気でないのです」

「竜石の保護がいかに重要かは、われわれも承知している」コブはいらだたしげに言った。「わたしが直々に対処したので心配にはおよばん」

「それでも念のため」ランデルは言った。

コブはいまにも爆発しそうな顔をしていた。アーナーは、ほかの評議員たちが楽しげに見ているのに気づいた。コブはおこりっぽく、うぬぼれ屋なところがある。その彼が鼻柱をへし折られるところなど、めったに見られないのだろう。

「いいじゃありませんか」ウィンクレスは言った。

「それで不安が解消するなら、もちろんです」と、ラムジー。

ピューターはコブに向かってうなずいた。

「わたしも賛成だ。別にかまわんだろう?」

コブは大きく息をついて言った。

「いいでしょう。そうと決まれば、さっさとすませよう」


竜石のパイプオルガンの残骸は、主塔の下にある古い地下蔵に保管されていた。ランデルとアーナーは、コブのあとについて迷路のような通路を歩いていった。しばらく行くと鉄の門があり、その先には、じめじめとした通路がどこまでも続いているように見えた。

「ドレヴィス議長がもどられたら、竜石を使って戦笛を強化するよう説得するつもりだ」コブは言った。「そもそもこのあいだ修理したときにやればよかったのだ」

「危険ではありませんか」アーナーはたずねた。「もしオルガンと同じように、意識をのっとる効果があるとしたら」

コブはその考えを一笑にふした。

「いらん心配だ。なによりいまわれわれに必要なのはより強固な防衛力だ。きみらもスカモスの話は聞いただろう」

「ええ」ランデルは言った。「評議会はどう対応するおつもりです?」

「三首領には極めてきびしい文面の手紙を送った」三首領はドラゴン族の長であり、三位一体で領土を治めている。「それに対してなんと返答してくるか。だが聞くところによると……」コブはそう言って、首をふった。「ほかの評議員たちに相談せずに話すことではないな」

通路のつきあたりに暗い色の木と鉄でできたドアがあり、その前にふたりの守護隊士が立っていた。

見はりがわきによると、コブはポケットから鍵を取りだした。

「この地下蔵は、ふれてはならない危険な品々を保管するのに使われている」コブはアーナーを見て、目を見開いた。「きみは知っているか？　呪われた髑髏や、満月の夜に血がしたたるナイフのことを！」

「にもかかわらず見はりはふたりですか」ランデルは言った。「もっと厳重に守られていると思っていましたが」

コブはにやりとした。

「もちろん厳重だ、ヴィルトゥス・ストーン。きみが思うよりずっとな。蔵までの通路は、壁の中のかくし部屋から見はられている。ずっと監視されていたのに気づいたか？」

「いいえ」ランデルは正直に言った。

アーナーは通路をふり返った。よく見ると石の壁に細いすきまがある。おそらくそこからのぞいているのだろう。

コブは得意満面で言った。

「それぞれの見はりが、いつでも天井にかくされた柵を下ろし、通路を封鎖できるようになっている。それに床を見てみろ」

彼らは床を見た。ドアの前の床石に不思議な模様がきざまれ、そこに金属がはめこまれている。

「蔵に入るときに所持していた以外のものを持ってここをまたげばどうなるか。そこからどこへも行けはしない！」コブはドアにさした鍵を回し、「中に入って自分の目でたしかめるといい」と言って、ランデルに松明をわたした。

ランデルとアーナーは蔵に入った。中は直径が三十メートルほどの円形の部屋で、壁際に鍵のついた箱がならんでいる。おそらくその中に、危険な品々が保管されているのだろう。けれども蔵の中央には、黒と茶色の破片が積みあがっている――くだけ散った竜石のパイプオルガンだ。いちばん大きな破片はパイプの一部で、幅が一メートル、長さが二メートルほどある。が、ほとんどの破片はせいぜい十数センチくらいのものだ。

ふたりは興味深げに瓦礫の山のまわりを歩いた。ランデルは両手でオルガンの破片をすくうと、それを瓦礫の山に落とした。なにやら考えこんでいる。しばらくするとアーナーに松明をわたし、「ここにいろ」とささやいた。彼は手のひらほどの大きさの破片をつかむと、扉のほうへ向かった。

「それでは、たしかめさせていただきます」ランデルは言った。そして手にした破片を高くかかげ、蔵の外に出た。

とたんに鐘がけたたましく鳴りひびき、じめじめした通路から、重い鉄の柵がどすんと下りる音が聞こえた。

コブは会心の笑みをうかべた。

「どうだ？　蔵からなにかを持ちだそうとすれば、通路にあるすべての柵が下り、城中に警鐘が鳴りひびく！」

ランデルはにこりとした。

「アーナー！　こいつをもどしておいてくれ」そう言って、ランデルは蔵の外からパイプオルガンの破片をアーナーに放った。

アーナーは破片を受けとると、それを瓦礫の山にもどした。

「われわれの予防策に満足したか？」コブはたずねた。

「ええ」と、ランデルは答え、アーナーに出てくるよう手ぶりで示した。

「待て」コブはそう言うと、アーナーを中に残したままドアの鍵を閉めた。「きみの弟子には装置がもとの状態にもどるまで中にいてもらう。わたしにぼろを出させようとしてもむだだぞ！」

十分後、ふたたび鍵が開けられる。アーナーは敷居をまたいだが、警鐘は鳴らなかった。

「これでわかっただろう」コブは勝ちほこって言った。「ハーメルンの笛ふきが竜石をぬすみ出すことは不可能だ。わたしがとり仕切っているかぎりはな！」

「これほどかんたんだとは」ランデルは言った。「おそれていた以上だ」

彼は机のそばに立ち、ポケットの中身を出した。数つかみのパイプオルガンの破片が、机の上で小さな山になっている。竜石のパイプオルガンとはいえ、その本体は木でできていた。細かくくだいた竜石をニスにまぜ、表面に固着させているのだ。しかしアーナーが見たところ、目の前の破片にふくまれる木はほんのわずかで、そのほとんどが竜石だった。ランデルが注意深くそれらを選んだのだ。

「おっしゃるとおりです」破片を見つめながら、アーナーは罪悪感にさいなまれていた。絶対にやぶられないといわれた蔵から、魔力のある危険な物質をぬすみ出してしまった。罪を犯したのがランデルだということも、気休めにはならなかった。

ランデルが竜石を調べようとしゃがんだとき、彼のすがたは瓦礫の山にさえぎられ、コブからは見えなかった。そのすきに破片をポケットに入れたのだ。彼はどうどうと大きな破片を手に取ると、敷居をまたいで警鐘を鳴らし、敷居の向こうから破片をアーナーに放った。それでコブは竜石がすべて返されたと思い、ランデルのポケットを調べようとしなかった。

もしランデルが自分のしたことを白状すれば、コブの面目は丸つぶれだったろう。けれども竜石をぬすみ出したのは、コブの面目をつぶすためではない。彼らにはその竜石を必要とするもっともな理由があった。

その理由が、ウラル・カシミールの屋敷から持ってきたかばんに入っていた。カシミールの地下室にあった三つの魔法道具――アリーアによると、それらは竜石の力で動く装置だった。『果てなき闇の探求』とよばれる本にそう記されていたのだ。黒騎士の鎧の設計図とともに。アリーアは、ランデルとアーナーがティヴィスキャンに旅立つ前に、装置の使い方を解読していた。

ひとつ目の装置は、彫刻された小さな石の円筒で、中に奇妙な金属の歯車があった。これは、魔法であやつられている者を検知する装置だ。これを使えば、評議員たちがハーメルンの笛ふきのあやつり人形かどうかを見極められる。この装置の機能について、アリーアは自信があった。

ふたつ目は、側面に目がきざまれた小さな石のピラミッド。これはうそを見ぬく装置ということだが、アリーアは自分の解釈にいまひとつ自信がなかった。ただひとつたしかなのは、これも移動装置と同じく、すぐに竜石を使い果たしてしまうということだ。うそを見破るには、高価な代償が必要だった。

三つ目の装置は、ふたつのペンダント。この装置については、さらにわからないことが多かった。しかしアリーアの考えが正しければ、ランデルとアーナーがそれぞれひとつずつ身につけることで、その効果を発揮するはずだった。

ランデルは小さな破片を選び、ナイフで木から竜石をはがしはじめた。

「これほどの竜石を使っているとは。おそらく何層にもニスをぬり重ねたのだろう。気が遠くなるような作業だ」

アーナーはうなずいた。竜石はおそろしくかたい物質で、成形するのがむずかしい。砥石で少しずつけずるくらいしか方法がなく、黒騎士の鎧もそうやってつくられたのだろう。笛に使うには、粉末にしたものをニスにまぜ、ぬり重ねるのが最も効果的だ。とはいえパイプオルガンともなると規模がちがう。それをやってのけたのだから、正直、驚嘆せざるをえない。

アーナーは、ウィンクレスが毎年行う授業のことを思い出していた。彼女は訓練生たちの前で、さまざまな物質をニスにまぜられるものにして見せた。ガラスや水晶のかたまりを炉で熱し、〈粉砕庫〉とよばれる鉄の箱に入れて冷水をかける。

かたまりはくだけ散って鋭い欠片となり、それが粉々になるまで作業はくり返された。

はじめはそれほどはげしく破裂しない物質でやって見せた。けれどもそれが〈塩ガラス〉や〈フィン鉱〉といった鉱物になると、破裂のいきおいはすさまじく、生徒たちはとびあがるのだった。ウィンクレスはいつも授業の終わりに、竜石を使った実験を見せてあげられないのが残念だと、なげいていた。竜石の使用はずっとむかしに禁止されていた。けれども、それ以前に使っていた古い〈粉砕庫〉が残っていて、それを見せることはできた。彼女は鉄の箱を開き、内側のあちこちが明らかにくぼんでいるのを生徒たちに見せた。すると生徒たちは、竜石がすさまじいいきおいで飛び散るところを想像し、息をのむのだった。

「どの装置から試しましょう?」アーナーはたずねた。

「うそを見ぬく装置がいいだろう」ランデルはピラミッドを逆さにし、底面の小さなふたを開けて中に竜石を入れた。それから机に向かってすわり、正面のいすを指さす。「そこにすわれ」

アーナーはすわった。

「アリーアの説明にはこうある。この装置を手にして質問をする。相手がうそをつくと、装置はかすかにふるえる」ランデルは言った。「いまからいくつか質問をするから、ときどきうそをついてみろ」

「わかりました」

「おまえの名前はアーナー・ウィットロックである」

「はい」

「真実だ。少なくとも装置はふるえなかった。では次。おまえは守護隊の見習いである」

「いいえ」アーナーはためらいがちに答えた。命令とはいえ、平気でうそがつける彼ではなかった。

ランデルはにやりとした。

「かすかにふるえた。よし。それではわたしが知らないことを質問する。おまえがいちばん好きな食べ物は？」

「スモモのパイです」

「うそだな。もういちど聞く。いちばん好きな食べ物は？」

「バターをぬった焼きたてのパンです」

「真実だ。いままでわたしにうそをついたことは？」

「ありません」

ランデルはちょっと間をおき、眉を上げた。アーナーはたじろいだ。たしかにうそをついたことが何度かあった……。

ランデルは続けていくつか質問すると、ピラミッドを逆さにし、中の竜石を取りだした。竜石はもとの半分ほどの大きさになっていた。

「うそによって消耗したか」ランデルは言った。「だが目的の機能をそなえているようだ。そうとわかれば、少しねむらねばなるまい。質問するのは評議員たちの昼食が終わってからでもおそくはない。彼らのなかに闇の魔法であやつられた者がいるかどうか、今日中にはわかるはずだ。それでもし彼らの潔白が証明されたら、黒騎士のことや〈クモの巣谷〉に兵を集めていることを話す」

「もし潔白でなかったら……」アーナーはたずねた。

ランデルはピラミッドを机に置き、険しい顔つきで言った。

「われわれは孤立無援の状態におちいることになる」

第8章　島　パッチ&バルヴァー

トビアス、パッチ、バルヴァー、メルタは崖のそばに立ち、物問いたげな目でアリーアを見ていた。彼女の後ろに見える水平線から、太陽が完全にすがたをあらわす。

先日までとはちがう位置にある太陽。

「それで、ここはどこなのです」メルタはたずねた。「この島が動いていると言いましたね」

「説明するわ」アリーアは言った。「〈八人〉がハーメルンの笛ふきを追っていたとき、ウラル・カシミールはなにかにつけ伝説の魔法使いたちのことを話した。その彼が最も尊敬していたのがラー・セネン。わたしたちをここに連れてきた装置や、ウラルが長年かけて集めた数々の魔法道具をつくった魔法使いよ」

パッチはカシミールの地下室と、ウラル・カシミールの貴重な発見物をおさめた棚を思い返した。その装置のいくつかは、ランデルとアーナーが、ティヴィスキャンで使うために持っていった。

「ラー・セネンにまつわる伝説はたくさんあるわ。でもそのなかに、あまりにとっぴすぎてウラルさえ信じていなかったものがあるの。ラー・セネンが秘密の要塞島に住んでいたという伝説よ。〝マサーケン〟とよばれるその島は、強力な魔法で守られていて、見つけることも攻撃することも不可能。まわりは目に見えない防御壁に囲まれていて、巨大な海の怪物が海岸を守り、悪魔鳥が陸を守っている」

「悪魔鳥……」メルタは言った。「そんな鳥、聞いたことがありません」

「無理もないわ」アリーアは言った。「ラー・セネンの伝説より古い神話だもの。おそろしい生き物よ。カミソリのようなくちばしに、刃のような爪。そしてその鳥ならではの能力――悪魔鳥は狩りをするとき見えなくなる」

「擬態か?」トビアスが言った。

「いいえ。透明化よ」と、アリーア。「それからマサーケンにはもうひとつとっておきの仕掛けがある。この島は海を移動できるの。言い伝えによると、島の中心部に要塞を動かすための操舵小屋があるそうよ」

パッチははっとして言った。

「前に見せてくれた絵だ! 真ん中にごつごつした丘がある島。丘の上には小屋が建ってて、男の人が船の舵をにぎってる。そして水面からは大きな触手が……」彼はアリーアを見つめた。

全員が彼女を見つめた。

「ここが〈ベスティアリ〉であることはたしかよ」アリーアは言った。「でも所有者は？　もしそれがラー・セネンだとしたら、彼は自分が集めた貴重な動物たちをどこにかくすか。当然、難攻不落の要塞マサーケンよ！」

全員が、新たな場所にある太陽を見やった。

「移動する島」メルタは言った。

「海からつき出た触手」と、パッチ。

「もう少し真面目にウラルの話を聞いておくべきだった」と、トビアス。

「悪魔鳥」バルヴァーは言った。「凶暴ですがたを消せる生き物。それでここがマサーケンだと思ったわけか」

「最初にそう思ったのは、触手を見たときよ」アリーアは言った。「だから草原にエサを仕掛けて試してみた。どんなにすばやくたって、まったく見られずに林に逃げかえるなんて不可能よ。だけどもしその生き物が、逃げたのではなく、見えないだけでずっと目の前にいたのだとしたら」

パッチはぶるりとふるえた。

アリーアは続けた。

「それでもまだ、島が動くなんて話は信じられなかった。ほかはともかく、それはないと。そしたら霧が出て、翌朝、太陽がことなる位置からのぼった。それで確信したわ。夜のあいだに島は錨を上げて移動した。その結果、別の方向を向いたのよ」

「待ってくれ」と、トビアス。「それだと、だれかが操舵小屋で舵をとっていることになる！」

「あなたはまったくウラルの話を聞いてなかったのね、トビアス。マサーケンの伝説には続きがあるの。死期が近いことを悟ったラー・セネンは、自分がつくった要塞島に引っこみ、二度とすがたを見せなかった。だけどその島は不思議な島だった。生きていると言う者もいたわ。ラー・セネンが亡くなり、のこされた島は、主が最後に出した命令――だれにも見つかるなという言葉にしたがい、さまよい続けたの。何百年ものあいだ！　そして伝説の結末はこう――ラー・セネンの移動要塞マサーケンは、孤独にたえられず正気を失ってしまった」

全員が彼女を見つめた。

「正気を失った？」トビアスは言った。「では、われわれは気が変になった島に閉じこめられているのか？」

「伝説ではそうだという話よ」と、アリーア。「わたしが言いたいのは、島が動いているからといって、だれかが操縦しているわけではないってこと。ラー・セネンも隠居するまでは島の外に出てたわけだし、島は主がいなくても自分を管理していたはず。必要なときにかくれたり、移動したり。あなたのお父さんもそう言ってるのよね、バルヴァー。この島が生きていて、とらわれた者たちのめんどうをみていると」

バルヴァーはうなずいたが、すぐにはっとして言った。

「めんどうを見ているだけじゃない！　新たに捕獲もしている。父さんやアルケランはとらえられた」

「そうね。〈ベスティアリ〉には、繁殖できるほど数の多い種もいるでしょうけど、それ以外の種はときどき補充する必要があるのかもしれないわ」

補充。パッチはそれを聞いて強い嫌悪感を覚えた。島がさまよい続けた長い年月で、いったいどれだけのグリフィンが犠牲になったのか。自分がどこにいるのか、なぜとらわれているのかもわからず、鎖につながれたまま一生を終えたグリフィンが、何匹いたことだろう。

「ラー・セネンは人格者って言ったよね」パッチは言った。「だからウラル・カシミールは尊敬していたって。それが本当なら、どうしてグリフィンを閉じこめるなんて残酷なことしたのさ」

「いい指摘ね。わたしもそう思ったわ。だからこそ、ここがだれの〈ベスティアリ〉か考えたとき、まず頭にうかんだのは闇の魔法使いだった。もしかしたら、ウラルはラー・セネンを美化していただけで、本当は最大の敵クアラスタスとたいして変わらなかったのかもしれない」アリーアは遠くに見える丘を指さした。「だけど伝説が本当なら、あそこに操舵小屋があるはずよ。そこに行けば、島をあやつってティヴィスキャンの近くの海岸まで行ける。もし飼いならせそうになかったら、そこに座礁させてやるわ！」

「悪くない案だ」トビアスは言った。

「でも悪魔鳥はどうするのさ」と、パッチ。「それに林をぬけられても、今度は別の怪物に出会うことになるんじゃ……」

「ええ、そうね」アリーアは言った。「だけどこっちにも最強の笛ふきと兵士たちがいるわ。わたしたちは悪魔鳥を蹴散らして林をぬける。ほかの怪物が相手でも同じよ」

「島がそれをいやがったらどうする」バルヴァーは言った。

「そのときは不意をついておさえこむ。わたしたちならできるわ！」アリーアは、みんなの困惑した顔に気づいた。「トビアス、あなたもなにか言ってちょうだい！」

「正気を失った島の不意をついておさえこむか」トビアスは片方の眉を上げた。「部下たちには別の言い方をしたほうがよさそうだ」

「うまくいくはずよ。バルヴァー、あなたのお父さんは首輪がはずれるまでここにいてもらうしかないわ。もちろんクランバーとウィンテルも置いていく。彼らの看病をする笛ふきと兵士を数人残していくことにして、メルタ、あなたはどうする？　ついてくるかどうかはあなたしだいよ」

「この探索がわたしたちの最後の希望です」メルタは言った。「失敗すれば島から出られません。

わたしもいっしょにいって、できるかぎり手助けをします。クランバーとウィンテルのことは、残った者たちにまかせます」

「わかったわ。バルヴァー、あなたの火炎は大いに役に立つはずよ。それからパッチ、あなたは危険だからここにいて。と言っても、どうせ聞かないんでしょうけど」

「まあね」パッチは言った。「バルヴァーが行くなら、ぼくも行く」

アリーアはうなずいた。

「わたしは遠征隊の真ん中にいることになる。あなたは絶対にわたしのそばをはなれちゃだめよ、いいわね?」

「わかった」

「魔法はどうしても必要なとき以外、使わないわ。この島をいちばんおこらせるのは、どうやら魔法みたいだから。笛ふきたちの力をたよりにしましょう。彼らの曲が、骨の木を根元からたおして道をつくってくれる。ただ、なにをするにしても日暮れ前には林をぬけないと」

「なんで日暮れ前?」パッチはたずねた。

「伝説によると、悪魔鳥は陽の下では長く透明でいることができないらしいの。すぐにつかれてしまうから。その点はわたしたちに有利ね」

パッチはいぶかしげに言った。

「暗いところで透明になる必要なんてあるの？」

「それはとても人間的なものの見方です」と、メルタ。「世の中には、夜目がきく夜行性の生き物はたくさんいますよ、パッチ」

トビアスはあごに手をやり、深く考えていた。

「三列横隊、曲は『短撃』と『盾』、それに射手と槍の援護があれば――」トビアスは自分に言い聞かすように言った。「なんとか行けそうだ。しかし馬は野営地に残していこう。すぐに恐怖で混乱してしまうからな」

「それは具体的な作戦なの、トビアス？」アリーアはたずねた。

「ああ」トビアスは、すでに水平線のだいぶ上にある太陽を見やった。「すぐにでも準備にとりかからなくては」


草原に兵が集まると、バルヴァーは父のもとへ行き、自分たちが知ったこと、そしてこれから起こることを話した。

「お父さんの反応は？」パッチは、もどってきたバルヴァーにたずねた。

「ようやくここがどういう場所かわかり、ほっとしている」バルヴァーは言った。「だが、おれたちが骨の木の林に入ることを心配していた。島がなにかするんじゃないかと思ってな」

「なにができるって言うのさ」パッチは草原に集まった軍勢を見て、島に来て以来感じたことのない安心感を覚えた。「触手もここまではとどかないし、悪魔鳥ってやつさえ近づけなきゃいいんだ。きっとうまくいくよ！」

トビアスは陣形の演習をはじめた。先頭は三列の笛ふきたち。彼らが強力な戦闘曲で骨の木をなぎたおし、進路をつくる。ひょっとしたら、その音だけで悪魔鳥は逃げていくかもしれない。残りの笛ふきたちは二重の円陣を組み、交代で防御曲を演奏する。さらにそのまわりを槍を持った兵士たちが囲み、内側で弓を持った兵士たちが円になる。

「前進は慎重に、だが容赦ない態度でのぞめ！」トビアスがさけび、兵たちは気迫をこめた。

アリーアは、パッチ、バルヴァー、メルタといっしょに射手の輪のなかにいた。

「見事なものです」メルタが演習の様子を見て言った。

実際それは見事だった――最前列の笛ふきたちが流れるように動くと、それに合わせて陣形が整う。まるで何度も練習してきた踊りのようだった。

やがて演習は終わり、トビアスが中央にいるアリーアたちのところにやって来た。はるか前方に丘が見え、伝説によるとそこには島をあやつるための操舵小屋がある。

「骨の木の林へ向かって前進！」

トビアスが命令を下し、兵は進軍しはじめた。

第9章 黒騎士の話　レン

黒騎士はあぐらをかいてすわり、侮蔑と楽しさがないまぜの顔でレンを見つめた。彼女は心底おびえていた。それを黒騎士に悟られまいとしたが、むだなのはわかっていた。

レンの目は、おのずと黒騎士の脚に向けられた。みがきあげた鉄のすね当てが、銀色にかがやいている。鎧の力はいくらか弱っているだろうか。彼女は思った。けれども、口笛で人間を川から引き上げたことを考えれば、たとえ弱っていたとしても、微々たるものだろう。

ハーメルンの笛ふきは彼女の視線に気づき、冷笑をうかべて言った。

「いま新しいすね当てを作製中だ。もうすぐできあがる」

レンは鎧の胸にあるくぼみに目を向けた。いまはまだなにもないくぼみ。そこに〈命の石〉をはめれば鎧は完成する。

「この鎧をまとう者がどのような力を得るか知っているか?」ハーメルンの笛ふきはたずねた。

「不死身になるんでしょう」レンは興味のないふりをして答えた。「だけどある古い石がないと鎧は完成しない。そしてあなたはそれがどこにあるのかを知らない」

ハーメルンの笛ふきは眉をよせると、あざ笑うように言った。

「古い石か。そいつは〈ヴィヴィフィカンテム〉とよばれる、人間が誕生する前からあったとされる宝石だ。すさまじい力を秘めた石だが、この鎧がなければ持つ者を破滅させる」

レンは笑みをうかべた。

「そう。でもそれがどこにあるのか知らないんでしょう?」彼女はなぐられると思ったが、ハーメルンの笛ふきは顔をそむけただけだった。

「おおよその見当はついている」ハーメルンの笛ふきは言った。それは確信というより、希望のようだった。

レンは、そのときはじめて男の顔をよく見た。思っていたよりも若い。けれど、その目に宿る残酷さのため、実際よりも年をとって見えた。黒い髪は無精ヒゲのように短くかりこまれている。顔の片方には――トビアスのあごから額にかけての古傷を思わせる――大きな傷あとがあり、一方の耳がなかった。

「その傷あと。そっくりな傷のある人を知ってる」レンは言った。

ハーメルンの笛ふきはうなずいた。

「トビアス・パラフォックスだろう。以前〈八人〉は、わたしをぎりぎりまで追いつめた。どちらが死んでもおかしくない状況だった。おまえが救ったあのよせ集めの兵を率いていたのはパラフォックスだ。投降兵たちに聞いてわかっているぞ。ほとんどすべてな」

「例えばなにを？」レンはできるだけそっけなく言った。

「あの兵はキントナー砦から連れてきたやつらだ。そこに〈八人〉のひとりアリーア・コーリガンも合流している。偵察隊のグリフィンを引きつれて。そしてわすれてならないのは、あのドラコグリフ。やつには以前、会ったことがある。竜石のオルガンで意識をのっとってやったが、あの役立たずときたらオルガンにつっこんで破壊してしまった」ハーメルンの笛ふきは、残念そうに首をふった。「〈クモの巣谷〉でまとめて始末できたら、さぞすっきりしただろうに」

役立たずという言葉が耳に残り、レンは友人のためになにか言い返してやりたい衝動にかられた。

ハーメルンの笛ふきは彼女のほうに身をのりだした。

「そしておまえだ、娘」

いよいよこのときが来た。レンは思った。とうとうハーメルンの笛ふきに気づかれたのだ。あの日、バルヴァーの背中にのっていたのが自分だと。覚えていないのもしゃくにさわるが、ばれないにこしたことはない。じゃまをするのが二度目だとばれれば、いっそうひどいあつかいを受けるのは明らかだ。

しかし結局のところ、ハーメルンの笛ふきはレンをまったく覚えていなかった。

「わたしの鎧の一部をぬすんだおまえ――そのおまえが何者か、わたしは考えた。なぜあのような策略をしかけることができたのか。そしておまえが使ったあの奇妙な術。答えが出るまでさほど時間はかからなかった。おまえは魔法使いの弟子だな？ ならば師はだれか。丘のふもとで鎧の一部を受けとり、軍を移動させるほどの魔力をあつかうことができた者。それはだれか。パラフォックスは単純な笛ふきだ。力業だけで優雅さに欠ける。コーリガンは防御曲に長けるが、まるきり想像力がない。そしてふたりともまったく魔法を使えない！」

レンは表情になにも出さないように気をつけた。

「残された可能性はひとつ。〈八人〉のうちのふたりがいるなら、もうひとりもいると考えるのが妥当だ。つまりおまえの師はウラル・カシミール！」ハーメルンの笛ふきは、はやる心でレンを見た。「そうだろう？」

レンは困惑し、どう答えるべきかまよった。ハーメルンの笛ふきは、なんらかの形でウラル・カシミールの殺害に関わっていると思っていた。けれども目の前の男は、明らかにカシミールが死んだことを知らない。そこで彼女は考えた。相手にまちがいが多いほど、こちらは有利な立場に立てる。

「なぜわかったの？」レンは言った。

「わたしのじゃまができるほどかしこいのは、カシミールくらいだからな。ずっと探していたが、居所は知れず、素性もなぞだった」ハーメルンの笛ふきは、かざりつきのベルトをしていた。そこに小さな望遠鏡と短刀がぶらさがり、収納袋がいくつかついている。袋のひとつから数センチ四方の小さな金属の箱が取りだされると、レンは目を見はった。それは、ランデルの体に毒を注いだ箱にそっくりだった。「わたしは執念深いほうでね」ハーメルンの笛ふきは言った。「これを六十個ほど手に入れた。北の果てに住むある魔法使いがつくったものだ。こいつは特定の者に反応して毒針を出す。標的は、パラフォックスとの戦いで傷を負ったとき、わたしの周囲三十メートル以内にいたすべての者。複雑な魔法が使われているし、値段も相当だが、〈八人〉をまとめてかたづけるにはこれしかないと思った」ハーメルンの笛ふきは、首をふった。「わたしは復讐に燃え、機が熟すのを待った。そして、ついにそのときがおとずれた。ある古の書が発見され、だれかに売られたといううわさを耳にした。それはカシミールがずっと探していた書物だ。わたしは買った者をつきとめるため、書店に人を送った。が、そこで誤算が生じた。わたしの仲間が情報を聞きだす前に、店主が死んでしまったのだ。わたしは部下を使って書店の客をかたっぱしから当たった。しかし本は見つからなかった」男は、ため息をついた。「わたしの部下には手荒なことをする者もいてね、客のなかには死んでしまった者もいる。そのなかにカシミールもいてくれたらと思ったが、どうやら当てがはずれたらしい。カシミールは本を持っているのだろう?」

レンはなにも言わなかった。すぐにランデルとアーナーのことが頭にうかんだ。もし逃(に)げることができたら、ウラル・カシミールの殺害(さつがい)と、ランデルを毒殺しようとした犯人(はんにん)の両方がわかったと、彼(かれ)らに伝えられる。

「そこでおまえに質問(しつもん)だ」ハーメルンの笛ふきは言った。「竜石(りゅうせき)を使って動かしたあの装置(そうち)だが、あれはカシミールがつくったのか、それともやつの収集品(しゅうしゅうひん)のなかにあったのか?」

レンは思わず目を見開いた。それは答えを言っているに等しかった。

「なるほど」ハーメルンの笛ふきは言った。「やつの収集品のひとつだな。では、ラー・セネンのものか。おどろいた、千年も前につくられたものがまだ動くとは」

「ええ、ちゃんと動いたわ」レンは勝ちほこって言った。「わたしの仲間たちは脱出(だっしゅつ)できたものね」

ハーメルンの笛ふきは笑(え)みをうかべた。

「それで、おまえは仲間たちの行き先を言うつもりはないと?」

「言うもんですか!」

ハーメルンの笛ふきはにやりとした。

「口をわらせることなどかんたんだ。少し痛(いた)みをあたえれば、すぐにしゃべりたくなる。まあ、聞いたところで意味はないが。やつらが本当にそこにいるとはかぎらんだろう？」レンが顔にとまどいの色をうかべると、ハーメルンの笛ふきは楽しげに続けた。「笛ふきの軍隊がどこからともなくあらわれたという報告はない。それはたしかだ。ふつうそういうことがあれば、たちまちうわさになる。いいか娘、千年も前につくられた魔法道具を、ラー・セネンの想像を上まわる量の竜石を使って動かしたのだ。おまえの仲間は、最も遠い大陸にいるかもしれないし、未踏の地に迷いこんでいるかもしれない。あるいは海の底、はたまた月にいる可能性だってある」男は身をのりだした。「おまえをとらえたとき、わたしは言ったな。目の前でおまえの仲間たちを殺してやると。だが、それを撤回することになりそうだ。なぜなら、おまえの仲間たちがどこにいようと、これだけは言える——やつらがわたしの前にあらわれることは二度とない。いや、おそらくだれの前にもな」

レンは真っ青な顔で、ハーメルンの笛ふきをにらみつけた。

「わたしを悪魔とでも思っていそうだな」ハーメルンの笛ふきは言った。

レンはなみだをぬぐって言った。

「あなたは、あたしの友だちが死んだと言ってよろこんでる。それにそのばかげた鎧のために、ドラゴンの子どもたちを殺してなにも感じてない。悪魔じゃなきゃいったいなんなの！」

男の様子が、がらりと変わる。さっきまではレンを苦しめてよろこんでいたが、いまはただつかれたように見える。

「なるほど。竜石の暗い秘密を知っているわけか」ハーメルンの笛ふきは鎧を見つめると、首をふって立ち上がった。「けっこうな時間をむだにした。だが、おそらくまた話をすることになるだろう」男は立ち去ろうとして、足を止めた。「世の中には、わたしをこえる悪魔がいるのだ。あの計画は、わたしの考えではない」

そうして黒騎士は、暗闇のなかへと消えた。

第10章 前へ進め！ パッチ&バルヴァー

軍隊が骨の木の林に向かって行進する。トビアスは、木々のてっぺんと目の前の草地を交互に見ていた。距離を測っているのだと、パッチは気づいた。木々に近づけば近づくほど曲の効果は強くなるが、その分危険も大きい。

「かまえ！」トビアスが命じると、軍はいっせいに足を止めた。「一列目から順に『短撃』。はじめ！」

演奏するのは先頭にいる三列の戦闘隊。『短撃』は、短距離用の強力な打撃曲だ。

先頭の一列が、少しのずれもなく同じメロディを演奏する。十五秒ほどして、二列目が演奏をはじめ、ふたつのメロディが子どもたちの歌声のようにたわむれあう。また同じくらいして三列目が演奏をはじめ、三つのメロディが渾然一体となる。その音色は、破壊的な曲であるのがうそのように美しかった。

そして、一列目が演奏する曲の音がどんどん高くなり、ほとんど金切り声のようになる。最後のいちばん高い音は、〈解放音（かいほうおん）〉とよばれる。その音が鳴った瞬間（しゅんかん）、林に向かって曲は発射（はっしゃ）され、木々の根元をはげしく打った。パッチは、木くずが飛び散るのを見て、その骨のような不気味な木々が、本当に樹木（じゅもく）であることに少しおどろいた。

けれどもまだ木々はたおれなかった。二列目が前に出てふたたび曲を放つ。幹（みき）がさけて木々がぐらりとかたむく。

三列目が曲を放つと、先の二曲をもちこたえた木々もついにたおれはじめた。

「止（や）め！」トビアスは言った。

木々が大きな音を立ててたおれ、やがて静かになる。いよいよ林に足をふみ入れるときが来た。そこから先は、いたるところに死の危険がひそんでいる。

パッチは悪魔鳥（あくまちょう）らしきものはいないかと、たおれた木々の先の暗がりに目を走らせた。その彼（かれ）のとなりで、バルヴァーも目をこらしている。

「なにか見えた？」パッチは声を殺（ころ）して言った。

「いや」と、バルヴァー。「だが本当にすがたを消せるなら、おれの目も当てにならん」

となりに立つアリーアが言った。

「陽（ひ）の下ではかすかに見えるはずよ。言い伝えによると、ガラスの生き物のように見えるらしいわ。それにずっとその状態（じょうたい）でいることはできない」

「防御班、用意！」トビアスは言った。「槍と弓、用意！」円になった笛ふきたちが、防御曲を演奏しはじめた。その後ろで射手が弓をかまえ、いちばん外の円にいる兵士たちが鋭い槍の囲いをつくる。「『短撃』の用意！」と、トビアス。先頭の笛ふきたちが、ふたたび攻撃曲を組み立てはじめる。

アリーアは、バルヴァーとパッチを見てうなずいた。

「本当に危険なのはここからよ」

彼らは一時間ほど林のなかを進んだ。先頭の三列が順番に、それぞれ四回ずつ曲を放つ。計十二発の『短撃』が木々をなぎはらうと、次は防御曲を前方に向かって放った。悪魔鳥の存在を示す動きはないか、全員がまわりに目をこらす。

それらしきものはなにもない。

後かたづけがはじまり、兵士たちがすみやかにたおれた木々をわきにどける。大きな木はバルヴァーとメルタが運んだ。幸い骨の木の林には、ほとんど下生えがなかった。

かたづけがすむと、軍はふたたび前進。先頭の三列が、次の観客、木々のために演奏する。

見ている分には順調に思える。加えてパッチがいたのは軍隊の中心部、つまり最も安全な場所だった。それでも彼は、破滅がすぐそこにせまっているのではないか、いまにも悪魔鳥がおしよせ、ひとり残らず殺されてしまうのではないかと、びくびくしていた。林のなかをゆっくり進むうちに、頭のてっぺんから足のつま先まで恐怖でいっぱいになった。

ふり返ると、切り開かれた道が見えた。わりあいに安全だった草原が、どんどん遠ざかっていく。前方の林は深く、どこまで続いているのかもわからない。

そして事態が急変する。ふたたび木々がたおされ、兵士たちがバルヴァーとメルタといっしょに通り道をかたづけようとしたときだった。さけび声が聞こえ、バルヴァーは声のしたほうへ急いだ。パッチは食い入るようにそちらを見つめた。兵士がロープを持ってバルヴァーにかけよる。しばらくして、バルヴァーは軍隊の中心部にもどってきた。トビアスとアリーアにあるものを見せるために。

バルヴァーはロープの束を地面に放った。

「一羽目だ。さっきの曲が撃ち落とした」

一瞬、パッチは自分がなにを見ているのかわからなかった。もちろん、それはただのロープの束ではなかった。ロープを巻きつけたなにか。それがなにか、はっきりとはわからない。ガラスでできたような生き物だと、アリーアは言っていた。が、目の前の個体は、じょじょにそのすがたをあらわしはじめた。まだほとんどが透明で、奇妙なかがやきを放っていたが、部分的に密集した青い羽根が見える。全体像はわからないが、かなり大きいようだ。

「死んでるの？」アリーアはたずねた。

「だといいが」と、バルヴァー。「たしかめずにしばりあげたからな。でも息はしていないようだ」

「一羽だけだった可能性もあるが、その保証はない」トビアスはしばし考えこみ、兵士たちに言った。「影の動きに注意しろ！」

アリーアは悪魔鳥のそばにしゃがんだ。

「気をつけろ」トビアスは言った。きらきらしていた悪魔鳥の体は、部分的にかがやきを失い、七、八センチほどのおそろしい爪も見えてきた。アリーアは考えなおしたらしく、立ち上がった。

「体が全部見えるようになってから調べるわ」アリーアは言った。「悪魔鳥の能力を知るのに役立つはずよ。バルヴァー、あなたこれを運んでくれない？」

「おやすいご用だ」バルヴァーは、ためらうことなく答えた。

パッチは目の前の死骸を見ながら思った。骨の木の林にはこれが何羽くらいいるのだろう。それを知るまでに、そう時間はかからなかった。

その後、五回の破壊とかたづけが行われたが、なにも起こらなかった。

つかまえた悪魔鳥は、すでに全体が見えるようになっていた。アリーアは興味深げに、片方の翼をつかみ、広げられるだけ広げてみた。根元から先まで二メートル近くあり、細い羽根は濃い青色。またほかの鳥とことなり、翼のとちゅうに三本の指がある。そこに生えた爪は、足のそれよりも長い。広げた翼がたたまれ、バルヴァーがふたたびロープでしばりあげると、パッチは胸をなで下した。

悪魔鳥の羽根は不思議なほどかたく、さわると手が切れそうだった。頭は細長く、ぎょっとするほど長いくちばしには、するどい歯がびっしりと生えている。

バルヴァーは移動のたびに、心底いやそうな顔をしてその鳥を手に取った。

パッチは刃のような爪から目がはなせなかった。見れば気分が悪くなるとわかっているのに。

「その鳥、どこかに捨てていかない？」彼はアリーアに言った。

アリーアは首をふった。

「まだいろいろ調べなきゃならないの」

ふたたび『短撃』が一順すると、たおれた木々をかたづけるためにバルヴァーとメルタがよばれた。バルヴァーは、悪魔鳥の死骸を置いて前線に向かった。パッチは彼を見送りながら、自分だけ安全な場所にいるのを心苦しく思った。彼は影の動きに気をつけながら、全身をこわばらせてまわりを見やった。

ふと視線を感じ、後ろをふり返る。が、そこにはきつくしばられた悪魔鳥の死骸があるだけだった。

そのとき左翼から声があがる。

「あそこでなにか動いた！」槍を持った兵士が立ち上がり、林の奥を指さした。パッチにはなにも見えなかった。

円陣を組んだ笛ふきたちは、『盾』を維持していた。パッチは、アリーアとトビアスを見た。ふたりとも緊張した面持ちだ。

今度は右翼から、続けて正面から声があがり、ついにトビアスが命令を下す。

「全方位、交代で『盾』を放て！」

円にいる半分の笛ふきが『盾』を放つ。彼らはまたすぐに曲を組み立てはじめ、そのあいだに残りの半分が『盾』を放った。防御曲は、通常ある一定の場所に留まり、見えない壁のような働きをする。彼らはそれを敵を追いはらう攻撃に応用していた。しかし、とぎれなく曲を放ち続けるのは至難の業だ。

「これじゃみんなすぐにつかれてしまうわ」アリーアは言った。

「囲まれるわけにはいかん」と、トビアス。「敵をたおすか追いはらうかしなければ。一羽でも侵入をゆるせば、たちまち陣は崩壊する」

前方がぱっと明るくなる。バルヴァーが火をふいたのだ。

「わたしも前線に行く」トビアスは言った。「悪魔鳥に『短撃』が通用するかどうか試してやる！　できるかぎり『盾』を放ちつづけるよう、指示を出してくれ」

「わかったわ」と、アリーア。パッチは、彼女の指先で紫の光がぱっとかがやくのを見た。視線に気づいたアリーアが言う。「いざというときまでは使わないわ。この島は魔法に対して敏感なようだし、できるだけ刺激したくないの」

「何羽くらいいるんだろう」パッチはたずねた。前方でふたたび炎がふきあがる。

「それはわからない」アリーアは言った。けれども、いまやいたるところで動きが確認できた。陽の下では長く透明でいることができず、体の一部があらわれ、耳障りな鳴き声があたりにこだましている。

前のほうで甲高い〈解放音〉が鳴り、『短撃』が十数羽の悪魔鳥を撃ち落とす。

「弓隊用意！」アリーアは言った。「慎重にねらいなさい！」

放たれた矢が、『盾』を通過して飛んでいく。しかし、結果はがっかりするものだった。正確に放たれた矢もはらい落とされてしまい、何本かはつきささったが、それも爪やくちばしでへし折られ、結局、一羽もしとめられなかった。

「これじゃ矢をむだにするだけだわ」アリーアがそう言うと、射手たちは手を止めた。「『短撃』が有効であることを祈りましょう」彼女はひとりごとのようにつぶやいた。

そのとき、あるものがパッチの目に留まる。ロープでしばった悪魔鳥だ。パッチは心のなかで悪態をつき、その鳥をじっと見つめた。ずっと全身が見えているものだと思っていた。が、それはまちがいだった。頭の一部が半透明になっている。それに脚はこんなふうに曲がっていただろうか……。

パッチがなにか言おうとしたそのとき、悪魔鳥の目がぱっと開く。パッチはぎょっとして息をのんだ。トビアスの言葉が頭の中をめぐる――一羽でも侵入をゆるせば、たちまち陣は崩壊する。

「アリーア！」パッチはさけんだ。アリーアがふり向いたとき、悪魔鳥の刃のような爪が一気にロープを切りさいた。悪魔鳥が立ち上がり、パッチに飛びかかる。パッチはあわてて後ろにとびのいたが、足首に焼けるような痛みが走ったかと思うと、次の瞬間には空中で逆さづりになっていた。

第11章 質問、そして質問 ランデル&アーナー

評議員たちとの面会まで、ランデルとアーナーはねむった。わずか三時間の睡眠でも、アーナーにはありがたかった。時間になると、彼らは北塔の中央を占める評議員の宿舎に向かった。

ランデルは、まずラムジーの部屋のドアをノックした。

「ヴィルトゥス・ストーン」ラムジーはドアを開けて言った。「尋問の時間ね？」彼女はほほ笑んで彼らをまねき入れたが、どことなく表情はかたかった。

アーナーは部屋の中を見まわした。評議員の部屋を見るのははじめてだった。ランデルの部屋とくらべてはるかに豪華だ。品のいい木製の家具、壁には色あざやかなタペストリーと絵画がかけられている。

「おすわりなさい」ラムジーは言った。「はじめましょう」

火が燃えさかる暖炉の前のテーブルにつくと、アーナーは小さな帳面を取りだした。

「わたしの弟子が記録を取ります」ランデルはそう言って、ポケットに手を入れた。そこに、奇

妙なピラミッド型の装置が入っているのを、アーナーは知っている。装置にはすでに竜石が入っている。うそをつけば装置がふるえるはずだ。

評議員たちの部屋はいずれも豪華で、反応もにたりよったりだった。礼儀正しくも、警戒したようなあいさつ。そして質問されると顔に不安の色をうかべる。最初がラムジー、次にコブ、ピューター、そしてウィンクレス。アーナーは四人分の記録を取った。

ランデルは毎回、同じ質問からはじめた。

「今朝ご報告したとおり、ウラル・カシミールが殺されました。わたしが話す前に彼の死を知っていましたか？」

評議員たちは全員、知らなかったと答えた。それも当然だ。彼らはいずれもカシミールの素性を知らないのだから。もしピラミッドが反応していたら、彼らがウラルの死に関わっている決定的な証拠となっただろう。

次の質問。

「今回の〈大追跡〉の発案者は、ドレヴィス議長ですか？」

全員が、そうだと答えた。

そして次の質問。

「議長は自ら遠征に出る前、評議会に相談されましたか？」

ラムジーはしばらく考えてから、顔をしかめて言った。

「いいえ。わたしたちが知ったのは、彼が去ってからです。置き手紙があり、そこには行き先はふせておくが一カ月以内にもどると」

「戦闘隊も招集されましたか？　キントナー砦からなにか連絡は？」

「キントナーからは訓練に関する連絡がありました。聞いた話では、砦にいる半数が参加するとか！　議長のことですから、訓練は建前でなにか秘密の作戦を行っているのでしょう」

それを聞いて、アーナーはひそかにほほ笑んだ。いかにもトビアスが考えそうなことだったからだ。少なくとも兵を集めることはできたということだ。

やがて質問がスカモスのことになる。ウラル・カシミールと関係のない話なので、評議員たちは一様に疑問に思った。だが、それはパッチたちの安否を知るうえで、欠かせない質問だった。

「ドラゴンたちがある兵器を開発し、それを使用した」コブは言った。「すさまじいいきおいで爆発する巨大な球体だと聞いている。スカモスの街は市民たちを避難させたあと、完全に破壊されたそうだ。われわれは混乱をさけるため、この件をふせておくことにした。とりわけ三首領のことについては……」彼は首をふったが、気が変わったらしく続けた。「いや、おまえには話しておくべきだろう。ドラゴンの三首領は、すでに権力を失っている。報告によると、現在ドラゴン族を率いているのは、カスターカンとよばれる軍の総司令官だ」

アーナーは、背筋に冷たいものが走るのを覚えた。ドラゴンの領土は何千年ものあいだ、三匹の代表、すなわち三首領によって統治されてきた。古来続いてきたその制度が、くつがえされたのだ。それは彼にとって衝撃だった。

コブとラムジーは、人間とドラゴンのあいだで戦争が起こる可能性もあると考えていた。

ウィンクレスは、その考えに否定的だった。

「ドラゴンたちは人間との関係を断ちたいだけでしょう。さすがに戦争にはなりません。そのおそろしい兵器についても、対策は打ってあります。主塔の戦笛を修理する際に、より強力なものに改良しましたから。作業を監督したわたしからすると、街を破壊した兵器といえど、おそれるに足りません」

けれどもピューターは慎重だった。

「ドラゴンたちは、過去を清算しようと考えているのでは。だとすると非常に危険だ……」

尋問は続いた。なかにはあけすけな質問もあったが、そういうものほど重要だった――ランデルは、〈大追跡〉のため守護隊を招集したことについて質問しながら、しばしば相手の忠誠心を試すようなことを聞いた。人によっては腹を立ててもおかしくない質問だ。けれども評議員たちは文句も言わず、聞かれたことにすべて答えた。

ランデルとアーナーは部屋にもどった。アーナーは師の考えが気になり、たずねた。

「どうでしょう。評議会を信用すべきでしょうか？」

ランデルは一方のポケットからピラミッド型の装置を取りだした。そしてもう一方から筒型のもの——傀儡を探知するといわれる装置と、竜石の破片を取りだし、それらをすべて机の上にならべた。

筒型の装置の真ん中に金属の輪がついており、アリーアによると、魔法であやつられた者を探知するとそれが回転する。

「幸い、こちらの装置はなんの反応も示さなかった」ランデルは言った。「もちろんきちんと動いている保証はない。だが、ピラミッドのほうはおまえで実証ずみだ。評議員たちはときどき小さなうそをついたが、問題にするほどのものではなかった」彼はピラミッドを指でこつこつとたたいた。「便利な道具だ。おかげで的確な質問ができたし、彼らの胸の内にある真実を引き出すこともできた」

「では評議会は潔白だと」アーナーはたずねた。「黒騎士のことを話してもだいじょうぶということでしょうか」

ランデルはこまったような顔をした。

「この筒がきちんと働いていたとすれば、彼らのなかに魔法であやつられた者はいないことになる。また彼らの答えに、うたがわしいところはなかった。少なくともティヴィスキャンへの忠誠心はある」彼はアーナーのほうを見た。「おまえの考えは？」

　不意の問いかけに、アーナーはとまどった。

「ぼくのですか？」

「そうだ」

　アーナーは深呼吸し、考えをまとめて口にした。

「トビアス、アリーアのおふたりはなにをするにも慎重で、ぼくも少なからずその影響を受けているのかもしれません。先生は、問題にするほどのうそはなかったとおっしゃいましたが……」

「続けろ」と、ランデル。

「なにかおかしい気がするんです」アーナーは首をふった。「ただの直感なのですが」

　ランデルはゆっくりうなずいた。

「守護隊士は決して己の直感を無視すべきではない。実を言うと、わたしも同じように感じた。彼らをうたがう理由はない……が、わたしの直感が〝待て〟と言っている。おそらく明日にはもう少しはっきりとした答えが出るだろう」

　そのときドアがノックされた。ランデルはドアに向かったが、はっとしてふり返った。

「すぐにそれをかくせ!」彼は、机の上にあるふたつの装置と竜石の欠片のほうにあごをしゃくった。アーナーは急いでそれらをかき集め、ローブのポケットに入れた。

ランデルはドアを開けた。

そこにいたのは、ピューター評議員だった。不安そうな顔をしている。

「おまえと話がしたい」彼は言った。「ふたりきりで」

ランデルはアーナーに向かって言った。

「席をはずしてくれ」

アーナーは、ピューターと入れちがいに部屋を出て、廊下で待った。


「なんでしょう?」ランデルはたずねた。

ピューターは、ぴりぴりした様子で部屋を見まわした。

「すぐにおまえに言うべきだったのだが」ピューターは言った。「自分の部屋では、だれかにぬすみ聞きされているのではないかと不安で」

ランデルは眉をひそめた。

「さすがに評議員の宿舎でそのようなことは」

ピューターは顔をよせ、声をひそめて言った。

「そうとも言いきれんのだ、ランデル。もはやだれも信用できん。おまえ以外は！」

ランデルはその言葉におどろいた。

「しかしほかの評議員の方々も――」

ピューターは首をふった。

「おまえはなにもわかっちゃおらん！」

「ではわたしにお話しください」ランデルは言った。

ピューターはうなずいた。手がかすかにふるえている。

「ドレヴィス議長が遠征に出た日のことだ。わたしは、ヴァルデマーという若い守護隊士に声をかけられた」ピューターは心底おびえているようだった。「彼女は様子がおかしかった。まるで痛みをこらえているかのようなのだ。彼女の言葉に、わたしは戦慄を覚えた」

「続けてください」

「彼女はこう言った。自分はハーメルンの笛ふきにあやつられている。意識をのっとられ、あのパイプオルガンをつくるのを手伝った。そして、あやつられている人間はほかにもいると！」

ランデルは、ようやくピューターがおびえている理由がわかった。

「しかしあやつられているなら、なぜあなたにそれを話すことができたのです？」

「彼女は自我をとりもどす方法を見つけたのだ。ただ、そのためにははげしい苦痛にたえねばならなかった。全身を焼かれるような痛みだ。勇気ある行動だよ。しかし、彼女が次に話したことはさらに驚愕だった——ハーメルンの笛ふきがやったことはすべて竜石を手に入れるため。いや、それをつくるためだった。そうしてやつはパイプオルガンに必要なだけの竜石を手に入れたのだ！」

「竜石をつくる？」ランデルは言った。「どうやってです？」もちろん彼は知っていた。バルヴァーが打ち明けたおそろしい真実——竜石は、土の中で変質したドラゴンの骨だということを。しかし、それをピューターに話すつもりはなかった。

「あまりに残虐な方法だ」ピューターは言った。「それはいずれ話すとして、いま重要なのは別のことだ。いいか、ランデル。ハーメルンの笛ふきは弟子にすぎなかった。師がいるのだ。やつの裏で糸を引く、より凶悪な何者かが！　ヴァルデマーは、だれも信用するなとわたしに警告した。ティヴィスキャンには、ほかにもあやつり人形がいるからと。彼女は痛みにたえきれず悲鳴を上げ、その場にたおれこんだ。そして二度と目を覚まさなかった」彼は首をふった。なみだが頬を伝う。「その日から、わたしはずっとおびえてきた。だが、いまはおまえがいる。おまえだけは信用できる！」

ランデルは大きな不安を覚えながら、最も重要なことをたずねた。

「もしやその黒幕に心当たりがあるのでは？」

「それを知るためには、ヴァルデマーが打ち明けたもうひとつの話をせねばなるまい。ハーメルンの笛ふきは師を裏切ったのだ。絶大な力を自分だけのものにするために。やつは竜石をぬすみ出し、あのパイプオルガンをつくった。が、計画は失敗し、すがたをくらました。やつの師の正体が知りたくば、自分に問いかけてみてほしい。ハーメルンの笛ふきの捜索に最も力を注いでいるのはだれか。最も熱心にやつを追っているのはだれか」

「まさか」ランデルは言った。答えはひとつしかない。けれども、彼はそれを口に出せなかった。

「そのとおりだ」と、ピューター。「ティヴィスキャンの歴史で最大規模の捜索、〈大追跡〉を発案した人物――ドレヴィス議長本人だ！」

「ばかな、信じられません。ドレヴィス議長にかぎってそんな……」

「それが真実なのだ。わたしを信じてくれ」

「しかし、なぜわたしを信用するのです？」

ピューターは、部屋に来てからはじめてほほ笑んだ。

「ランデル・ストーンがあやつられてしまうようなら、われわれに勝ち目はない。ならば、わたしはおまえを信じる。力を貸してくれ、ランデル。議長はわれわれをあなどっていて、警戒していない。だから彼がもどる前にほかの評議員たちを説得し、わたしを議長にすえるのだ。そうすればすぐに行動を起こせる。いままでその勇気はなかったが、おまえが賛成してくれるなら彼らも納得せざるを得まい。わたしの後ろ盾になってくれるか？」

ランデルは首をふった。

「ドレヴィス議長がわれわれを裏切るなど信じられません……」

「わたしも最初は信じられなかった。では、おまえを納得させられたら、わたしを議長にすえる案に賛成してくれるか？」

「納得のいく証拠をお見せいただければ、そのときは力をお貸しします」

「おまえに見せたいものがある。森を西に五キロほど行ったところに、古い基地の廃墟がある。そのそばに背の高い松の木が一本、ナラの木にまじって生えている。夜が明けて一時間後にそこで会おう。ふたりきりでな」ピューターは足早に出口に向かうと、ドアを開けて、ランデルをふり返った。「気をつけろ。そしてだれも信用するな！」彼はドアのすきまから顔を出し、落ちつかなげに左右を確認すると、その場を去った。


アーナーはふたりの話を聞いていた。

ぬすみ聞きなどすべきでないのはわかっていた。ランデルは席をはずせと言ったのだから。けれども彼は、しかられるのをかくごのうえで、ドアのそばに立っていたのだ。ドアが開いたときは見つかったと思ったが、なんとか壁のくぼみに身をかくすことができた。ピューターのすがたが見えなくなると、彼は部屋の前にもどり、中に入った。

ランデルは机に向かっていた。アーナーの青ざめた顔を見ると、彼は眉をひそめた。

「どうかしたのか?」

「先生」アーナーは言った。ぬすみ聞きしていたことを白状しなければならない。そう思うとはずかしい気持ちでいっぱいになった。けれども言わなければならない。師に真実を伝えなければ。「おそろしい事実をお伝えしなければなりません……」

第12章 時間切れ

パッチ&バルヴァー

空に向かって引っぱりあげられ、パッチは悲鳴を上げた。逆さづりの状態で、足首に悪魔鳥のするどい爪が食いこみ、肉がさけた。

その下で、アリーアが彼の名をさけんでいる。魔法を使わざるを得ないと判断したのだろう、彼女の指先から紫の光がほとばしった。『盾』を維持していた戦闘隊も気づきはじめた――パッチが危機的状況にあること、そして死んだはずの悪魔鳥が生きていて、『盾』の中にいるということに。

悪魔鳥は、どこへ行くべきかまよっているようで、甲高い鳴き声を上げると、円をえがきながら空にのぼっていった。その翼を紫の閃光がつらぬく。悪魔鳥は急降下し、くちばしでアリーアに襲いかかった。アリーアは間一髪でくちばしをかわした。悪魔鳥は、円陣を組んだ笛ふきたちに突進すると、パッチをつかんだまま林の奥に飛んでいった。『盾』は内から外に出る際には、障壁にならなかった。

その一方で、ほかの悪魔鳥たちが空から地上からせまっている。円陣がくずれたことで、『盾』にすきまができていた。そこから何匹かが中に入りこむのを、パッチは絶望的な気持ちで見ていた。

肩からはげしく木にぶつかり、彼は気を失いそうになった。悪魔鳥は、獲物をひとりじめしようと、林の奥へ向かっていた。けれども飛び方がぎこちない。ふたたび紫の閃光が走り、がくりと高度が下がる。パッチは本能的に体に力をこめた。足首を放されたかと思うと、地面にたたきつけられ、ごろごろと転がった。『盾』『短撃』、悪魔鳥の甲高い鳴き声——そういった戦いの音が、いまは遠くに聞こえる。

悪魔鳥は十メートルほど向こうに着地していた。翼をケガしているようだが、それを気づかう様子もなく、翼をばたつかせ、おこったような鳴き声を上げている。先ほど透明になりかけていた部分も、いまは完全に見えている。

しばらくすると悪魔鳥はぴたりと動きを止め、ゆっくり顔をパッチのほうに向けた。残酷そうな目をぎらつかせ、にじりよって来る。

様子をうかがいながら、じりじりと悪魔鳥が近づいてくる。ケガをしているのは明らかだが、それはパッチも同じだった。足首に焼けるような痛みがあったが、傷口を見ないようにしていた。彼にできたのは、はうようにして逃げることだけだった。

悪魔鳥は半分ほど距離をつめると、速度を上げて近づいてきた。そのとき甲高い鳴き声がして、別の悪魔鳥がおり立った。翼はほとんど見えず、胴体と脚も、大部分がガラスのように透けている。新たにやってきた悪魔鳥は、先の一羽を見てあざ笑うような鳴き声を上げた。それから赤い目をパッチに向け、ぴょんぴょんと近づいてくる。けれども先にいた一羽は、横取りをゆるさなかった。すぐさま邪魔者に飛びかかり、くちばしの一突きで相手の首をつらぬいた。パッチはふるえた。悪魔鳥は、同胞に対してもまったく容赦がなかった。

勝ったほうの悪魔鳥は、死にゆく相手を見下ろし、勝利感を味わっていた。そして満足がいくと、パッチのほうに足をふみだした。が、次の瞬間、はげしい炎に包まれた。

「さすがに炎にはたえられないか」バルヴァーは言った。

「だまってるから、いると思わなかったよ」と、パッチ。

「一気にカタをつけないと、めんどうだからな。この手のやつは、追いつめるとなにをするかわからん」バルヴァーは親指で戦場のほうを指した。「あっちはめちゃくちゃな状態だ」

遠くから戦いの音が聞こえてくる。

「ぼくを置いて、きみはもどったほうがいい」パッチは言った。「じゃないとみんながこまる」

「おまえを置いて？」バルヴァーは顔をしかめた。「ばかを言え。それにいまはたぶんこちらが優勢だ。アリーアが無茶をしているからな」アリーアは魔法を使いつづけているらしく、紫の閃光が何度も走った。「立てるか？」

パッチは首をふり、足首を指した。

「傷は見てないけど、歩けそうにないね」

バルヴァーはとなりにしゃがみこみ、パッチの足首にさわった。パッチは痛みで声を上げた。

「しっ！」バルヴァーは心配そうにまわりを見た。「大きな声を出すな。出血がひどい。とにかく止血しないと」

パッチは勇気をだして傷口を見た。足首が血で真っ赤にそまり、傷の程度もわからない。心臓の鼓動に合わせ、どくどくと血が流れ出ている。体から一気に力がぬける。

バルヴァーは、ハーネスの収納袋から長い布を取りだすと、「がまんしろよ」と言って、ゆっくりパッチのブーツをぬがせた。あまりの痛さにパッチは少しのあいだ気を失った。気がつくと、足首に布が巻かれ、バルヴァーが心配そうな顔で見ていた。

「笛を出そうか？」バルヴァーは言った。「もし役に立つなら」

パッチはなんとか首をふった。

「いいよ。こんな状態じゃ演奏できないし」

「とりあえずアリーアとトビアスのところへもどろう。おれがおまえを運んでいく」

パッチはうなずいた。バルヴァーがパッチをだきかかえようとかがんだとき、戦いの音にまじって奇妙な音が聞こえた。

「なんだ、この音は？」バルヴァーは言った。

音がみるみる大きくなり、話もできなくなった。それは悲鳴のようだった。けれども地面から聞こえた。十秒、二十秒――どんどん音が大きくなる。パッチは耳をふさいだ。そしてとつぜん音が止んだ。不思議な音だけではない。戦いの音もだ。バルヴァーは、目を見開いてパッチを見た。それから彼をだきかかえ、悪魔鳥に気づかれないように、音の消えた戦場に向かった。


すべてが止まっていた。

大気があやしくゆらめき――それは移動装置から出た波打つ鏡のような球体を思い出させた――そのゆらめきが戦場を包みこんでいる。なかにいる者たちは、彫像のようにぴくりとも動かない。多くの笛ふきや兵士たちが、両手で耳をふさいでいる。先ほど奇妙な地鳴りがしたときのパッチと同じように。

前線で戦う者たちは、音を無視せざるを得なかったようだ。槍や剣を持った兵士たちは、悪魔鳥と戦いながら静止し、その後ろで、笛ふきたちが笛に口をつけたまま静止している。

「アリーアの魔法に島が反応したのか」バルヴァーは言った。

「これって島のしわざなの？」パッチは、自分でもわかるほどか細い声で言った。「どうしたらいいんだろう」

バルヴァーは軍隊が来た道をふり返った。林が切り開かれ、そのずっと先に草原が見える。

「優先すべきは、だれかが操舵小屋まで行くことだ」バルヴァーは言った。「ウィンテルとクランバーのところに治癒曲のできる笛ふきがいる。おまえをそこに運んで、おれはひとりで操舵小屋へ向かう」

「ひとりで行くのは無茶だよ」と、パッチ。

「そのほうが速い。悪魔鳥もここから動けないんだ。それにこの魔法がいつ解けるのかもわからん。ぼうっと待ってるわけにもいかんだろう」

「それじゃ野営地にいる笛ふきと兵士を何人か連れていって」

バルヴァーはしぶしぶうなずいた。

「わかった。だが足手まといになるだけだぞ」彼は目を見開き、「しっ」と言って、パッチをだまらせた。少しはなれたところで、一羽の悪魔鳥が動いている。おそらく彼らと同様、時を止める魔法の外にいたのだろう。パッチとバルヴァーは、悪魔鳥がゆらめきに近づくのを、興味深げに見つめた。そのとき、ゆらめきの一部がぽっとふくらみ、そばに来た悪魔鳥を飲みこんでしまった。とりこまれた悪魔鳥は、ほかの者たちと同じく、時が止まったように動かない。

バルヴァーは本能的に、大きく一歩しりぞいた。

「どうやら近づかないほうがいいみたいだな」バルヴァーはくびすを返し、草原に向かって歩きはじめた。が、すぐにその足を止める。

パッチも気づいた。

先ほどやってきた悪魔鳥は、ずっと一羽でいたわけではない。すがたはほぼ透明で見えなくとも、わずかな光の変化で、それがそこかしこにいるのがわかった。

悪魔鳥たちは、パッチとバルヴァーには気づいていないようだった。いまのところは。

バルヴァーは草原とは反対方向にあごをしゃくった。

「たぶんこっちのほうが安全だ。回り道してもどろう」バルヴァーは声をひそめて言うと、木のかげにかくれながら後ずさった。

はじめはパッチもそれで逃げきれる気がした。あと少し遠ざかれば。そう思っていると、とつぜんバルヴァーが足を止めた。何羽かの悪魔鳥が、彼らのほうを見ている。バルヴァーは微動だにしなかった。そのまま危機が去るのを待つしかない。

一羽の悪魔鳥が鳴き声を上げて飛びたち、こちらに向かってきた。それもパッチが見たことのない方法で。悪魔鳥は木の幹にしがみつくと、そこから別の木に飛びうつった。短い飛行をくり返しながら、木から木へすばやく移動している。木々が密集していて、ふつうに飛ぶことができないのだ。おそらく普段はそうやって移動しているのだろう。

とつぜんほかの悪魔鳥たちも、同じように飛びはじめ、群れがいっせいにこちらに向かってきた。

もはや後ずさってなどいられず、バルヴァーは木々のあいだをぬって走りだした。振動が傷にひびき、パッチは苦痛にもだえた。

「あれを見ろ！」バルヴァーはさけんだ。「この先だ！」

パッチは顔を上げて前を見た。前方の木と木のあいだが、わずかに明るい。近づくとその理由がわかった——骨の木の林のはしまで来たのだ。その先は草原だ。

林を一周したはずがない。パッチは思った。もちろんそうではなかった。こちらの草原の向こうにある木々は松で、野営地のスズカケの木とはちがう。

「逃げきれる！」バルヴァーは言った。悪魔鳥がすぐそこまでせまっている。幹から幹へと飛びうつり、まったく速度を落とす気配はない。

バルヴァーは骨の木の林を出て、草原を走っていった。

「あれを見て！」パッチが言った。

「見てるよ！」バルヴァーはさけんだ。前方の松の林から少しはずれたところに、境界の柱が立っていて、そのあいだにロープがたれ下がっている。そこをこえさえすれば安全だ。悪魔鳥が境界をこえられないというのが本当なら。

しかし、とつぜんそれが単なる思いこみのような気がしてきた。

悪魔鳥たちは、骨の木の林から出るのをためらっているようだった。日差しや広々とした空間をいやがっているのかもしれない。パッチは思った。が、悪魔鳥は一羽また一羽と空に飛びたった。陽の光の下で、透明ではなくなった翼を広げて。

悪魔鳥がどんどんせまってくる。一方、バルヴァーはまだ草原の真ん中あたりを走っていた。ときどき後ろを確認しながら。

「顔をふせろ、パッチ！　少しやつらをびびらせてやる！」バルヴァーはそう言って、後ろをふり向いた。なにをするつもりかわかり、パッチはバルヴァーの胸の羽毛に顔をうずめた。その直後、炎をはくすさまじい音が聞こえた。

「どうだ！」と、バルヴァーがさけぶ。パッチは顔を上げた。炎の効果は明らかだった。ほとんどの悪魔鳥は警戒し、空をぐるぐると旋回している。けれども、何羽かはしつこく追ってきた。

「あと少しだ！」バルヴァーは後ろをちらちらと見た。境界はもうすぐそこだった。「もう一発いくぞ！」彼はさけび、パッチが顔をふせると、後ろをふり向いた。けれども炎に前ほどのいきおいはなかった。「弱いか！」バルヴァーは言った。戦場で何度も炎をはき、先ほどはパッチをさらった悪魔鳥を灰にした。すでに燃料がつきかけていた。「しっかりつかまってろ！」

バルヴァーは走った。炎ではなく、さけび声を上げて。境界に近づくと、悪魔鳥たちは追うのを止めた。ところが一羽だけあきらめず、どんどんせまってくる……。

バルヴァーはおたけびを上げ、頭から境界に飛びこんだ。そして、パッチをかかえたまま地面の上で一回転して止まった。しつこく追ってきた一羽は、境界をこえたとたん炎に包まれた。悪魔鳥は、金切り声を上げて地面に落ちると、下生えのなかを転げまわった。そしてしばらくすると、体をぴくぴくとふるわせ、動かなくなった。

「おれの炎じゃない」バルヴァーは困惑して言った。

「だから悪魔鳥たちは境界に近づかなかったんだね」と、パッチ。

バルヴァーは笑いだした。パッチも笑った。逃げきれた安堵感で、しばらくは傷の痛みも気にならなかった。

残りの悪魔鳥たちは引き返し、やがて骨の木の林に消えた。

「どこか休める場所を探そう」バルヴァーは言った。「そこでもう一度傷をみてやる」

第13章 恐怖のハリネズミ　パッチ&バルヴァー

バルヴァーは、パッチをかかえて松林に入ると、彼の体を木の幹にもたせかけ、すわらせた。地面は松の落ち葉でやわらかかった。

「水をちょうだい」パッチは急にのどのかわきを覚えた。

バルヴァーはハーネスから水袋を取りだすと、それをパッチにわたした。パッチは水を飲んでいると、少しはなれたところでけむりが上がっているのに気づいた。けむりの出所は、燃えてしまったあわれな悪魔鳥だった。まだところどころ残り火が見える。

「おれが消してこよう。火がうつるほど下生えは乾燥していないが、念のためだ」バルヴァーは焼けあとのところへ行き、ふんだりけったりして火を消した。それから不意にかがみこみ、そばにある黒い小山をつついた。「ああ、なんてこった。かわいそうに」彼はなにかをすくい上げ、それを両手にのせてもどってきた。

「それはなに？」パッチはたずねた。

「火に巻きこまれたんだ」バルヴァーはそう言って、両手を差しだした。そこにハリネズミがちぢこまっていた。ぶるぶるふるえ、背中の針がこげている。バルヴァーはパッチから水袋を受けとると、ハリネズミの背中に水をかけた。ジュッという音がし、パッチは顔をしかめた。ハリネズミはあわれっぽい鳴き声を上げた。「なんとかしないと」バルヴァーはパッチのそばにハリネズミを置くと、木々の根元や下生えのなかを探りはじめた。しばらくしてもどってくると、丸くなったハリネズミの前に、ミミズやナメクジ、カタツムリなどの小山を置いた。「なにか食べれば元気が出ると思って」バルヴァーは、またハリネズミの背中に水をかけた。今度はジュッという音はしなかった。ハリネズミはじっとちぢこまったままだった。バルヴァーは水袋を逆さにし、「ああ」と声をもらした。水袋から最後の数滴がこぼれ落ちる。「傷をあらうのにもっと水がいる。近くに小川がないか見てくるよ」

パッチはうなずいた。足首の傷が痛むにもかかわらず、眠気を覚えた。おそらく出血のせいだろう。

バルヴァーは立ち上がったが、なにやらためらっているようだった。

「どうしたの？」パッチはたずねた。

「少々不安でな」バルヴァーはこぶしで胸を何度かたたいた。「しばらくは炎も使えないし、どう対処したものかと。この境界にもなにかいるはずだろう」

パッチは眠気が一気に引いていくのを感じた。考えてみればそうだ。境界線で区切られているからには、ここにもなにかおそろしい怪物がいるはず。

バルヴァーが行ってしまうと、パッチはひとりになる。

「急いでね……」パッチは言った。

「すぐにもどる」と、バルヴァー。「境界線からはなれないようにするよ。ここにいるのがなんであれ、境界線には近づかないはずだからな」彼は背筋をのばして深呼吸すると、出発した。

バルヴァーの動く音がしなくなると、パッチはまわりの音に耳をかたむけた。巨人の足音でも聞こえてきそうな気がする。いつ茂みから猛獣が飛びだしてきてもおかしくはない。だというのに、パッチはほとんど気を失う寸前だった。

その彼のとなりで、ようやく動きだしたハリネズミが、ぬめぬめしたごちそうを食べはじめた。小さな前足でミミズをはさみ、かじりついている。

「ごめんよ」パッチは言った。「ぼくらが悪魔鳥をつれてきたせいで、きみがこんな目に」ハリネズミはわき腹にひどい火傷を負っており、針のあいだから生々しい傷口が見えた。小さな動物にとっては命にかかわる傷だ。パッチは自分の傷のことを思い出し、すわりなおした。足に激痛が走り、うっと声をもらす。足首を見ると、バルヴァーが巻いてくれた包帯が血でぐっしょりぬれていた。意識が遠くなる。彼はため息をつき、ハリネズミのほうを見た。ハリネズミは、エサの小山を順にかたづけ、いまはふっくらしたナメクジにかぶりついていた。

「少なくとも食欲はあるみたいだね」パッチは言った。「きっと体が回復しようとしてるんだ」

そうであってほしいと、彼は思った。なにしろひどい火傷だ……しかしあらためて見ると、傷は前ほどひどくは見えなかった。またハリネズミの食欲はすさまじく、あっというまにナメクジを平らげると、次はカタツムリに取りかかり、それでも足りないといったふうだ。

足首にまた痛みが走り、パッチは短いさけび声をもらした。するとハリネズミが不思議なことをはじめた。パッチを見て、足首を見て、しきりに小さな鼻をくんくんさせると、パッチの足に向かって歩きはじめた。

パッチは血まみれの足首を見て、飢えたハリネズミを見た。おそろしい考えが頭にうかぶ。

このハリネズミはとても飢えており、また血のにおいをかぎ分けている。

ふつうのハリネズミだと思っていたのがまちがいだった。パッチは恐怖にかられた。この境界にも、なにかおそろしい生き物がいるはず。そう思ってはいたが、まさか目の前にいるのがそのおそろしい生き物だとは、思いもよらなかった。

彼はうろたえ、人食いハリネズミの話を聞いたことがないか、記憶をたぐった。そんな話は聞いたことがなかった。にもかかわらず、それが人間を食べるハリネズミだと思えてきた。

「こっちにこないで……」パッチは言った。体から力がぬけていく。

大声を出してバルヴァーをよぼうとしたが、か細い声がもれただけだった。小さな怪物がどんどん近づいてくる。血のにおいをかぎ、もはや食欲をおさえられないのだろう。

ひざのところまで来ると、ハリネズミは顔を上げた。パッチは逃げようとしたが、激痛のため動けなかった。意識が遠のく。目を開けていようとしても、まぶたが閉じていく。

ひざから下に向かって、ハリネズミが歩いていく。そして血まみれの足首にたどりつくと、包帯の上に前足をのせた。パッチは目を閉じた――大きな口を開けて肉に食らいつくハリネズミのすがたが頭にうかぶ……。

けれどそのとき彼が感じたのは、痛みではなく温かさだった。

パッチは目を開けた。幻覚を見ているのだと、彼は思った。ハリネズミの背中の針が、金色に光っている。光が強まるにつれ、足首の感覚がなくなっていく。やがて痛みは完全に消えた。ハリネズミは鍛冶屋の炉のように、こうこうとかがやいている。

しばらくして光は消えた。ハリネズミはパッチの足をはなれると、エサの小山にもどり、ふたたびがつがつと食べはじめた。パッチははっとした――ハリネズミのわき腹にあった傷がない。あとかたもなく消えている。

まさかぼくの足首も？　パッチは手をのばし、足首の包帯をほどきはじめた。

「ほどいちゃだめだろう」木かげからあらわれたバルヴァーが、心配そうな声で言った。

パッチは顔を上げた。

「いや、いいんだ。このハリネズミが、不思議な力で治してくれたから」

バルヴァーはこまりはてた顔でパッチを見た。理由はパッチにもわかった。この友人は、パッチが血を流しすぎたせいで正気を失ったと思ったのだ。

「本当だって」パッチはそう言って、包帯をほどいた。バルヴァーがそばまで来たとき、足首があらわになる。傷はまったくなかった。

バルヴァーはパッチの足首を見つめ、それからハリネズミを見た。ハリネズミは最後のミミズを平らげると、顔を上げ、うれしそうに小さな鳴き声を上げた。


バルヴァーは、さらにひと山の不気味な生き物を集めてきて、それを彼らの救世主の前に置いた。それからパッチのとなりに腰を下ろす。

「あんがいあっさりと丘にたどりつけるかもな。〈ベスティアリ〉に、こんなかわいらしい生き物がいるとは思わなかった」

パッチはできるだけしっかりブーツのひもをしめた。悪魔鳥に引きさかれ、革がところどころやぶれていたからだ。

「ほかの生き物が友好的だとはかぎらないよ。次の境界に行く前に、身を守る準備をしておかないと。炎はもう使えそう？」

「さっき限界まで使ってしまった。いっぱいになるのを待ったほうがいいが、小一時間はかかるぞ」

「いいよ。どのみち少し休みたいし」パッチは悪魔鳥の焼けあとのほうを見た。「ほかの悪魔鳥も境界をこえると燃えちゃうんだよね？」

「たぶんな。だが、あえて境界をこえたりはしないはずだ。悪魔鳥たちが帰っていくのを見ただろう？　しつこく追ってきたのは、あの一羽だけ。やつらはここに近づくのが危険だとわかっているにちがいない」

　話していると、ハリネズミがバルヴァーに興味を示し、その胸によじのぼって顔を見上げた。

「なにがしたいんだ」バルヴァーはこまったように言った。

　パッチはほほ笑んだ。バルヴァーの顔には、悪魔鳥との戦いでついた切り傷がいくつかあった。

「きっと治してくれるんだよ。ぼくならやりたいようにさせておくね」

　パッチの言ったとおりだった。ハリネズミは、じっとするバルヴァーの顔や体の上をちょこちょこ動きまわり、金色の光を放ちながら傷を治していった。翼も同じように治療し、最後、肩のところではひときわ明るくかがやいた。パッチは、エサがなくならないように、ときどきナメクジやカタツムリをとってきてやった。

治療を終え、エサをすべて食べてしまうと、ハリネズミは近くの茂みに入っていった。

「行ってしまったか」バルヴァーは残念がった。「いいやつだったな。ずっと痛かったところも全部治してくれたみたいだ」

「ねえ、笛を取ってくれる？　先に進む前に練習しておきたいんだ」パッチは言った。バルヴァーが収納袋を引っかきまわし、笛をわたす。「戦闘隊が林を切り開くのに使った曲。ぼくもあれを使えたら、万一のとき役に立つと思って」パッチは草原のはしまで歩いていき、境界線から十分距離をとって立った。

木々をなぎたおすのに使ったのは『短撃』とよばれる曲だった。それは、パッチが知っているさまざまな『音突き』とにていたが、ティヴィスキャンでは『短撃』のような強力な曲を訓練生に教えたりしない。けれども彼は、一度曲を聞けば覚えられるほど耳がよかった。

パッチは、念のためさがっているようにバルヴァーに言うと、基本的な『音突き』を組み立てはじめた。ハーメルンの笛ふきとの対決で使った曲だ。この曲は短時間で組み立てられ、信頼性も高い。『短撃』もこれとほぼ同じ構成だったが、戦闘隊はそこにいくつか別のメロディを足していた。ひとつは低い音のリズムパート。それが曲の後半で展開され、〈解放音〉に近づくにつれ、より速く、より高い音になった。もうひとつのメロディは複雑かつ高速だったが、おおむね覚えているはずだと、パッチはふんでいた。

バルヴァーが興味深げに見守るなか、パッチは数分かけてそれぞれのパートを演奏し、それらがどのように調和するのかを試した。そして曲を通しで演奏してみることにした。複雑なメロディは完全に再現できなくとも、曲としてそれなりの形にはなるはずだ。

リズムパートのテンポが速まり、やがて『短撃』で耳にしたような耳をつんざく音になる。メロディの変化とともに、曲がどんどん強力になっていくのを感じる。

いよいよだ。さらに音が大きく、テンポが速くなる。パッチは曲を放った——。

ドォオォン！

顔にかかった泥をぬぐいながら、彼は地面から起き上がった。耳鳴りがしている。ふり返ると、バルヴァーが目を丸くしてこちらを見ていた。パッチは親指を立て、まわりを見まわした。彼をとりまくようにして溝ができている。溝の幅はおよそ三メートル、深さは少なくとも五十センチはある。

「なんでねらいが定まらないのか、原因をつきとめないとね。でも全体としては悪くない。まったく悪くないよ！」パッチは笛をくちびるに当て、ふたたび曲にとりかかろうとした。

バルヴァーは——おそらくそれが正解なのだが——さらに何歩か後ろにさがった。

第14章 永遠の王 レン

ハーメルンの笛ふきとの会話は、レンを混乱させた。男が行ってしまうと、彼女の頭にある疑問がうずまいた。なぜあの男は話しかけてきたのか？　おそらく理由のひとつは、友人たちの死をほのめかし、彼女を苦しめるためだろう。しかしどういうわけか彼女には、ハーメルンの笛ふきがなにかを打ち明けに来たようにも思えた。

竜石をつくる計画は別のだれかが考えた……そんなばかな。でたらめを言って、人の心をもてあそんでいるだけだ。

川でおぼれたため、レンはつかれ果てていた。それでも変身の練習をすることにした。毛布の下でなら成功しても外からは見えない。今回はかんたんに尻尾を生やすことができた。またうれしいことに、足を小さくしてネズミの足に近づけられた。

けれども、なぜか両手は変化をこばんでいるようだった。両手がこのままでは、手枷をはずすことはできない。この手枷は魔法を封じるようにつくられていて、なんらかの形で変化をさまたげているのはわかった。彼女はただ、それが不可能を意味するのではないことを祈るしかなかった。

翌朝目を覚ますと、レンはまだ温かさの残る焚火のあとにできるだけ近づいた。そして、ポケットから前の晩にとっておいたパンを取りだすと、それを粉々にしてばらまき、まわりの木々にいるカラスたちが勇気をだして食べに来るのを待った。

見はりの兵士たちは面白がって見ていた。

「そんなことをして後悔するぞ」見はりのひとりが言った。「自分の食い物を鳥にやるばかがどこにいる」

レンは見はりたちを無視した。彼らは面白がっていたので、鳥たちを追いはらいはしなかった。おかげでパンくずをついばむカラスたちを間近で観察することができた。彼女は自分の体に羽が生え、小さく軽くなっていくところを想像した。

パンくずはあっというまになくなり、二羽のカラスが最後のかけらをめぐり争っていたが、それもすぐに終わる。レンは、手のとどくところに一枚の羽根が落ちているのを見てよろこんだ。彼女は貴重な羽根を手に取り、その美しさに驚嘆すると、あとで観察するためにポケットにしまった。

見はりたちは燃えさしに薪をくべて、ふたたび火を起こした。彼らのレンに対する態度は以前のようではなかった。水をたのめば持ってきてくれたし、食事もかんたんなシチューとパンがあたえられた。彼女は鳥を集めるためのパンを少し残しつつ、困惑していた。なぜこんなに待遇がよくなったのかと。理由はすぐにわかった。彼女がはげしくせきこむと、見はりたちは警戒するような目を彼女に向けた。そのときはっとした。川で助けられたとき、ハーメルンの笛ふきが口にした言葉——そうかんたんに逃げられてたまるか。

　寒さで死ぬこともまた逃亡であり、ゆるされていない。見はりたちもそれをよくわかっているのだ。彼女は忠告するかのごとく、ときおり大げさにせきをしてみせた。

　日が暮れると、毛布にくるまって横になり、どうすれば逃げられるか考えた。手枷をどうにかしないことには、両手を変化させることはできない。無理やり手を引きぬこうとしてみたが、親指のつけ根が引っかかりぬけそうになかった。

　そのときだれかが近づいてくるのが聞こえた。声を聞く前からだれだかわかり、暗い気持ちになった。

「起きろ、娘」ハーメルンの笛ふきは言った。

　レンは毛布をたぐりよせ、体を起こした。黒騎士は自分の脚を指さした。新しい竜石のすね当てが、焚火に照らされてきらきらと光っている。

「見ろ。ふたたび完成だ」ハーメルンの笛ふきはそう言って、あぐらをかいた。

「そう。じゃあじきに戦いに向かうというわけね」

「明日ここを発つ。邪魔する者はすべてたたきつぶしてやる」

「どこへ行くつもり？」

ハーメルンの笛ふきは笑みをうかべた。

「自分ではじめたことを終わらせに行くのだ、ティヴィスキャンへ。わたしには晴らすべきうらみがある。その点については、おまえもわたしを信用していい」

「信用ですって？　あなたはドラゴンの子どもたちを殺し、人間の子どもたちも殺した。おまけに双子の兄弟を自分の身代わりにしたのよ！」

兄弟の話は彼の神経を逆なでするようだった。

「地下牢で朽ち果てて当然の男だ！　ねたみ深く、意地の悪いやつだった。わたしはティヴィスキャンで修行するはずだったのだ。わたしには笛の才能があった。だがやつにはなかった。だからわたしを憎んだ！　父が死んだとき、あいつはそれがわたしのせいであるかのように仕向け、母はわたしを家から追いだした。いまのおまえよりも幼いときにだ！　あいつを破滅に追いやったときも、なんら罪の意識を覚えなかったよ」

レンはなんと言っていいかわからず、だまっていた。ハーメルンの笛ふきは明らかになにかを打ち明けようとしていた。

「それで、ティヴィスキャンに入学したの？」

「そうするつもりだった。だが運命はより強大だった。母に捨てられたすぐあと、わたしは師に拾われた」

「師？」

ハーメルンの笛ふきはにやりとした。

「もともとすべてその男の計画だ。言っただろう、世の中にはわたしに勝る悪人がいると。わたしの笛の才能は、彼が長年見てきた笛ふきのなかでもぬきん出ていた。そこでひそかにわたしを教育したのだ。目的はひとつ。ある壮大な計画を実行し、この鎧をつくること。そして彼は不死身となり、世界を支配し続ける。永遠の王だ。わたしはその側近だと、彼は言っていた」

「その人も笛ふきだったの？」レンの頭に、少年をそそのかす利己的で残忍な隠者がうかんだ。

「笛ふきではなく、ほらふきだ。わたしはずっとだまされていた。あの男の正体は闇の魔導士。魔法ですがたを変えていて、わたしも本当の顔を見たことはない。彼はいっしょに世界を支配しようと言ったが、本当は汚い仕事をわたしにやらせ、罪を着せたかっただけ。裏切るしかないとわたしは思った」

「それで自分で鎧をつくったのね」

「そうだ。あの男はわたしの裏切りに気づいていなかった。いずれうばわれるとも知らず、竜石ができあがるのを待っていたわけだ」ハーメルンの笛ふきは、したり顔で言った。

「それがティヴィスキャンに行く理由？　その人と対決することが？」

「そうだ。あそこにいるのは直感でわかる。だが顔を変えていて、どいつなのか確証がない。まず上のやつを調べて、それがだめなら城全体を調べる。ティヴィスキャンといえど攻め落とすことは可能だ」

「城の防備をやぶれたのは、ドラゴンたちだからよ。それにあなたは持っていた爆裂弾をすべて使ってしまった」

ハーメルンの笛ふきは、不敵な笑みをうかべた。

「心配しなくとも弾は補充される。ドラゴンたちはわたしと同盟を結んだ」

「ドラゴンたちが？　彼らはあなたへの憎しみでティヴィスキャンを襲ったのよ」

「状況が変わったのだ。いまや彼らはわたしに感謝すらしている。あの球体のつくり方を教えてやったからな。ドラゴンたちは爆薬をつくる方法は知っていた。だができたのは、いつ爆発してもおかしくない不安定な代物だった。火薬を安定させるのに必要なのは粉末にした竜石。そしてそれを提供できるのはわたしだけだ」

「うそよ！　ドラゴンにとって竜石を利用することは神への冒瀆になるのよ」

「現在、ドラゴン族をしきっているのはカスターカンだ。スカモスの一件でやつは多くの支持を集めた。さらに爆裂弾という武器がその立場をより強固にし、三首領は身を引くしかなくなった。いまやなにが冒瀆でなにが冒瀆でないか決めるのはやつだ」ハーメルンの笛ふきは、すね当てをぽんとたたいた。「ドラゴンたちは、まだ竜石の真実を知らない。そのうち彼らも秘密を知り、死んだ同胞を武器に利用するかもしれない。そんな日が来ても不思議ではない。が、いまのところは彼らもわたしにたよらざるを得ない」

　レンは顔をゆがめた。

「でも、ドラゴンたちは〈空の終わり〉を信じてる。膨大な量の竜石が生み出されて、地上の生命がすべてほろびるという伝説よ。彼らはそれがこわくないの？」

「伝説など都合よく解釈されるものだ。カスターカンは、三首領による統治の終わりを予言したものだと主張している。これからドラゴン族の新時代がはじまるのだと。もちろん、やつの支配のもとでな」

「そして人間たちを支配するのがあなた？」レンはうんざりしたように言った。

「感謝しろ、娘。わたしはきびしくも慈しみのある支配者になるつもりだ。だが、もしそれがわたしの師であったら……どれほど悲惨な世界になっていたことか」

　レンははげしい怒りを覚えた。

「慈しみですって！　あなたは『消滅』でハーメルンの子どもたちを殺したのよ。罪人を処刑する曲で！」

「それが最も安らかに死なせる方法だ。苦しみはない！」

「苦しみはない？　親たちの苦しみもないって言うの？」

黒騎士は首をふった。

「逆だよ。親たちの苦しみがすべてだ。もしドラゴンの子どもだけを殺したなら、ドラゴンたちは怒りにまかせて人間たちをこの世から消していただろう。だから人間にも同じ苦しみをあたえねばならなかった。親が子を失う苦しみを」

「子どもたちを殺さない選択肢もあったはずよ！　でもあなたはそうしなかった。その鎧がほしかったから。力がほしかったから！　だけどだれかがあなたを止めるわ。絶対に！」

「わたしを止められるものはこの世にひとつしかない。そしてそれはすでに排除した。わたしの勝利は決まっていたことなのだ、娘。わたしは前もってそれを知っていた」

「知っていた？」レンはそっけなくたずねた。「どうやって？」

「夢だ。夢で見たことがすべて現実になった」

「予知夢？」レンは鼻で笑った。「ばかばかしい……」

ハーメルンの笛ふきは眉をひそめた。

「わたしは夢で鎧を見た。いまおまえが目にしているのとまったく同じものをだ。師の計画を聞くずっと前に。〈命の石〉の存在も知らないわたしが、夢でその石を身に着けていた。それでも笑えるか？　すべてはその夢にみちびかれてやったこと。ハーメルンを選んだことさえも」

「ハーメルンを選んだ？」

「もちろんだ」男はしたり顔で言った。「たまたまあの町にネズミが大発生したと思っているのか？　子どもをさらうならどの町でもできた。重要なのは、それが世界中で語られる物語になることだった」

レンはがくぜんとしたが、頭にひとつの疑問があった。

「それならどうしてハーメルンを選んだの？」

黒騎士は彼女を見つめた。すでに顔から笑みは消えている。おそらくしゃべりすぎたと思ったのだろう。男は眉をひそめ、「わたしにはわたしの事情がある」と言って立ち上がった。「自分を正当化するつもりはない。世界はわたしを永遠の王として受け入れることだ。さもなくば……」

黒騎士はそれだけ言うと、去っていった。

第15章 怪物島 パッチ&バルヴァー

続けて三回『短撃』を組み立てては放ち、パッチはようやくコツがつかめてきた。まだ使いこなせるわけではないが、少なくとも的を前方にしぼることはできた。

「そいつを使うときは言ってくれ」出発する前にバルヴァーが言った。「どこかに身をかくすから」

「心配しなくていいよ」と、パッチ。「ぼくじゃおそすぎて不意打ちにならないから。キントナーの人たちにはとうていおよばないよ」

バルヴァーは笑って首をふった。

「あっちは世界でも指折りの笛ふきだぞ。それにくらべて自分はおそいと？　ときどきおまえは自分にきびしすぎるように思えるがな」

彼らは丘の上を目指し、ハリネズミの境界の松林をつっきることにした。一度か二度、ナメクジや昆虫を探すハリネズミのすがたを見たが、おそれをいだかせるような生き物はなにもいなかった。

いまのところは。

境界の終わりまで来ると、その先はこれまでのような草原ではなく、松林が続いていた。十メートルほど向こうに、境界線の柱とロープが見える。

「しばらく境界にそって歩くか」バルヴァーが言った。「すぐに境界線をこえるのは危険だ」

パッチは顔をしかめた。境界にそって歩くのが安全なのはわかる。しかしそれではなかなか丘に近づけない。

「時間がもったいないよ」彼は言った。「炎はもう使えそう？」

バルヴァーは胸に手を当ててにやりとした。

「まだいっぱいじゃないが、じゅうぶんな量はたまった。おれの炎とおまえの曲があれば、たいていの怪物は追いはらえるだろう」

パッチはうなずいた。

「じゃあ決まりだね」彼はそう言うと、おそるおそる境界線をまたいだ。「最初の触手にくらべたら悪魔鳥はまだましだった。ひょっとして丘に近づくほど生き物が危険じゃなくなるのかな？」

「その可能性はある」そう言って、バルヴァーも境界線をまたいだ。

彼らは新たな境界を見やった。この半時間歩いてきた松林となんら変わりはないように見える。

ここは前の境界よりはましなはずだと、パッチは思った。

しかし、そうあまくないことをあとで思い知る。


新しい境界を十五分ほど行くと、だんだん木々が密集してきて進むのがおそくなった。丘は木々のあいだからほんの少し見える程度だ。

けれど少なくとも危険な生き物には出会っていない。この境界にいるのは、せいぜい透視能力を持つ小鳥とか、それくらいのものだと彼らは高をくくっていた。

バルヴァーはすぐに困難に直面した。木々が密集してくると、下のほうの枝をかき分けて進まねばならず、枝の先端が翼に引っかかった。一方パッチは、たやすく木々のあいだをぬっていけた。

バルヴァーはいつもの強引さで枝をかき分けていったが、引っかかったのを無理に引っぱって翼に小さな傷ができると、大声で悪態をついた。

「ここはだめだ。引き返して別の道を探そう」バルヴァーは言った。

「本気で？　密集してるのはここだけかもしれないよ。ちょっと先のほうを見てくる」パッチはそう言って、すいすい木々のあいだをぬっていった。

「すぐに開けたところに出ないときは、引き返すからな！」

しばらくして前方からパッチの声がした。

「ねえ、やっぱり先のほうは開けてるみたいだよ！　こっちはわりと空が見えるし、それに……」

「そこまで行くのもおれには大変だよ！　もういい、パッチ。引き返してもっと楽に進める道を探そう」バルヴァーはパッチの返事を待った。だがなにも聞こえない。「パッチ？　おいパッチ！」


パッチは返事をしなかった。落下していたからだ。彼は木の枝に顔を打たれながら、ほぼ垂直の斜面をすべり落ちていった。大声で助けをよぼうとしたが、むきだしの岩に体を打ちつけ、うめき声がもれただけだった。

下へ行くほど斜面はゆるやかになり、そしていきなり止まった。パッチは上を見上げた。少なくとも五十メートルは落ちただろう。バルヴァーをよんだが、返事はない。

前を見ると、なぜ先のほうが開けて見えたのかわかった。落ちたところ一帯がうす暗い窪地になっており、わずかに生えている松は葉もまばらでみすぼらしい。

地面に朽ちて白茶けた枝が散らばり、それが背中に当たって痛い。ぶるぶる頭をふって立ち上がると、ケガはないか体を調べた。

とつぜんいやな予感がして、ポケットに手を入れた。笛がない。そばにそれらしきものが落ちていたが、手に取ってみるとそれは笛ではなかった。

骨だ。

パッチはふり返った。地面のそこらじゅうに落ちた白茶けたもの——それは枝ではなくすべて骨だった。

彼はふるえ、手にした骨を顔に近づけた。おそろしいことに、それは人間の腕の骨のように見えた。

ぎょっとして骨を手放し、落ちてきた斜面を見上げた。バルヴァーをよぼうとしたが、はっとして口をつぐむ。なにかを感じる。

視線だ。

まわりには、なにかがひそんでいそうな暗がりがたくさんあった。パッチは辺りを見回し、後ろになにかがいる気がして何度もふり返った。

骨につまずきながら空き地の真ん中まで行くと、いよいよ恐怖にたえられなくなった。彼は両手で頭をおおい、その場にひざまずいた。

そのとき、これまで聞いたこともないものすごい声がした。パッチは顔を上げた。暗がりからあらわれたのは、巨大なおぞましい生き物だった。丸っこくてぬめぬめした怪物。皮膚のひだから緑色の液体がにじみ出ており、体はコブと角とトゲとうろこにおおわれている。

怪物はどすどすと骨をふみくだきながら近づいてきた。巨大な口からよだれがたれ、その奥にするどい歯がでたらめにならんでいる。

背丈はバルヴァーの三倍くらいあり、かなり大きい。怪物はどんどん近づいてきたが、不意に足を止めてパッチを見た。明らかに腹を空かせた様子で。

パッチは立ち上がると、ふり返ってかけだそうとした。が、体を向けた先に二匹目の怪物があらわれた。パッチはさらに別のほうを向き、悲鳴を上げた。そこにも、また別の方向にも怪物がいる！

まわりを囲まれた。もはや逃げ道はない。

怪物たちはうなり、歯をがちがち鳴らした。息はなんとも言えないにおいだった。

パッチは、毛穴からにじみ出るほどの恐怖を感じ、がくりとひざをついた。

「そんな……」彼は言った。というのも、新たな恐怖が空き地を囲む木々をかきわけ、向かってきたからだ。パッチはがくぜんとしてそれを見つめた。数十メートルはあろうかというなにかが、地面の骨をふみ、白煙を巻きあげている。

まちがいなくこれでおしまいだ。新たにあらわれた怪物は、巨大な悪魔のようだった。よだれでぬれた口元に邪悪な笑みをうかべ、全身はトゲと毛のようなものにおおわれている。

巨大な悪魔は、ものすごい高さから、ゆっくりと顔を近づけてきた。見ちゃだめだ、とパッチは自分に言い聞かせた。目を閉じてこのまま……。

「だいじょうぶだ！」悪魔は言った。バルヴァーとそっくりな声で。「なんの問題もない」

パッチはだまされるものかと、いっそう目をぎゅっと閉じた。けれども、つぶされたり引きさかれたりするでもなく、なにも起きない。彼はうすく目を開けた。数メートル先に、うすら笑いをうかべた悪魔の顔がある。

「なんのつもりだ、悪魔！」パッチは言った。「殺すならさっさと殺せ！」

「おっと、すまん。ちょっと待ってろ。すぐに止めてやるから」化け物はそう言うと、おそろしいかぎ爪をぬっとつき出した。

パッチはふたたび目を閉じた。すると左のほうから、のどをつまらせたような鳴き声が聞こえた。

「これでよし」と、バルヴァーの声。「もう平気だぞ」

パッチの頭の中は、目の前にいるであろう悪魔の顔でいっぱいだった。数秒後、おそるおそる目を開ける。

彼はおどろいて声を上げた。

窪地には骨など見当たらなかった。ところどころ枝が落ちているだけだ。そして悪魔がいたその場所に、バルヴァーが立っている。彼はなにかの足を持ってぶらさげていた。雄鶏のようだが、普通の雄鶏よりはひとまわり大きい。

しかしよく見ると雄鶏とは少しことなる。羽根は色とりどり。目のまわりに長い羽毛がびっしりと生え、そのせいで常におどろいたような顔をしている。

バルヴァーがいたずらっぽくゆすると、雄鶏のような生き物はキイと鳴き声を上げ、またぐったりとした。

「コカトリスだ」バルヴァーは言った。「なかなかやっかいなやつだぞ」

「コカトリス？」パッチは、ほかにもなにかいると思い、窪地を見回した。しかしなにもいない。まわりをとり囲んでいた怪物たちも。「なんで……さっきはそこらじゅうに」

「もちろんこいつしかいない」バルヴァーはそう言って、また怪物をゆすった。「コカトリスは恐怖心を利用して狩りをするんだ。こいつの術にかかると、なんでもないものがとてつもなくおそろしいものに見えてしまう。巨大で、おぞましくて、とても太刀打ちできない怪物を前にして、獲物は身がすくみ、最悪、恐怖で心臓が止まってしまう。それで晩飯のできあがりだ！　悪かったな、もっと早く助けに来られたらよかったんだが、なにしろ木が邪魔で」

パッチはコカトリスをにらみつけると、立ち上がって服の塵をはたいた。たいして害もなさそうなやつに殺されそうになったのが腹立たしかった。

「信じられないだろ？」バルヴァーは言った。「つまり、こいつから逃げられた者はとんでもない化け物を見たと言う。そして逃げられなかった者は部分的に食われた状態で発見される。もちろん死因は恐怖によるものだ。伝説ってのはそうして生まれるもんだよ」

コカトリスはぱっちり開いた目でパッチを見ると、警戒するようにコッコッと鳴いた。そしていら立たしげに翼をばたつかせたが、バルヴァーにしっかりつかまれていて逃げられなかった。

「でもコカトリスでよかったよ」バルヴァーは言った。「これがバジリスク（ヘビの化け物）なら大変なことになっていた。コカトリスはこずるいだけだ。それにこいつらの術はおれには効かん」

「なんで？」パッチはたずねた。

バルヴァーはにやりとした。

「鳥やドラゴン、グリフィンはその力に対して免疫があるんだ」彼はそう言うと、またコカトリスをゆすっておこらせた。

パッチは顔をしかめ、その獣を見つめた。

「それでどうするのそいつ？」彼は言った。コカトリスはおどろいたような目でパッチを見た。

「食べられるの？」

第16章 操舵小屋 パッチ&バルヴァー

結局、彼らはコカトリスを食べなかった。バルヴァーは食べてもおそらくだいじょうぶだと言ったが、パッチの怒りはすでに冷めていた。それにこの生き物も習性にしたがっただけなのだし、殺すのは少しかわいそうに思えた。バルヴァーはコカトリスを放してやった。コカトリスは腹立たしげにクワッと鳴くと、とんだりはねたりしながら、暗がりのなかへと消えた。

「本当にだいじょうぶ？」窪地を歩きながら、パッチはたずねた。「ほかにも仲間がいるはずだよ」

「おれといっしょなら、何羽いようが平気だ」と、バルヴァー。

コカトリスの術が解けると、笛はすぐに見つかった。歩きながら、パッチは戦闘曲の指の運び方を練習した。恐怖心を使い果たしてしまったのか、不思議と勇気がわいて、丘までいちばんの近道を行こうという気になっていた。

窪地の向こうはしも急な斜面だったが、のぼれないことはなかった。上のほうは松の木が生いしげっていた。けれども前のように密集しておらず、バルヴァーも問題なく通ることができた。

しばらくして平地に出ると、ふたたび丘のてっぺんが見えた。

丘にたどり着くまでに、彼らはさらに五つの境界をこえた。

最初の境界にいたのは、パッチよりも上背のあるイノシシだった。イノシシは彼らを見るやいなや、火花を散らせて突進してきた。ひづめは大地をえぐり、二本の牙のあいだに稲妻が走った。バルヴァーがあいさつ代わりに火をふくと、イノシシは思いなおして足を止めた。鼻を鳴らし、火花を散らせていたが、その場で彼らを見送った。

二番目の境界ではなにも見なかった。けれども、耳のそばでしきりになにかをささやく、言葉ではない声が聞こえてきた。境界のはしまで来ると、パッチとバルヴァーは心からほっとした。

三番目の境界にいたのは、左右の角の幅が六メートルほどもある巨大なヘラジカだった。そのすがたは、あちらを向いて立っている分には神々しく見えた。が、顔をこちらに向けると、目はオレンジ色に光り、歯は大きな牙のようだった。パッチはふるえあがり、あわてて曲の準備にとりかかった。バルヴァーも火をふこうとかまえた。しかしそのどちらも必要なかった。ヘラジカはその場から動こうとはしなかった。

四番目の境界で、彼らは枝が折れる音を耳にする。そこでは松に代わってシラカバの大木が育ち、その一本のとなりに巨大なクマ、あるいはクマのような生き物が立っていた。パッチもバルヴァーも、そのような生き物を見たことがなかった。背丈は大き目のドラゴンくらい。両方の前足の先に長い爪がのび、それがいかにもおそろしく、もし動きがかなりゆっくりでなければ、パッチは何週間も悪夢にうなされていただろう。獣はその爪を使って高いところの枝を口によせ、これまた長い舌を使って葉をむしっていた。どうやらパッチたちの存在に気づいていないらしい。しばらく見ていると、おそろしい見た目にもかかわらず、とてもおだやかな生き物だとわかった。

「あの獣をどう魔法に利用するんだろうな」歩きながらバルヴァーは言った。

そのあとも何度か枝の折れる音を耳にしたが、すがたを見たのは先ほどの一匹だけだった。

五番目の境界は、丘のふもとへと続く最後の境界で、パッチの背丈ほどもある草が茂っていた。少しはなれたところに、この境界に棲むと思われる動物のすがたが見え、パッチとバルヴァーは警戒した。ただのシカのようだが、そう決めつけるのは危険だ。オレンジ色に光る目のヘラジカもいるのだから。彼らはしゃがみこんだ。バルヴァーの体も、かろうじて草むらにかくれた。

数秒後、なにかを感じて走りだそうとするシカに、大きなネコのような肉食獣が飛びかかった。シカはたおされ、捕食者ともども草むらに消えた。

つまり、シカは魔力をもつ動物ではなかったということだ。

「シカが獲物？」バルヴァーは不満げにささやいた。「不公平だよ。父さんだってウサギやハトばかりじゃなくシカを食いたかったはずだ！」

「でも、あれってなんだろう?」

「ライオンかなにかだろう。エサに夢中になっているうちに行こう」

しかし二、三歩進んだところで、その動物が草むらから立ち上がった。たしかにライオンににているが、頭部が異様だ——頭とあごにもじゃもじゃの白い毛が生え、やつれた老人のように見える。

「なんてこった!」バルヴァーは声をひそめて言った。「マンティコアだ。絶対に動くなよ!」

パッチは言われたとおりにした。彼もマンティコアのことを知っていたのだ。〈八人〉の物語の〈イミナス島の恐怖〉という章に、その生き物についてくわしく書かれていた。マンティコアは尾の先に毒針を持ち、それを遠くへ飛ばすことができる。

最も奇妙なのは、人間のような頭部ではなく鳴き声だった。その声は、ぎょっとするほど人間の声ににている。そしてこの獣は、吠えるのではなく言葉で「吠える」と言うのだ。

パッチは物語をくわしく思い出してみた。マンティコアが無害なのは、ねむっているときだけ。目の前のマンティコアも、おそらく獲物を食べればねむってしまうはず。つまり見つかりさえしなければいいのだ。実際〈八人〉も、そうやってマンティコアをやりすごしたと、物語には書かれていた。

「吠える!」マンティコアは言った。

パッチたちのほうを見ていたが、しばらくすると鼻をくんくんさせ、また草むらに消えた。シカの死骸から肉を引きちぎる音が聞こえてくる。

「おれたちのにおいに気づいたんだろう。だが、どこにいるかはわからなかったらしい」バルヴァーは言った。「すきを見てここをはなれるぞ」

バルヴァーとパッチは、できるだけ身を低くして、ゆっくりと後ずさった。

「ぐるるっ！」マンティコアは言った。「うなる！」

バルヴァーは、手ぶりで止まるようにパッチに伝えた。彼らは待った。マンティコアがふたたび頭を上げ、草のすきまからその不気味な顔が見えた。しかめ面で辺りをにらみつけている。

「いま動くのは危険だ」バルヴァーはささやいた。「少しじっとしていよう」

「炎で追いはらえない？」パッチはたずねた。

「無理だ、遠すぎる。刺激して毒針を放たれてしまうだけだ。おまえの戦闘曲はどうだ？　あれを近くにぶちかませば確実に逃げるだろう」

「いや、むずかしいと思う。時間がかかりすぎるし、音がするから気づかれるよ。やっぱりねむるのを待とう」

バルヴァーは顔をしかめた。

「だがここに何時間もいるわけにいかないだろう。丘は目の前だっていうのに。それにマンティコアはあの一匹だけとはかぎらん……」

「わかった。じゃあできるだけ音をおさえて演奏してみる。でも最後のほうはどうしても音が大きくなるよ」

「おれがあいつを見はってる。異変があったらすぐに言うよ」

パッチはうなずいて、曲を組み立てはじめた。音をおさえて演奏するのはかんたんではなかった。それでもできるだけ小さな音で……。

「おい。早速気づかれたみたいだ」バルヴァーはささやいた。

パッチはマンティコアのことを頭から追いはらい、曲に集中した。

「こっちに向かってくる！」バルヴァーが心配そうに言う。「そろそろ放っていいぞ」

「うなる！」マンティコアは言った。

「おい、そろそろ……」と、バルヴァー。「もう半分くらい来た。毒針を飛ばしてきそうだ！」

「ぐるるるっ！」と、ものすごい声。

パッチは曲の仕上げにとりかかっていた。音がみるみる大きくなる。曲の威力はじゅうぶんのはず。ねらいもそれなりに定まるはずだ。

バルヴァーは目を見開いてさけんだ。

「だめだ、まにあわん！」

パッチは立ち上がった。

一瞬、マンティコアの不気味なほど人間ににた顔が見えた。十メートルほど向こうからこちらを見つめ、サソリが刺すときのように尾を上げている。

パッチは曲を放った。目の前の地面がいきなり爆発し、マンティコアは逆上した。

「おう、おう、おう！」獣はそう言って、前足で顔をぬぐった。「ぐるるるっ！　吠える！　うなる！」

パッチとバルヴァーはすでにかけ出していた。

マンティコアがふたたび目を開けると、そこに彼らのすがたはなかった。

パッチとバルヴァーは草むらを全力で走り、なににも出会わずに境界のはしにたどりついた。彼らは境界線をまたぐと、マンティコアの毒針がとどかないところまで走りつづけた。

丘をのぼるにつれ、草の丈が短くなっていった。すがたが丸見えになるのは不安だったが、少なくとも待ちぶせをされる心配はなくなった。

丘の頂上に近づくと、まわりがおどろくほどはっきり見えた。遠くから見たときは奇妙なもやがかかっていたが、上のほうはそれがまったくない。考えてみれば当然だ。この島は海を移動しているのだから、操舵小屋からの視界ははっきりしている必要がある。

やがて丘の頂上にたどりつく。パッチは重々しく立派な建物を想像していたが、そこにあったのは小さな石造りの小屋だった。

「あれが操舵小屋だね」パッチは言った。

彼らは近くに行ってみた。小屋は円形で、高さは三メートル、直径は十メートルくらいだろうか。まわりにぐるりと窓があるが、中は暗くて見えない。建物の反対側に古ぼけた木のドアがあった。

「おれは通れそうにないな」バルヴァーは言った。

「いいよ。ここで待ってて」パッチはそう言って、ドアをおした。

中はひとつの部屋になっていた。窓からわずかに陽が差しているだけでうす暗い。しばらくして暗さに目が慣れると、パッチははっと息をのんだ――部屋の真ん中に大きな船の舵輪があり、その前に腕を広げて取っ手をにぎる人かげがある。

動く気配はない。

「ラー・セネンか？」バルヴァーがささやく。

「どうだろう。あの、ごめんください」パッチは声をかけた。返事がないので、深呼吸して中に入り、舵輪に歩みよった。

人かげは死体だった。死んでずいぶんたっているようだ。長いヒゲがあり、パッチが偉大な魔法使いと聞いて思いうかべるような豪華なローブでなく、簡素な服を着ている。死体の頭は前にかたむき、舵輪にもたれかかっている。体に目立った傷はない。

バルヴァーはできるだけ中に首をつっこんでたずねた。

「どうだ？」

「死んでる」パッチはそう言うと、死体からはなれられるのをうれしく思いながら、戸口へ引き返した。

「でも例の魔法使いなんだろ？」

「たぶんね。でも千年前からあった死体に見えないんだ。数十年はたってるかもしれないけど、大昔じゃない。あと質問に答えてくれないのはたしか」

「そうとはかぎらんぞ」と、背後でしわがれた声がする。

バルヴァーは恐怖で目を見開くと、気を失い、戸口をふさぐかっこうで地面にたおれこんだ。

パッチはおそるおそる声のしたほうをふり返った。

第17章 クアラスタス アーナー&ランデル

ランデル・ストーンは杖(つえ)に体の重みをあずけ、一息ついた。辺りの森は妙(みょう)に静かで、木々の梢(こずえ)のあいだから、朝日が差しこんでいる。

前方に、ピューターの言っていた古い基地(きち)あとが見える。ティヴィスキャンの周辺には、このような建物が十数棟(とう)、あるいはそれ以上あった。そのほとんどがこの基地と同じようにわすれ去られ、深い森のなかで廃墟(はいきょ)と化していた。

ランデルは夜明け前に城(しろ)を出て、一時間以上かけてようやくそこまでたどりついた。彼(かれ)は持ってきた水袋(みずぶくろ)から、たっぷりと水を飲んだ。そして水袋に栓(せん)をしたとき、前方の木(こ)かげからピューターがあらわれた。

「こっちだ、ランデル」ピューターは言った。ランデルが歩みよるあいだも、彼は不安げに辺りを見回していた。「だれにもつけられていないな?」

「ええ、だいじょうぶです」と、ランデル。

「おまえの弟子は?」ピューターはそう言って、廃墟のほうへ向かった。「いっしょではないのか?」

「いくつか用事を言いつけたので、それに午前中いっぱいはかかるでしょう。これからわれわれの調査に協力する守護隊士を選出せねばなりません。そのため手配することも多く」

「そうか。ウラル・カシミール殺害の調査だな。それにしても奇妙な偶然だ」

「なにがです?」

「カシミールはある魔法使いに心酔していた……だれのことかわかるな?」

「ラー・セネンですね。ウラルがよく話していました」

「そのラー・セネンがドレヴィス議長の計画に関係しているのだ。竜石のパイプオルガンはラー・セネンの本に書いてあったものだと、例のヴァルデマーが死ぬ前に教えてくれた。その本にはほかにもさまざまな竜石の使い方が書かれている。パイプオルガンよりおそろしいものも!」ピューターは立ち止まり、ランデルの顔をじっと見つめた。「その本を知っているか?」

「いえ」ランデルは言った。

ピューターは数秒彼を見つめると、満足そうな顔でふたたび廃墟に足を向けた。

「その本がなんなのです?」ランデルはたずねた。「ドレヴィス議長がそれを持っていると?」

「ハーメルンの笛ふきが持っている。まちがいない」

「それではハーメルンの笛ふきも、ウラルと同じくラー・セネンに心酔しているとお考えなのですか?」

ピューターは顔をしかめた。

「ラー・セネンは夢想家だった。現実を知らん理想主義者だ! カシミールもそうだった。だがハーメルンの笛ふきはちがう。やつをつき動かしているのは、もっと暗いなにかだ。カシミールからラー・セネンのことをくわしく聞いたか?」

「もちろんです。〈八人〉は何カ月もいっしょに旅をしました。ウラルはラー・セネンのことをえんえんと話しつづけたものです。それこそわれわれのうちのだれかが止めろと言うまで」ランデルはほほ笑んだ。「だいたい言うのはトビアスでしたが」

「ならばラー・セネンの最大の敵、クアラスタスのことも知っているな?」

「ええ。幸いクアラスタスもラー・セネンと同じく千年前に死んだと聞いています」

「いいか、ランデル。カシミールのようにいまでもラー・セネンをあがめる者たちがいる。その一方で、クアラスタスを信奉する闇の魔法使いも多いのだ」

「ドレヴィス議長もそのうちのひとりだとおっしゃりたいのですか?」ランデルは首をふった。「ありえません。議長とは数十年のつきあいです。彼はわたしが知るなかで最も高潔な人物。その彼が大昔に死んだ魔導士を信奉し、裏で糸を引いていると? そんな話、とうてい信じられません」

「だからここへ来てもらった」ピューターは、基地の壁があったらしきところまでランデルを案内した。そこに階段があり、地下の通路へと続いている。「こっちだ」

ランデルはあとをついていった。通路はうす暗かったが、天井のところどころに穴があり、そこから陽が差しこんでいる。

彼はそれらの穴を見ながら、このような老朽化した建物に入ってだいじょうぶなものかと思った。

「なぜこの場所なのです?」ランデルはたずねた。

「すぐにわかる」ピューターは言った。「わたしはひとりで考えごとをしたいときには、ここに来ている。評議員には頭をなやますことも多くてな」

「議長に推薦するお話ですが、わたしが支持したところでたいした影響はないでしょう」

「いや。おまえの意見は評議会の決断を左右する。気づいておらんかもしれんが、評議員たちはドレヴィス議長に対していだくのと同じ畏敬の念を、おまえに対してもいだいている。昨日、おまえが来た瞬間にわかった。ここにおまえがいる以上、そのおまえの支持なしにわたしが議長になることはできん」

彼らは、やけに頑丈そうな木の扉の前にやって来た。

「ここは見はり塔だった場所の土台部分だ。ここでおまえが疑問に思っていることもすべてわかる」ピューターは、壁際にある節くれだった棒切れを拾い、「扉の錠を解くのでこいつを持っていてくれんか？」と、その棒切れをランデルに差しだした。

ランデルが右手でそれを受けとると、評議員は顔に妙な笑みをうかべた。

ピューターは扉に向きなおり、錠を解いて扉をおした。扉はなぜか新しく見えた。建物自体は朽ち果てているのに。

中は円形の部屋になっていた。壁はしめっていて、ところどころに太い木の根が食いこんでいる。天井におよそ一メートル四方の昇降口がある。かつてはそこを使って上の階と行き来できたのだろうが、いまはでたらめに石が積みかさなり、ふさがっている。この様子では、上の階はただの瓦礫の山だろう。

ピューターは部屋の中に足をふみ入れ、ふり返った。

「来ないのか？」

ランデルはあとを追おうとして、なにかがおかしいことに気づいた。

体が動かない。脚も腕も頭も。動かせるのは目だけ。彼はピューターからわたされた奇妙な棒切れを見下ろした。棒切れがのび、そこから芽が出て枝に成長し、手にからみついた。右手に、それから左手に。その手から杖がこぼれ落ちる。

ピューターはあざけるような表情（ひょうじょう）で言った。

「おまえには失望したよ。これほどかんたんに引っかかるとは」彼（かれ）はため息をつくと、「中へ」と命令して、戸口からしりぞいた。

ランデルは困惑（こんわく）した。足が動かないことにピューターは気づいていないのか。そのとき両手にからみついた枝（えだ）が動くのを感じた。ピューターはランデルに命令したのではなかった。枝から芽が出て、それがたちまち別の枝に成長し、戸口に向かってのびていく。枝は扉（とびら）の枠（わく）にはりつくと、ランデルを部屋の中に引きずりこんだ。もみくちゃになり、ローブが石や枝に引っかかってさけた。枝に無理やり引っぱられ、腕（うで）の関節がはずれそうになる。顔を壁（かべ）に打ちつけ、口のなかに熱い血がほとばしる。

暗闇（くらやみ）のなかに笑い声がこだました。

そして静かになる。ランデルは石壁にはりつけになっていた。脚（あし）にも腕と同じように枝がからみついている。地面に苔（こけ）が生え、くだけた石や枯葉（かれは）が散らばっている。

目の前に、ピューターがにやにやして立っていた。

「こういう無力なおまえを見たかったのだ、ランデル。わたしはおまえのひとりよがりの正義感（せいぎかん）が大きらいでね。おまえが苦しむのを見るのは愉快（ゆかい）だ！」

手足を固定されているが、ランデルは体が動くようになっているのに気づいた。彼は血のまじったつばをはいた。

「なんのつもりです」ランデルは言った。体中が痛い。右のまぶたがはれて目がふさがりつつある。

ピューターは笑みをうかべた。

「口にするほとんどが真実であれば、そこにうそがまじっていても気づきにくい。例えば守護隊のヴァルデマーは本当に魔法であやつられていた。ただし、あやつっていたのはハーメルンの笛ふきではなく、わたしだ。あの娘はなかば魔法からぬけだし、わたしに立ち向かおうとした。だから崖からつき落とした」ピューターは肩をすくめた。「そうするしかないだろう?」

「ドレヴィス議長は?」ランデルは言った。

ピューターはふたたび笑みをうかべると、大げさな身ぶりで奥の壁を指した。うす暗がりのなかに、かすかに人かげが見えた。ランデルと同じように奇妙な枝で固定されている。ピューターはそちらに歩いていき、指を鳴らした。小さな光の玉があらわれ、ゆっくりとうき上がる。

ランデルは息をのんだ。人かげは評議員の豪華なローブをまとっていた。頭をたれていて顔は見えないが、それがだれであるかすぐにわかった――ドレヴィス議長だ! ランデルはじっと議長を見やった。息をしているようには見えない。

「死んでいるのか?」

「まさか。死なれては面白くない。苦痛をあたえるのが、わたしの罪深いよろこびだというのに。おまえを待つあいだも、そうやってひまをつぶしていた。いまは気を失っているが、一日かそこらで目を覚ますだろう」ピューターはそう言うと、ランデルのもとへもどってきた。「本当に弟子に行き先を告げなかったのか？　ばか正直なやつだ！」

「アーナーには手を出すな」

ピューターはいっそう顔に笑みをうかべた。

「手を出すな？　面白いことを言う！　城にはわたしの配下の者たちがいる。そいつらはわたしの言うことならなんでも聞くぞ。それとも、おまえの弟子の意識をのっとってみようか？」

ピューターは明らかにランデルが苦しむのを楽しんでいた。「とはいえ、意識をのっとるのは、おまえが思っているよりむずかしい。あのパイプオルガンですら、あやつり人形のようにすることしかできなかった。見ればすぐにそれとわかる、命令を実行するだけの抜け殻だ。本当に意識をのっとるには時間がかかる。それなら評議会の実権をにぎるほうが手っ取り早い。ドレヴィスをここへ連れてきたときは始末するつもりだったが、すぐにその考えにもあきてしまった」

「なぜこのようなことを」

「ハーメルンの笛ふきは、わたしが所有するはずのものを持っている。取りかえしたいが、これ以上事態をややこしくする気はないし、危険をおかすのもごめんだ」

「つまりあなたが、ハーメルンの笛ふきの師というわけか……」

「そうだ。少年のころから、やつにはたぐいまれな笛の才能があった。一方、わたしは魔法ですがたを変えるのを得意としている。わたしは別人になってやつに近づき、信頼関係をきずいた。やつはわたしの正体を知らず、いつしかわたしは父のような存在となった。わたしはやつに必要なことを教えこんだ。だが重要なのは、やつは当時から冷酷だったということだ。世の中にはこう考える連中がいる。子どもは白紙で、そこにどんな未来でも書きこむことができると。それはまちがいだ。例えば、おまえが牢獄送りにしたブライトウォーターという少年。あの少年には、わたしがハーメルンの笛ふきに見たのと同じ突出した才能がある。しかし正義に毒されていて使いものにならない。その点、ハーメルンの笛ふきはちがった」ピューターは首をふって笑った。

「やつの心には闇があった。だからこそ、わたしの目的にかなう人物になりえたのだ」

「だが、あなたが思っているより、やつはかしこかった」ピューターが顔をしかめるのを見て、ランデルは言葉に力をこめた。「やつはあなたを裏切った」

「そうだ。やつはわたしを裏切り、竜石を自分のものにした。おそらく任務が完了した時点でわたしに殺されると思ったのだろう。もちろんそうするつもりだった。しかしわたしが手を下す前に、〈八人〉がやつをとらえた。それでもわたしはかまわなかった。〈八人〉との戦いのあと、やつはほうけたようになり、なにも話さなかったからな。やつは地下牢に入れられ、そこで朽ち果てる。そう思っていたのだが……」

「あれはハーメルンの笛ふきではなく、やつの兄弟だった」

「まさか双子の兄弟がいたとはな。やつはその兄弟の記憶を消し、自分の身代わりにした。そのため、わたしも裏切りに気づかなかった。やつがパイプオルガンで、わたしたち全員をあやつり人形にしようとするまでは。だがいずれ〈大追跡〉がやつをとらえ、わたしの復讐は成しとげられる！」

「〈大追跡〉もあなたの発案か」

「いいや。はじめたのはドレヴィスだ」ピューターはあざ笑った。「だがあいつは積極性に欠け、守護隊を通常任務からはずすことにも反対だった」

「だから消さねばならなかった」

「当然だ！　だれもがドレヴィスが自ら〈大追跡〉を率いていると信じ、そのあいだにわたしはあいつの名で次から次へと命令を出した。さらにほかの評議員たちを説得して議長の座につけば、守護隊と戦闘隊をすべて自分のために使える」

「笛ふきとしての誇りもわすれたか。クアラスタスの信奉者め……」

ピューターは笑みをうかべた。

「やれやれ。目の前にしてもまだわからんか」

ランデルは困惑して彼を見返した。

「言っただろう。魔法ですがたを変えるのが得意だと」そう言うピューターの背が高く、髪が黒く、顔の肉づきがよくなっていく。「おまえが長年ピューターとして知る人物は借りのすがた。いまこそ、その真のすがたを目にするがいい。わたしはクアラスタスの信奉者などではないぞ、ランデル。わたしがクアラスタスだ！」彼は笑いだし、その声が石の壁に反響した。すがたがじょじょにピューターのものにもどっていく。

「わたしの計画は千年前にはじまっていた。それはだれにも……」クアラスタスはとつぜん言葉を切った。そしてランデルの胸元に手をのばし、首から下げた小さな黒いペンダントを手に取る。

「これは……」彼は目を見開いた。「まさか！」

ペンダントが見つかっても、ランデルは絶望などしなかった。事態は彼がおそれていたよりはるかに悪かった。しかし、ここへ来たことを後悔してはいない。たとえ命を失うことになっても。切れたくちびるから血が流れ出る。彼は口の中にたまった血を思い切りはき出し、ピューターをしりぞかせた。

ランデルは痛みをこらえて笑みをうかべた。

「きさまの秘密は外にもれたぞ」

ティヴィスキャン城から遠くはなれた小さな馬小屋で、アーナーはすべてを見ていた。その胸元にはペンダント——それはランデル・ストーンの首にかかっているものと対になっていた。ランデルがカシミールの地下室から持ってきた、もうひとつの竜石で動く魔法道具。アリーアはそれを、はなれた場所のことが見える装置だと言った。彼女の説明文はあいまいだったが、竜石の破片を手に入れると、そのペンダントがどういう物で、どう使うのかがすぐにわかった。

ペンダントの緑色の石は竜石を吸収して黒く変わり、一方のペンダントを装着すると、もう一方のペンダントの先で起こっていることを、見たり聞いたりできた。

事態が一変したのは、ピューターがランデルの部屋をおとずれたときだった。アーナーは、ピューターがドレヴィスについて話し、ランデルにひとりで待ち合わせ場所に来るように言うのを、ドアの向こうで聞いていた。

その彼のポケットには、ピラミッド型の装置があった。ピューターが話すたびに、ピラミッドはふるえた。

ピューターはうそをついている。

そこでランデルがあることを計画した。アーナーはなんとか止めようしたが、ランデルの心は変わらなかった。

そうしてアーナーは、ペンダントを使いすべてを目にしたのだった――ピューターの裏切り、とらわれたランデル、壁にはりつけにされ死んだように動かないドレヴィス、正体をあらわすピューター――アーナーはがくぜんとした。

そしてそのときが来た。ピューターはランデルの首にかけられたものに気づくと、それを引きちぎり、顔の前に持ってきてにらみつけた。ペンダントと、その先にいるアーナーを。

ピューター、すなわちクアラスタスは、怒りで目をぎらつかせ、ペンダントに向かって手をのばした。アーナーは思わず声を上げ、立ち上がってペンダントを地面に投げすてた。

次の瞬間、恐怖がおどろきにとって代わる。地面に落ちたペンダントから手がつき出て、彼を探しはじめたのだ。アーナーは石を手にすると、かけよってペンダントを粉々にくだいた。手は一瞬で消えた。

アーナーは葛藤していた。ランデルは彼にティヴィスキャンをはなれろと言った。評議会そのものが関与している場合、そこにいるのは危険すぎる、と。彼は師の救出にもどりたかった。しかしランデルは、アリーアとトビアスを見つけるという使命を彼にあたえていた。忠実な弟子として、彼に選択の余地はなかった。

簡素な服に身を包み、守護隊のローブをしまう。見ていたことがピューターにばれた以上、守護隊士のすがたのまま旅をするのは危険だ。彼は馬小屋から自分の馬を出した。朝日が照っているにもかかわらず、世界が夜明け前より暗く感じられた。

第18章 ラー・セネン

パッチ&バルヴァー

「ようこそ、マサーケンへ！」操舵小屋の中に、しわがれた声がひびく。「わしをおそれる必要はないぞ」

「なにをおそれようとぼくの勝手だ、しゃべる死体め！」パッチはふるえる声でそう言うと、つま先でバルヴァーの体をつついた。早く目を覚ましてくれることを願って。

「体のほうは無視してくれ」と、声の主が言う。「これはかつてのわしの残骸にすぎん」

パッチははっとした。舵輪をにぎる死体がまったく動いていない。が、その向こうにぼんやりとなにかが見える。それはやさしい光を放つと、やがて死体と同じ長いヒゲと簡素な服を着た老人のすがたになった。

幽霊だ。

幽霊はパッチにほほ笑みかけた。

「これでどうかな？」

「だれだおまえは」パッチは言った。

「ラー・セネン」幽霊は言った。「おまえもそう言っとっただろう」

「ラー・セネンは千年前に死んだ。ふつう千年もたてば体は塵になってるはずだ」

幽霊は舵輪のまわりをぐるりと回り、取っ手をにぎる死体を悲しげに見つめた。

「たしかに少しやせたな。だが、わしが死んだのはほんの六十年前だ。それまでは自然の摂理に反して生きていた。とはいえ死はだれにでもいつかはおとずれる。それが世の常というものだろう」

幽霊は部屋を横切り、パッチのほうに向かってきた。けれども恐怖が増すどころか、むしろ落ちついている自分にパッチはおどろいた。この幽霊からは悪意を感じないのだ。

幽霊はバルヴァーを見て言った。

「ほれ、友人が目を覚ましたぞ」

バルヴァーは目を閉じたまま、不安げにうんうんうなっている。パッチはそばにかけより、彼の鼻に手を置いた。

「落ちついて、バルヴァー。なにもこわがることないから」

「ずいぶん肝の小さい友人だな」ラー・セネンは言った。

パッチはきっと彼を見返した。

「バルヴァーほど勇敢な者はいない。ただ不気味なものが苦手なだけだ！」

「不気味なもの」ラー・セネンは、面白がるようにその言葉をくり返した。「たしかにそうだな」

バルヴァーは片目を開け、おそるおそるラー・セネンを見やった。

「夢ならよかったんだが、どうやらちがうらしい」バルヴァーは戸口から体を引きぬくと、草の上にすわり、ぶすっとして腕を組んだ。

「史上最も偉大な魔法使いであるこのわし、ラー・セネンは、おまえたちを歓迎する。加えて、おまえたちの探求がここに結実したことを祝福したい！」

バルヴァーはけげんな顔をした。

「なにを言ってるんだ、このじいさんは」

「わからない」と、パッチ。

「わしを見つけたではないか！　おまえたちはラー・セネンの〈探求者〉だろう？　わしは千年ものあいだ身をかくし、ふさわしい候補者があらわれるのを待っていた。死んでもなお、わしは待ちつづけた！」ラー・セネンはうなだれて言った。「本当に長かった……」

「あの、悪いけど、ぼくらは〈探求者〉じゃないよ。それがなにかは知らないけど。偶然この島に来ちゃっただけだし」

「偶然だと？」ラー・セネンは言った。

バルヴァーは顔をしかめた。

「どういうことだ。この島で起こっていることをすべて把握しているんじゃないのか？」

幽霊は暗い窓を指さした。

「これらの窓は島の目だ。生きていたころは、ここからすべての出来事を見通すことができた――ずっと先の海さえも！　しかしこの六十年というもの、島の目が明るむのはマサーケンがそうしようと思ったときだけ。わしにはもうなんの力もない」彼はそう言って、自分の半透明の手を見つめた。「この状態ではな。島はしたがわん。わしの声が聞こえんからだ。マサーケンはわしの最大の創造物。わしはこの島に命をふきこみ、それなりの知恵もあたえた。だが幽霊を見る能力は……思いつかなかった。やがて命はつき、わしはいまのようなすがたでこの世に残った。だが、この小屋から出ることはできなかった。もどかしいことに、島はわしがここにいることにも気づいておらん」

「グリフィンたちのことはどう思ってる」バルヴァーはこぶしをにぎりしめた。「あんたがとらえて鎖につないだんだぞ！」

「解放できるものならしていた」ラー・セネンは言った。「誓って本当だ！　だが責任はわしにある。何世紀ものあいだ魔法で命をのばしてきたが、時がたつにつれ効果がうすれてきた。そこで島にグリフィンを見つけるよう命じたのだ――知性のある生き物を捕獲し、利用するために。

わしの最大の汚点だ。《同化》とよばれるグリフィンと人間のあいだでのみ成立する古の呪法を使えば、命をのばすことができるといわれていた。わしはそのような残酷なことはするまいと誓ったが、自暴自棄になり、誓いをやぶってしまった。止めようとは思ったが、結局その前に死んでしまい、島は命令を実行した……」

「何匹だ？」バルヴァーは語気を強めた。「いったい何匹のグリフィンをとらえた？」

「二匹だけだ。グリフィンを捕獲できる機会などめったにあるものじゃない。一匹は逃げたよ。何年か前に島が病気になり、地震を起こした。病気はすぐに治ったが、幸いその一匹は島が油断したすきをついて逃げることができた」

バルヴァーは幽霊をにらみつけたが、やがてその怒りもおさまった。

「おれたちがどうやってここへ来たか、それは知っているのか？」

「少しはな。幽霊でも感じとれるほど急激な魔力の変化があった。それ以来、島の目はいくつかの出来事を見せてくれた。笛ふきの部隊が林を切り開くところや、悪魔鳥がおまえたちを襲うところ。おまえの傷が治るのも見たぞ！」

「ハリネズミだね！」パッチは言った。「ぼくのいちばんのお気に入りだ」

「ハリネズミではなくヘルスターホッグだ。たしかにあれはすばらしい、わしも同感だ」幽霊は身をのりだしてパッチをじっと見つめた。「おまえたち、本当に〈探求者〉じゃないのか？」

「だからなんなのさ、その〈探求者〉って」パッチは言った。

「自らの価値を証明する者たち。マサーケンを引きうけ、わしの遺産を世界のために使う者たち。わしの紋章を継ぐ者たちだ！」

「紋章？」

幽霊は両手を広げた。

「床を見よ。そうすればわかる！」

パッチは下を向いた。石の床一面に、金属でできた紋章がはめこまれている。彼はその紋章に見覚えがあった。

「なぞの女」パッチは言った。

バルヴァーはうなずいた。

「アルケランをさらった女だな」

パッチはもう一度、床の紋章を見た。以前その印を見たときは、鳥の足のように思えた。レンは植物の根っこのようだと言った。しかしいま、彼にはそれがなにかわかった。円のなかで組み合わさったLとSの文字。

ラー・セネン。

パッチは幽霊のほうを向いた。

「手首にこの刺青のある女の人を見たよ。その人は〈探求者〉のひとりかな？」

「そうだ！」幽霊は笑顔で言った。「どんな人間だった？　正義と希望に燃える立派な人間だったか？」

　バルヴァーは首を横にふった。

「どちらかというと悪人だ、おれたちの知るかぎりでは。この場所を探していたのはたしかだが、そのためには殺人や誘拐もいとわないという人間だった」

　幽霊の顔から笑みが消える。かなり落胆しているようだ。

「ぼくらは〈探求者〉とは関係ないんだ」パッチは言った。「もちろんマサーケンを引きうけに来たわけでもない。本当に偶然ここに来ただけなんだ」

「いや、まったくの偶然とはいえん」と、バルヴァー。それから幽霊に向かって言った。「おれたちは、あんたの魔法道具を使って窮地をのがれた。そしてこの島に行きついた。ここにあんたがとらえたグリフィン――いまも鎖につながれたおれの父がいたからだ！」

　ラー・セネンは口を開けたり閉じたりしていたが、彼がなにか答える前にパッチはあることに思いいたり、息が止まるほどの衝撃を受けた。

「全部あなたのせいじゃないか……」パッチは言った。「あの『果てなき闇の探求』って本。竜石のパイプオルガンも、黒騎士の鎧も、あなたが発明した。全部あなたが悪いんだ！」

幽霊はぽかんと口を開けていたが、しばらくして言った。

「どういうことだ？」

「じいさんは知らないんだ」バルヴァーは言った。「なにひとつ。六十年間この小さな操舵小屋にこもりっきりで、自分のしたことが問題になるなど思ってもいなかった」彼はひじでパッチを軽くついた。「全部言ってやれ」

「なにから話せばいいいんだろ」と、パッチは言ったが、数秒後にはこう切りだしていた。「十年前、ハーメルンの町にネズミが大発生した……」

幽霊は操舵小屋の奥にしゃがみこみ、おいおい泣いていた。

「うまく受けとめられないようだな」バルヴァーは言った。

「みたいね」と、パッチ。しかしラー・セネンの気持ちもわかった。彼は夢中でパッチの話に耳をかたむけた。この六十年間、自分がつくった島にも気づかれずにすごしてきたのだから、当然といえば当然だ。しかし、自分が設計した竜石のオルガンが実際につくられ、竜石の鎧までもが現実のものとなったことを知り、彼はぞっとした。

しばらくすると、ラー・セネンは泣きながら戸口にもどって来た。

「実現は不可能なはずだった」幽霊はさけんだ。「わしのせいじゃない！」

「おれはそうは思わん」バルヴァーは言った。「あんたがあの本を書き、あの装置を設計したんだろ！」

ラー・セネンはうなずいた。

「あれは最大の敵をあざむくためのものだった」

「最大の敵？」パッチはたずねた。

「クアラスタスだ。邪悪な魔導士で、富と力を手にしながらも、常にそれ以上をほっしていた。そのクアラスタスがゆいいつおそれたのが死だ。わしは死なない方法があることを知っていた――決して人が知ってはならない方法だ。わしはそれを墓場までもっていくと誓ったが、一方でおそれてもいた。もしクアラスタスがその方法に気づいたら、と。やつは富と力を求めつづけ、いずれその残忍な手でこの世を支配するだろう。それは何世紀にもわたる恐怖を意味する。だからやつをあざむくことにした。あの鎧を設計し、やつがそれを知るように仕向けたのだ。それさえあれば数世紀どころか永遠に生きられる。やつがその誘惑にあらがえるはずもない。そうしてやつは、手のとどかないものを追いつづけた。あるはずもない量の竜石を探すために全財産を費やし、無一文で死んだ。おろかな探求で人生をむだにしてしまったのだ」

「だけどそれは不可能じゃなかった」パッチは言った。「なぜなら竜石をつくる方法があり、だれかがそれに気づいてしまったから」

ラー・セネンは首をふった。

「まさかそんなことになるとは」

「だが、だますつもりだったなら、なぜ機能するものを設計した」バルヴァーがたずねた。

「クアラスタスは魔法の原理を理解していた。装置が実際に機能するかどうかを見ぬくことはできた。わしのようにそれを発明する才能はなくともな」

バルヴァーとパッチは顔を見合わせた。

「そのあなたの才能が、世界を破滅させてしまうかもしれない。ハーメルンの笛ふきは竜石の鎧をつくった。〈命の石〉があいつの手にわたったらもうだれにも止められなくなる。そうなる前に、ぼくらが世界に危険を知らせないと！」パッチはそう言って、舵輪を指さした。「この島の動かし方を教えて！」

第19章 魔女 レン

朝、レンはふたたび鳥たちを観察した。

夜のあいだの練習は上出来だった。いまや彼女は、ブーツのなかで足を巨大なネズミの足にしたり、毛布の下で耳や鼻をネズミのそれにしたりもできた。見はりたちにそのすがたを見せたらさぞ愉快だろう。そう思いながら、彼女はひとりにやにやしていた。

とはいえそれらはすべてネズミのもので、くちばしや羽毛の生えた頭を思いうかべてもうまくいかず、両手にいたってはまったく変わらなかった。手枷が変化をさまたげているのだ。逃亡を試みる前に、彼女はすでに行きづまっていた。

見はりは前と同じで、川でおぼれたあとにつけられた見はりたちだった。夜のあいだ彼らは交代で彼女を見はり、四人のうち三人は木箱に腰かけて居眠りをしていた。一応すわって任務中をよそおっていたが、前かがみになる様子から、ねむっているのは明らかだった。ときおり見はる番の兵士も居眠りをしていた。ほんの少しのあいだではあるが、逃げるには絶好の機会だった。

手枷さえはずせたら。

朝食が出ることを期待したが、そうはならなかった。軍に進軍命令が下ったのだ。だらだらしていた雇い兵たちが、とつぜんきびきびと動きだした。その切りかえの速さは感心するほどで、一時間ほどで軍は移動をはじめていた。

進軍する彼らの左側が谷で、その底にはレンがおぼれた川が流れていた。数時間後、谷は深い渓谷となり、彼らは荒れくるう流れを見下ろしながら、崖にそって進んだ。

前方の空模様があやしい。見はりのひとりがそう口にすると、ほかの見はりたちは不安げに首をふった。

「こりゃひどい嵐になるぞ。ここで止まってそなえることになるな！」

見はりたちの言うとおりだった。すぐに嵐にそなえるよう黒騎士から命令が下った。軍隊は、崖の上を走る道にそって連なり、崖の反対側は林になっていた。雨風を少しでも避けるため、兵士たちは林に入ってテントをはった。レンは、自分もテントに入れてもらえるのではと思った。が、その期待はあっさりと裏切られ、見はりたちはふきさらしの場所にいつもの杭を打ちこむと、彼女の手枷をそこにつなぎ、まわりを囲むようにして陣取った。見はりたちは雨にそなえ、油布を体に巻きつけていた。

「ほらよ」と、見はりのひとりが彼女に油布をわたした。「またおぼれてもらっちゃこまるからな」

手枷の鎖がのびる範囲の地面に、三十センチほどの石があった。レンはそこに腰かけ、嵐が見はりたちの言うほどひどいものでないことを願った。

夜になると、嵐がそれ以上にひどいことがわかった。

はげしい雨がふりつづき、風がふきすさんだ。一時間ほどすると、石に腰かけたレンの足元に水たまりができていた。彼女は頭から油布をかぶって体をくるむと、それを手枷をされた両手でぎゅっとつかんだ。すきまから稲妻の閃光やしめった冷気がもれ入る。体の向きを変えると、どしゃぶりのなかですわる見はりたちが見えた。そのうちの三人は、体を丸めた様子から、ねむろうとしているのがわかった。が、四人目はしっかりと目を覚まし、彼女を見はっていた。レンは見はりから顔をそむけた。

風が弱まると、彼女はつかんでいた油布をわきの下にはさみこんだ。ときどき風がふきこみ油布はふくらんだが、ふき飛ぶほどではなく、またそれなりに雨もしのげた。両手が使えるようになると、彼女は手枷から手を引きぬいてみることにした。

痛みで声が出そうになるまで、右手を引いた。肌が雨でぬれているのは幸いだった。一瞬、そのままぬける気がし、力いっぱい手を引いた。関節がぎしぎしときしむ……。

しかし手枷ははずれなかった。

手がじんじんと痛む。はれてしまうとなおさらぬけなくなると思い、彼女は手をもとの位置にもどそうとした。けれども手枷が食いこみ、おしもどすこともできなくなっていた。

彼女は自分の親指を呪った。痛みがさらに彼女を逆上させた。この親指さえ……。

するととつぜん親指がちぢみ、右手がするりと手枷を通った。彼女は自分の手を見つめた。手ではない。人間の手の大きさの、ネズミの前足だ。短い笑い声をもらすと、右を人間の手にもどし、左をネズミの足にしてみた。いまやそれくらいはかんたんにできるようだった。ようやく彼女は、手枷を完全に克服できた。

彼女はおどろいていた。体に魔力がもどるのを感じ、ネズミになろうと思えばすぐにでもなれることが直感的にわかった。まだそのときではないが、見はりの兵士が居眠りさえすれば。彼女は、人間のものにした両手を開いたり閉じたりし、にっこりと笑った。

ふたたび手枷をはめる前に、一度試してみたいことがあった。彼女は集中し、両手を同時にネズミの前足に変えた。

けれど両手が変わるとともに、体のほかの部分も変化しようとする強い反応を感じた。それをおさえるのに全意識を集中していたため、ひざから手枷を落としてしまった。手枷は足元の水たまりに落ち、予想以上に大きな音を立てた。

彼女はあわてて手枷を拾いあげた。ネズミの前足のままで。いそいで人間の手にもどそうと集中したそのとき、前方に人の気配を感じた。

「なにをしている」見はりの兵士はそう言うと、彼女の油布をはぎとった。兵士は目を丸くして後ずさると、ぬれた地面に尻もちをついた。

彼女は立ち上がり、はっとした。変身を止められていない。鼻がのび、歯ものびている。稲妻が走り、手のような前足がはっきりと見えた。先ほどは、見はりたちに半分ネズミのすがたを見せたらさぞ愉快だろうと思った。

けれどもそれはちっとも愉快ではなかった。

見はりは心から恐怖し、彼女を見つめた。レンはあわてた。まったく状況が変わってしまった――いま逃げなければ二度とその機会はない。

けれども彼女は混乱し、その場にこおりついていた。ふたたび稲妻が辺りを照らし、見はりがわれに返る。レンを指さし、恐怖に満ちた声でさけんだ。

「魔女だ！」

ほかの見はりたちはかぶった油布をぬぎ、そこに立つレンを見た。見はりのさけび声ではっとわれに返り、彼女は走りだした。ふたたび稲妻が光るまで、まちがった方向に走っていることに気づかなかった。林に逃げこみ、ネズミに変身してかくれるつもりだった。しかし、彼女が向かっていたのは崖だった。

どしゃぶりの雨のなか、彼女は走った。ときどき後ろをふり返りながら。稲妻が走り、追手たちのすがたがうかぶ——先頭に四人の見はり、そのあとに数人の兵士が続く。前方に崖っぷちが見える。もう方法はひとつしかない。

レンはよろめいたが、なんとか足をふんばり、うしろをふり返った。事態は切迫していた。逃げる速さと追う速さは同じくらい。けれど追手の数は増えている。彼らのひとりやふたりが転んでも、たいしたちがいはないだろう。一方、彼女が転んだらそこでおしまいだ。

どんどん体の力が失われていく。肺も、足も、止まってくれと悲鳴を上げている。けれども止まることはできなかった。

羽根。くちばし。脚。翼。

ネズミのすがたで崖を飛びおりるのはかなり危険だ。もちろん人間だと即死だろうが、たとえネズミでも、とちゅうで岩にぶつかったり、川に流されたりするおそれがある。

ネズミになるのはかんたんだろう。しかしそれはほかに選択肢がない場合で、いま彼女が変身しようとしているのはカラスだった。

羽根。くちばし。脚。翼。彼女は観察した鳥たちを思いうかべた。身を投じる瞬間にそなえ、ひたすら意識を集中する。すぐ後ろから聞こえる怒号を無視して。

最後にもう一度、彼女は後ろをふり返った。見はりたちは足を止め、両手を広げている。追いかけっこはおしまいだ、と彼らは思った。この娘にもう逃げ場はない。どっちに逃げようとつかまえられる。ばかなことさえ考えなければ……。

羽根。くちばし。脚。翼。

ふたたびするどい雷光が辺りを照らした。五、六メートル先に崖のふちが見える。下まで百メートル以上はあるだろう。さらにその底は、容赦のない激流だ。

彼女は崖から飛び、目を閉じた。後ろから狼狽した兵士たちの声が聞こえる。

羽根。くちばし。脚。翼。

落下しながらも、彼女はなんとか意識を集中した。そして体が変化しはじめる。空気の抵抗で落下の速度が落ちる。体が小さくなっている。

羽根。くちばし。脚。翼。

体をあちこち動かすと空気の流れが変わった。彼女は爽快感を覚えた。落下しているだけでなく、前にも進んでいる。目を開けて左右を見ると、そこには黒い羽根のしなやかな翼が広がり、風を受けとめていた。

けれども、すぐに自分が望んでいたすがたとはかなりちがうことに気づいた。

風にあおられ、彼女は体を崖のほうに向けた。後ろからの風を受け、体がうき上がる。飛ぶのに慣れるまでもう少し時間がかかりそうだ。とりわけいまのすがたでは。

たしかに羽根と翼はあった。それは成功といえる。

しかし残りは？　前足、毛の生えた胴体、細長い尻尾……完璧ではなかったが、いまはこれでじゅうぶんだ。

ふきすさぶ嵐のなか、翼の生えた小さなネズミは夜の闇へと消えた。

第20章 マサーケンの守り人　パッチ&バルヴァー

「島をあやつりたいなら」ラー・セネンの幽霊は言った。「島の守り人にならねばならん！」

「いやな予感がするんだけど」パッチは言った。「なにか試練とかあったりするの？」

「そりゃあるだろう。失敗したら死ぬような試練が」と、バルヴァー。

「いやなこと言わないでよ」パッチはラー・セネンに向きなおった。「ちがうよね？」

「ああ。魔法のブレスレットをはめるだけでいい」幽霊はそう言って、舵輪にもたれかかる屍を指さした。屍の左手首に金属のかがやきが見える。「あれだ」

「それだけでいいの？」パッチは言った。

ラー・セネンはほほ笑んだ。

「少年よ、ここに生きて到着することが試練だ。さあ、ブレスレットをはめるがよい」

パッチは屍に歩みよったが、ふれるのをためらった。屍の手は、まだしっかりと舵輪をにぎっていた。

「ほら、えんりょせず引っぺがせ」バルヴァーが戸口から言った。「おれも中に入れたら手伝ってやるんだが」

「だろうね」パッチはそう言うと、勇気をだして屍の指をはがしはじめた。指は舵輪をにぎったまま固くなっていた。それを一本ずつのばしていくのだが、のばすたびに腱が切れるようないやな音がし、彼は顔をしかめた。最後の指をはがすと、屍は横ざまにたおれた。けれど予想に反してばらばらにはならず、地面にぶつかりかわいた音を立てただけだった。

ラー・セネンは、自分の屍を見つめていた。顔から感情は読みとれなかったが、なにより悲哀を感じているようにパッチには思えた。

「そのうち火葬してくれるとありがたい」幽霊は言った。「いまは壁際によせておいてくれればいい。屍の首に小さなビンのついたネックレスがあるだろう。それをはずして首にかけるのだ。ブレスレット同様、あとで必要になる」

パッチは深呼吸して屍の首元に手をのばし、ぼろぼろの服の下からネックレスを引っぱりだした。死骸のまばらな髪をよけてそれをはずし、がまんして鎖を首にかける。それから屍を壁際によせた。ブレスレットを手にしたのはそのときだ。彼はその場に立ち、ゆっくりと左手首にブレスレットをはめた。

ラー・セネンがかすかに顔をしかめたのにパッチは気づいた。

「なに？」

「なにとは？」幽霊は言った。

「いま顔をしかめたでしょ。ちゃんと見てたから！」

幽霊が気まずそうに答える。

「おまえが邪悪な心の持ち主だったら爆発していた」彼はほほ笑んだ。「だが爆発せんかったな！」

バルヴァーは肩をすくめて言った。

「便利な道具だな」

ブレスレットが白い光を放ちはじめる。

「おお、よかった」ラー・セネンは、にらみつけるパッチを無視して言った。「ちゃんと機能しとるな。そいつは命令すると光るから、暗いところで役に立つぞ。それでは、いまからわしが言う言葉をくり返してみよ。**わが命を聞け、マサーケン！　戦場にいる悪魔鳥たちを見せよ！**」

パッチがその言葉を口にするやいなや、操舵小屋の窓が明るくなった。けれどもそこから見えたのはまわりの景色ではなく、戦場で兵士や笛ふきたちと戦いながら静止した悪魔鳥のすがただった。

ラー・セネンは満面に笑みをうかべた。

「島がおまえの命を聞いたぞ」

「あの悪魔鳥ってのはおそろしい生き物だ」バルヴァーは言った。

「たしかに、いろいろな意味でおそろしい。だが魔法に利用できる点も多くある。また、悪魔鳥たちがうろつくことで、島の秩序が保たれているのだ」

「そういうのはふつう番犬の役目だろう」バルヴァーが言った。「犬なら訓練もかんたんだ」

「あいにく、わしはふつうではない」ラー・セネンは言った。「悪魔鳥たちはおまえたちの軍勢を相手に苦戦していた。あのままでは両者に多数の犠牲者が出ただろう。マサーケンには島の一部の時間を止める能力がそなわっている。わしも生きていたときは、ときどき島の外に出た。とてもいそがしい魔法使いだったからな！　わしの留守中に〈ベスティアリ〉の動物が病気やケガをしたら、マサーケンはその動物のまわりの時間を止め、保護することができる。今回はかなり大規模になったが」

パッチは窓に歩みより、静止した戦場をながめた。悪魔鳥に囲まれ、背中合わせになったアリーアとトビアスが見える。メルタは一羽の悪魔鳥をけとばしながら、別の一羽を空中から引きずり下ろしている。

「父さんを見せるように言ってくれ、パッチ」バルヴァーは言った。

「わが命を聞け、マサーケン！」パッチは言った。「とらわれたグリフィン、ギャヴァリー・テンソを見せて！」

悪魔鳥や笛ふきたちのすがたが消えてゆき、洞窟（どうくつ）のそばにすわるバルヴァーの父が映（うつ）しだされ、声も聞こえた。彼（かれ）はうたっていた。そのメロディは心地よく、パッチにはわからない言語だったが、ふり返るとバルヴァーが目になみだをうかべていた。

「古いグリフィンの子守唄（こもりうた）だ」バルヴァーはそう言って、うなずいた。「おれが小さかったころ、よく父さんがうたってくれた」

ギャヴァリーはうたうのを止（や）め、空を見上げた。

「無事にもどってこいよ、バルヴァー」

「父さん、おれはここだ！」バルヴァーは言った。「ここにいるぞ！」

「こちらの声は聞こえんよ」と、ラー・セネン。

「当然あんたならあの首輪をはずせるよな？　ずっと父さんを束縛（そくばく）してきた鎖（くさり）も」バルヴァーはたずねた。

ラー・セネンが首をふる。

「おそらく可能（かのう）だが待たねばならん」

「なぜだ」バルヴァーは彼をにらんだ。

「おまえの父に前もって忠告（ちゅうこく）しておく必要がある。さもなくば鉄ガニを見て気が動転するかもしれん」

　パッチとバルヴァーは顔を見合わせた。

「鉄ガニ？」パッチは言った。

「そうだ」と、幽霊が言う。「実に興味深い生き物でな。島の反対側で飼っている。その鉄ガニが、あの鎖と首輪をつくった。よってそれをはずせるのもそいつらだ。だが、おまえの父に鉄ガニが来ることを言っておかんと。わしならいきなりあんなのが来たらとびあがる」

　パッチは、バルヴァーがかすかに身ぶるいしたのに気づいた。

「わかった。父を解放できるならなんでもいい」バルヴァーは言った。「それはそうとウィンテルとクランバーのことが気がかりだ。回復がおくれているようなら、そっちをまずなんとかしないと」

「**わが命を聞け、マサーケン！**」パッチは言った。もはや慣れたものだ。「**ケガをしたグリフィンたちを見せて**」

　窓の映像がふたたび消え、野営地に残った数人の兵士と笛ふき、そして二匹のグリフィンが映しだされる。見たところ問題はなさそうだ――グリフィンたちはしっかりと規則正しく呼吸し、笛ふきたちは笑みをこぼしながら、小さな焚火でウサギの肉を焼いている。差しせまった様子ではない。

「だいじょうぶそうだな」バルヴァーは言った。「じゃあまずおれたちがすべきことは、悪魔鳥といっしょに静止した仲間たちを助けることだ。だが、仲間たちだけを救出するにはどうすればいいのか。いっしょに悪魔鳥も動きだせば、また戦闘がはじまる」

ラー・セネンはうなずいた。

「問題ない。さあ、行くぞパッチ！」彼はそう言って、ドアのほうを指した。

「行くって、あなたはここから出られないんでしょ？」パッチは言った。

「おまえが首から下げている小ビン。そのおかげで、わしは現世にもどってこられた。動けるのは小ビンから五、六メートルの範囲にかぎられているがな」

パッチは服の下から小さなビンを引っぱりだし、それを見つめた。

「〈降霊ビン〉とよばれるものだ」ラー・セネンは言った。「それがないと幽霊としてもどってこられる可能性はほぼない。くれぐれも気をつけてな。まちがっても海に落っことさんでくれ！」

「心配いらないって」パッチは言ったが、幽霊が心配する気持ちもわかった。

彼らは境界線にそって歩いた。しばらくするとラー・セネンが境界のなかに入ると言う。パッチとバルヴァーがためらうと、ラー・セネンはほほ笑んだ。

「心配いらんよ。ここはヘルスターホッグが棲む境界だ。ケガ人がいるなら、何匹か連れていくといいだろう」ラー・セネンは眉をよせた。「とはいえ、この時間じゃかんたんには見つからんだろう」

彼らはしばらく下生えのなかを探したが、成果は得られなかった。パッチはあることを思いつき、ポケットから笛を取りだした。

ラー・セネンはうれしそうに言った。

「なるほど、笛か！　なにを演奏するのだ？」

「『夢』って曲」パッチは言った。「それで彼らの食欲を刺激してみる。曲にぬめぬめした生き物の感じを足せば、つられて出てくるんじゃないかな。だけどバルヴァー、きみにひとつ忠告しておきたいんだ。ぼくはヘルスターホッグに的をしぼって演奏する方法を知らない。ハリネズミにしてもわかんないけど。だからまわりに影響をおよぼすことになる」

バルヴァーは顔をしかめた。

「つまりどういうことだ？」

「つまり、とつぜんミミズやナメクジがおいしそうに思えてくるかもしれないってこと。そんなに変な気分じゃなきゃいいけど」

「好んで食ったりはしないが、ミミズも食えないわけじゃない。おまえが演奏しているあいだに、おれがちっこいやつらのために集めておこう。連れていくのにお礼もなしじゃ失礼だからな！」

パッチは演奏をはじめた。まず『夢』の基本となるメロディをつくり、そこに別のメロディを重ねる。それでぬめぬめしておいしそうな感じが出ることを願って。そばの茂みから小さな鼻がつき出るまで、それほど時間はかからなかった。かわいらしい生き物が三匹、鼻をくんくんさせてパッチの足元によってきた。

「でかした！」バルヴァーはそう言って、ヘルスターホッグたちにミミズを差しだしつつ、自分の口にも一匹ほうりこんだ。

「三匹もいればじゅうぶんだろう」ラー・セネンは言った。「小さいの一匹でもじゅうぶん役に立つ」

バルヴァーが三匹のうち二匹をあずかり、二匹ともたやすく片方の手のひらにおさめた。彼はすぐにその生き物のとりこになった。パッチが三匹目をかかえると、バルヴァーはひと山のミミズをわたした。

「……うん、ありがと」パッチは顔をしかめて言った。

ほどなくして、彼らは草原に面した境界線のそばに立ち、骨の木の林を見ていた。

「待った」パッチは言った。「ぼくらを追ってきた悪魔鳥たちもいるんだった。動けないやつだけじゃなくて」

幽霊はうなずいた。

「よいところに気がついたな。では、いまから言う言葉を口にしてみろ。**わが命を聞け、マサー**

ケン。悪魔鳥は巣にもどり、日が暮れるまで活動を禁じる！」

パッチはその言葉をくり返した。彼らは、骨の木の林に動きがないか耳をすました。けれども聞こえるのは、ヘルスターホッグがミミズを食べる音だけだった。

「なにも聞こえないな」バルヴァーは言った。「ちゃんといなくなってるといいんだが」

彼らは骨の木の林に入っていった。

目の前で、悪魔鳥と笛ふきたちが静止したまま終わることのない死闘をくり広げている。

「そろそろ教えてくれてもいいだろ、じいさん」バルヴァーは言った。ヘルスターホッグの境界を出て以来、彼とパッチは、どうやってふたたび戦闘になることなく時を動かすのかと、何度もたずねていた。しかしラー・セネンははっきりと答えず、「だいじょうぶだ」とか「じきにわかる」とか言うばかりだった。

「魔法が働くぎりぎりのところに立ってくれるか、パッチ」幽霊は言った。

笛ふきたちは悪魔鳥に囲まれていた。そのためどこから近づいても悪魔鳥をさけては通れない。パッチはかくごを決め、奇妙なゆらめきの前に立った。

「それで、どうしたらいいの？」パッチは言った。

「なかに手をつっこんでみろ」と、ラー・セネン。

パッチはおそるおそる手を入れた。ゆらめきが彼の手を包み、きらきらした波紋が肌の上を走る。

「どうだ?」ラー・セネンは言った。「島の主であるおまえには、時の魔法は作用しない」

バルヴァーは首をかしげた。

「だとしても、ほかの連中が動けないんじゃ意味がないだろう?」

「だからパッチがなかに入って、その者たちを外に運びだすのだ。そうやって傷のひどい者から順に手当てしていく」

パッチは目を見開いた。なかにとらわれた者たちの数はゆうに二百をこえる。おそらく長い一日になるだろう。

「全員を?」パッチは言った。「ぼくひとりで?」

ラー・セネンは気の毒そうにうなずいた。

「魔法が効かんのは、島の主だけだ」

「じゃあ、このブレスレットをほかのだれかにわたすってのは?」パッチはブレスレットをはずそうとしたが、ちぢんでしまったようで手がぬけなかった。

「それはいかん!」ラー・セネンはぎょっとして言った。「おまえが島の守り人だ」

「ぼくに一生それをやれっていうの?」

「この栄誉を手放すのであれば、そのための儀式をせんと。満月の夜に」

パッチは顔をしかめると、戦場のほうをふり返り、これから自分が運びださなければならない者たちを見わたした。メルタを目にし、彼はふたたび目を見開いた。

「グリフィンはどうするのさ。ぼくに運べっこないよ！」

「では悪魔鳥のほうを外に運ぶのはどうだ？　やつらも島の守り人であるおまえを襲いはせんだろう。気性があらいから保証はできんが」

パッチはそばの悪魔鳥のおそろしいかぎ爪を見た。

「それはやめておくよ」

「ひらめいた！」幽霊は言った。「すべての悪魔鳥をグリフィンから遠ざけるのだ。はなれていれば魔法が解けてもすぐには攻撃できんし、魔法の範囲内であれば静止したままだ。それで魔法を解けば悪魔鳥たちはマサーケンに命じたとおり、なにもしないで巣に帰るだろう」

「すべての悪魔鳥を移動させる……」パッチは言った。つかれがどっとおしよせてきた。本当に長い一日になりそうだ……。

第21章 仲間たちの救出　パッチ&バルヴァー

パッチは止まった時間のなかに足をふみ入れ、いちばん近くにいる負傷した笛ふきに歩みよった。彼女は地面にたおれ、襲いかかる悪魔鳥をナイフではらいのけていた。するどい爪が服とその下の肉を切りさき、ヘルスターホッグの助けが必要なほど深い傷ができている。パッチは静止した悪魔鳥を遠ざけると、笛ふきを引きずっていった。ふれるものはすべて石のようにかたかった。

魔法の外に出ようとすると、ゆらめきが体にはりついてきたが、少しするととつぜん泡のようにはじけて消えた。笛ふきは目を見開き、錯乱状態でナイフをふりまわした。パッチは後ろにとびのき、かろうじてナイフをかわした。彼女はまわりを見回し、危険がないことがわかると、その場にたおれこんだ。傷の痛みでふるえている。

「そうそう。こうなるから気をつけたほうがいいぞ」と、ラー・センネがいまさら言う。

それからは、助けだす者たちの手から慎重に武器を取りあげ、必ず魔法が解ける前にすばやくそばをはなれた。彼らはみんな、生と死のはざまで戦っていた者たちだ。救出者をあやまって傷つけたとして、だれが彼らをせめられよう。

それから数時間、パッチは止まった状態の戦場を解きほぐし、バルヴァーはヘルスターホッグが負傷者を治すのを見守った。悪魔鳥は、メルタからできるだけ遠く、魔法の内側で最もその鳥たちが密集しているところに集められた。

パッチは、アリーアとトビアスを最後に運びだすことにした。ふたりの安全は、彼にとってなにより重要であり、心がくじけそうになったときは、彼らのすがたを見て自らをふるい立たせた。

多くの負傷者たちは、ヘルスターホッグの力ですぐに回復した。けれども、なかにはその奇跡さえおよばない者たちもいた。死は残された者たちに衝撃をあたえた。ヘルスターホッグも例外ではない。その努力にもかかわらず負傷者が死んでしまうと、ヘルスターホッグは丸くなってぶるぶるとふるえた。

負傷していない笛ふきたちの何人かは治癒曲を演奏し、ほかの者たちはパッチを元気づけるための曲を演奏した。それでも、パッチはいつその場にへたりこんでもおかしくなかった。

そうしてついにすべてかたづき、最後にトビアスとアリーアを魔法の外に運びだした。トビアスはわき腹からひどく出血しており、すぐにヘルスターホッグの手当てが必要だった。

一方アリーアは無傷だった。魔法が解けると、彼女はおどろいた顔でパッチとバルヴァーを見つめ、彼女とパッチに喝采を送る軍隊を見やった。それから、静止して団子状になった悪魔鳥と、すでにそこにはいない悪魔鳥とはげしい戦闘をくり広げるメルタのほうを見た。

　アリーアはじろりとパッチを見た。

「いったいどういうこと？」彼女はきびしい声で言った。それからパッチのとなりに立つ幽霊に気づく。「で、あなたはどちらさま？」

「ラー・セネンという者だが」幽霊は言った。

　アリーアは言葉を失った。

　いよいよメルタを解放するため、時間の魔法を解くときがきた。パッチがマサーケンに命令を出す前に、軍隊は悪魔鳥があばれだした場合にそなえた。ラー・セネンによると、悪魔鳥も兵士や笛ふきたちと同じように、魔法が解けた瞬間には混乱する可能性があるらしい。

　笛ふきが列を組み、防御曲の準備をすると、パッチはマサーケンに命令を出した。空気のゆらめきが、外から内に向かって小さくなっていく。魔法が解けた一羽目の悪魔鳥は、頭をふって金切り声を上げると、骨の木の林に向かって飛んでいった。残りの悪魔鳥もそれにならう。最後の一羽がすがたを消すと、軍隊はほっと息をついた。

　そしてメルタの魔法も解ける。彼女は数秒間、宙をけったりなぐったりしたあと、軍隊が落ち着いた様子で、悪魔鳥がどこにもいないことに気づいた。

これにて、パッチの気の遠くなるような作業は終了した。彼はかわいた土の上に横たわり——全身の筋肉が痛い——これまでにないほど深いねむりに落ちた。

目を覚ましたとき、まだ体のあちこちが痛かった。

「おお、生きてた！」となりで声がした。バルヴァーだ。「二度と目を覚まさないんじゃないかと思ったぞ」

パッチは起きあがった。いつのまにか野営地にもどっており、まわりの者たちもじゅうぶん休息をとったように見える。まだ陽がしずんでいないことに彼はおどろいた。

「どういうこと？　二、三時間ねむっただけだよね？」

バルヴァーは笑った。

「丸一日ねむって、もう次の日の朝だ！」

パッチは目をこすった。

「ぼくがねてるあいだになにかあった？」

そのとき目の前をウィンテルが横切り、少しおくれて、すっかり回復したクランバーが飛んでいった。二匹とも、島の魔法で気を失わないように、地面から一メートルくらいの高さを飛んでいる。

「いくつかあったぞ」バルヴァーは言った。「見てのとおり、ヘルスターホッグがすばらしい仕事をしてくれた」

「ラー・セネンはこのかわいい生き物をもっと増やすべきだよ」パッチは言った。「世界中の診療所で飼ったらいいと思わない？」

バルヴァーは悲しげに首をふった。

「それはすでに提案してみた。だが、ここにいるヘルスターホッグは数少ない生き残りで、マサーケンの魔法なしでは生きられないそうだ。この島にいるほとんどの生き物にも同じことが言える」

パッチは、ふと野営地の中央を見やった——人間の体がうやうやしくならべられている。ヘルスターホッグをもってしても、助けられなかった者たちだ。パッチがねむりに落ちる前に、すでに十名が亡くなっていて、五名がヘルスターホッグでなければどうすることもできないほどの重傷を負い、助かるかどうかの瀬戸際だった。

そしていま、死体は十三体。パッチはお腹をなぐられたように感じた。

「さらに三人死んだんだね。なんとか彼らも……」パッチはそれ以上なにも言えなかった。

「できるかぎりのことはしたんだ。治癒曲を演奏してる笛ふきによると、残りのふたりは助かる見こみだそうだ」バルヴァーはそう言うと、パッチの背中に手を当て、いっしょに死者のほうを見た。「昨日、おまえはかなりのことをやった。誇りに思うべきだよ」

パッチは胸に手をやり、そこに〈降霊ビン〉がないこと、そして目を覚ましてから魔法使いの幽霊を見ていないことに気づいた。

「ラー・セネンは？」

「アリーアが〈降霊ビン〉を持っていった。じいさんがそうたのんだんだ。おまえがねてるあいだに、おれたちがここへ来ることになった理由とかいろいろ聞いておきたいってな。ほら、あそこだ」バルヴァーは野営地のはしを指した。何人かが火を囲んで集まっている。アリーア、トビアス、メルタ、そしてぼんやりと光るラー・セネン。

「お父さんは？　まだ鎖につながれたまま？」パッチはたずねた。

「ああ」バルヴァーは言った。「マサーケンに命令して鉄ガニをよべるのはおまえだけだからな。おれは起こそうとしたんだ。でもそれだとおまえがゆっくり休めないから、せめて夜明けまで待てって、父さんが。ただ自分が暗いうちに鉄ガニに会いたくなかっただけのような気もするが……」

「じゃあすぐにとりかかろう」パッチは言った。「次の食事は、きみの父さんもぼくらといっしょにとる。首輪なしでね！」

鉄ガニの登場は目を見はるものだった。洞窟(どうくつ)の前で待つバルヴァーの父は、目に見えて不安そうだった。パッチがマサーケンに命令を出した一時間後、スズカケの林をぬけて鉄ガニたちが横歩きでやってきた。多くの兵士(へいし)や笛ふきたちが、それを見るために集まっていた。

ほとんどの鉄ガニは、足まで入れて一メートルに満たないくらいの大きさだった。甲羅(こうら)は岩のようにごつごつしている。そのハサミは巨大(きょだい)で、鋼(はがね)のように光っている。小さいのもいれば、大きいのもおり、いちばん大きいのは少なくとも二メートル以上、ハサミだけでもゆうに一メートルはある。

鉄ガニの行列は、不安げなバルヴァーの父をとり囲み、まず鎖からはじめた。ハサミが高熱で赤くなり、やわらかい粘土(ねんど)のように鎖をたちきる。次は首輪だが、パッチは急に不安になった。それを担当(たんとう)するのが、いちばん大きなカニだと思ったからだ。首元にあんな巨大なハサミをつきつけられるのは、恐怖(きょうふ)でしかない。

ところが首輪を切るのは、数センチほどの小さなカニたちの役目だった。それらはいちばん大きなカニの背(せ)にのっており、地面におりて動きだすまで、パッチはその存在(そんざい)に気づかなかった。小さなカニたちは、グリフィンの体をよじのぼっていき、首輪に群(むら)がった。体を下りはじめたときには、もう首輪はなかった。

鉄ガニたちは、だきあうバルヴァーと父を残し、来たときと同じ道を帰っていった。

「これで自由だ！」バルヴァーはさけんだ。父のほうはあまりのことに言葉を失っていた。バルヴァーが父の手を取り野営地に連れてかえると、軍隊とグリフィンたちから歓声が上がった。お祝いと追悼のため、ウサギとハトの肉の料理がつくられていたが、戦死者のとむらいがすむと、パッチはティヴィスキャンに向かうため操舵小屋へもどると言いはった。

「なにか食べてからにしなさい」と、アリーア。

「食べ物なら持っていける」パッチは言った。「もう出発しなきゃ」

バルヴァーはもちろん、アリーアとトビアスもパッチに同行した。アリーアがパッチに〈降霊ビン〉をわたし、ラー・セネンが先に立って案内をした。彼らは働き者のヘルスターホッグも連れていた。その生き物たちの境界にやってくると、バルヴァーはお礼のため、そこらからミミズをかき集めてきた。自分用にもひとにぎり。

操舵小屋に到着すると、中に入ってパッチは舵をにぎった。その両わきにアリーアとトビアスが立ち、バルヴァーは戸口から見ている。

「それで、どうすればいいの？」パッチは幽霊にたずねた。信じがたいことだが、彼は島自体を動かそうとしていた。

「マサーケンにティヴィスキャンの位置を教えるよう命令するのだ」ラー・セネンは言った。

「そうすれば窓(まど)が光って航路(こうろ)が示(しめ)される。それにしたがって舵を操作(そうさ)すればいい。なかなか面白(おもしろ)いぞ」

パッチはうなずいた。

「わが命を聞け、マサーケン。ティヴィスキャンの位置を教えて！」

左はしの窓が光り、パッチは目いっぱい左に舵を切った。が、なにも起こらない。

「ああ、そうだった」と、ラー・セネン。「速度を指定せんとな。全速前進だ！」

「了解(りょうかい)」パッチは言った。「わが命を聞け、マサーケン。全速前進！」

ゴトゴトと音がして、足の下の地面がかすかにふるえる。窓の光が動きはじめ、そこから見える太陽の位置が変わった。

「で、あっしらどこへ向かうんですかい？」バルヴァーが海賊(かいぞく)のような口調で言う。「ブライトウォーター船長？」

パッチはふり返り、友人に向かってにやりとした。

「ティヴィスキャンへ！　出航だ、野郎(やろう)ども！」

第22章 放浪者 アーナー

アーナーは四日間、旅を続けた。ランデルからあたえられた使命はひとつ。アリーアとトビアスを探しだし、ティヴィスキャンで起こったことを伝える。問題は、どうやって彼らを見つけるかだ。計画はランデルもアーナーも知っていた。トビアスはキントナー砦で笛ふきと兵士を集め、アリーアはスカモスで偵察に協力してくれるドラゴンたちをつのる。そしてオーティングス近くの〈クモの巣谷〉で合流し、黒騎士の捜索をはじめる。

けれどはたしてその計画はうまくいったのか?

オーティングスは、はるか東。そこがアーナーが向かっている場所だった。とちゅう何度か宿に立ちより情報を集めたが、彼を安心させる話はひとつもなかった。

スカモスのことで耳にするのは、予想よりひどい話ばかりで、多くの犠牲者が出たといううわさが絶えなかった。たとえそのうわさがまちがいだとしても、アリーアの任務がうまくいったとは考えにくく、パッチたちがケガをした可能性も否定できなかった。

あるいはケガではすまなかった可能性も。

また不確かな情報ではあるが、オーティングスから奇妙な話もとどいていた。遠くから戦いの音は聞こえたが、戦場を見にいくと、テントの残骸が散らばっていただけだった、と。

それはなにを意味するのか。アーナーは考えた。トビアスが黒騎士と対決し、勝利した可能性もある。バルヴァーがいっしょにいたなら、いまごろはティヴィスキャンにその知らせがとどいているはずだった。

しかし四日目の午後、馬や荷馬車で西に向かう一団と街道で出会い、軍隊が近づいていることを知る。もしやティヴィスキャンに向かうトビアスたちでは、と彼は思った。けれども話を聞くうちに、その期待はうすれていった。旅人たちは直接軍隊を見たわけではないが、おそろしいうわさを聞き、一刻も早くその場をはなれようとしていた。ほどなくして、彼は血の気が引く話を耳にする――軍を率いているのは黒い鎧をまとった騎士で、兵の数は数千にもなるという。

とたんにオーティングスでの短い戦いのうわさが、別の見え方をしてきた。黒騎士が、小部隊ではなくそれほどの大軍を率いているとしたら、トビアスたちに勝ち目は……。

その先は考えたくなかった。真実がどうであれ、それがどれだけ残酷であろうと、自分の目でその軍隊をたしかめなければならない。

午後もおそい時間になると、街道は避難する人であふれ、村が丸ごとつぶされたとか、軍の前を横切ってひどい目にあわされたとか言う話が聞こえてきた。おそろしい化け物がいたなどと言う者もいた。それらを実際目にした者はいなかったが、彼らは心から恐怖していた。

荷馬車の御者台にすわる男が、ふとアーナーに目を留めた。男のとなりには女性とふたりの子どもがすわり、荷台は不安げな顔の人たちでぎゅうづめだった。

「みなさんどちらへ？」アーナーは御者台の男にたずねた。「ティヴィスキャンに避難するのですか？」

「ばかを言え！」男は言った。「軍隊はそこへ向かっているそうじゃないか。数キロ先の分かれ道を北に進めば、ゲシェンフェルまでおよそ一日。わたしたちはそこへ行く。きみもそうしなさい。軍隊のことは笛ふきたちにまかせておけばいい！」

街道がさらに人馬で混みあうと、子どもが泣きだし、馬がいななき、混乱が広がりはじめた。すでに人の流れに逆らって馬を進めるのもむずかしかった。さらにまわりの混乱が、彼の馬にもうつった。アーナーは道のはしによって馬をおりると、木立をぬって馬を引いていった。落ちついて考えられるところまで来ると、まばらに生えた草の上にすわり、ゆっくり息をすってはいた。馬は落ち着きをとりもどし、わずかに生えた草を食べている。

「さて、どうしたものか」アーナーは馬に話しかけた。「このまま森を進むか、それとも道が空くのを待つか。そもそも東に向かうこと自体まちがいなのか」馬は顔も上げず、草を食べている。

「そんなの知らないって?」アーナーは途方にくれた。鳥がはばたく音がし、異様に大きなカラスが地面におり立つ。「きみはどう思う?」彼はカラスにも話しかけた。「答えられるわけないか……」

「それができるのよね」カラスは言った。

アーナーは言葉を失い、カラスを見つめた。

「ちょっと待ってね」カラスはそう言うと、ぴょんぴょんはねて茂みの向こうへ消えた。しばらくしてそこから少女があらわれ、ぺこりとおじぎをする。

「じゃじゃーん!」

「レン!」アーナーは、かけよって彼女をだきしめた。「スカモスがひどいことになったと聞いて、ぼくは心配で……」彼は眉をよせた。「待って、きみ……鳥になれるのかい? しかも話せる鳥に?」

レンはにこりとした。

「そうよ。って言っても最初は翼のあるネズミだった。でも何度かくり返すうちにあそこまでできるようになったの。まだカラスにしては大きすぎるし、ほかのカラスたちに不気味がられるけど、じきに大きさも決められるようになるわ! 話ができるのはおまけね」

そのときアーナーは、レンの片腕（かたうで）が翼（つばさ）のままなのに気づき、おそるおそる指をさした。

「あら」レンが翼をばさばさふると、翼は人間の腕に変わった。

「たまたまきみの目に留（と）まってよかったよ」

「たまたまなもんですか。あなたひとりだけ東に向かってたのよ。目に留まらないわけないじゃない」

「軍隊を自分の目で見ておきたくて。そうすればその情報（じょうほう）をあとで……」アーナーはこおりついた。レンが目の前にいるという事実がようやく飲みこめたのだ。「レン、教えてほしい。なにがあったのかすべて！」


レンはスカモスでの出来事をアーナーに話した。グリフィンたちのことや、〈クモの巣谷〉の戦いのことも。彼女（かのじょ）がいかにして黒騎士（くろきし）から——あのハーメルンの笛ふきから——鎧（よろい）の一部をはぎとったかを説明すると、アーナーは目を丸くした。そして、爆裂弾（ばくれつだん）が仲間たちに向かって飛んでいったと聞き、彼（かれ）の胸（むね）ははりさけんばかりになった。

「でも助かったの」レンは言った。「ぎりぎりのところでみんな移動（いどう）できたわ」

「移動って、どこへ?」と、アーナー。

「アリーアがカシミールの地下室で実験したときと同じ、東の海の砂浜（すなはま）。少なくとも計画ではね……」レンはそう言うと、しばらくだまった。「いまごろバルヴァーが知らせてくれてると思ってたんだけど。ほんとにだれからも連絡はないの？」

「うん。でもバルヴァーもグリフィンたちもケガをしたってきみも言ってたし、きっと空を飛べる者がいないんだよ」

レンはうなずき、「そうよね」と言った。アーナーは彼女の目になみだが光るのを見て、彼女がどれほど友人たちのことを心配しているかわかった。また、口には出さなかったが、パッチやバルヴァーやほかの者たちも、さぞかし心配しているだろう、と思った。なにしろ彼女ひとりが黒騎士のもとにとり残されたのだから。

「それにしても信じられない。ハーメルンの笛ふきから逃げることができたなんて」

レンは、たいしたことではないとばかりに、手をふった。

「変身がうまくいっただけよ。最初はカラスにもなれなくて、翼があるだけのネズミだったわ。でもそれでじゅうぶんだった。翼があるってことが重要だったから。あたしは、なにが起こったかをあなたとランデル・ストーンに伝えるため、ティヴィスキャンを目指した。でも村の上空を通りかかったとき、雇い兵の軍隊が村を襲うような気がして。地上におりて人間にもどると、村の人たちに軍隊が来るから逃げるように言ったの。だけどだれも信じてくれなかった。それで……」彼女は決まり悪そうに下を向いた。「それで村の人たちにこう言ったの。軍の先頭にはおそろしい鳥の化け物がいて、その……みんな食べられちゃうわって。それでもまだだれも信じなかったから、ああ、もうすぐそこに！ってさけんで逃げるふりをした。それから近くにかくれてカラスに化けはじめ、それをとちゅうで止めてとび出したの。ものすごい声でさけびながら」彼女は少し照れくさそうに言った。「それでようやく信じてくれたわ。あたしはすがたを消して、空から様子を見てた。みんないっせいに家を出てったわ。悪いことしたとは思うけど……」

むしろよいことをしたのだ、とアーナーは言いたかったが、あることが頭をはなれず、彼女にたずねた。

「とちゅうで変身を止めた？　人間とカラスのあいだで？」

レンは顔をしかめた。

「たしかに不気味よね。でも実際に見るともっと不気味よ」

聞くだけでもじゅうぶん不気味だった。アーナーは話題を変えた。

「警告しはじめてどれくらいたつんだい？」

「二日ね。いくつか村をまわって、警告がすむたびに軍隊のいる場所をたしかめにもどったの。ときどき、軍隊が思ってもいないほうへ進むこともあったから。そのときはまた別の村に知らせに行かなきゃならなかった。相手はかなりの大軍よ、アーナー。しかもハーメルンの笛ふきは、そこにドラゴンたちも加わるって」

「ドラゴンたちが?」アーナーは言った。背筋に冷たいものが走る。「いくらなんでもそれは……」

「あたしも見たわけじゃないけど、はったりには思えなかったわ」

「軍隊がティヴィスキャンに向かっているのはたしかかい?」

「ええ、残念ながら。ハーメルンの笛ふきが言うには、借りを返さなきゃならないやつがいるそうよ」

アーナーはうなずいた。

「それにはぼくも心当たりがある。今度はぼくのほうの話を聞いてほしい」

アーナーはティヴィスキャンでの出来事を話した。クアラスタスの出現や、ドレヴィス議長とランデル・ストーンのおそろしい運命にいたるまで。

「それで、どうするの?」レンはたずねた。

「きみはぼくを置いてティヴィスキャンへ向かうべきだ」と、アーナー。「バルヴァーが報告に来てる可能性もあるし」

「できればほかの村にも注意してまわりたいんだけど。それにあたしが行ったところで、そんな魔法使いが相手じゃなにもできやしないわ」

「スカモスの下水路で魔法を使った話をしてたよね。おそらく、きみは自分が思っている以上にクアラスタスに対抗できる」

レンは首をふった。

「あたしはまだ見習いよ。一流の魔法使いじゃないと無理だわ」

「じゃあどうにかしてアリーアを見つけるしかない。彼女ほどすぐれた魔法使いなんてほかには――」

そのとき、あることがふたりの頭に同時にうかんだ。彼らの知る一流の魔法使いがもうひとりいるではないか。

アンデラスだ。

「あの人のお城、ここからどれくらいかしら?」レンはたずねた。

「そう遠くないよ」と、アーナー。こういうとき、守護隊での訓練が役に立つ。「アクスルバリーの近く……ここから百二十キロってところかな。方角はほぼ北東」彼は空を見て、指をさした。「あっちだ。でも迷わずに行けるかい?」

「だいじょうぶ。人間にもどって方角を聞くことだってできるし」

「そうなるとアンデラスが協力してくれるかどうか、それが問題だ。きみは彼のことをよく知ってるんだろう?」

「そうね。グリフィンのアルケランと再会したとき、彼は変わったように見えたわ。魔法が使えない生活を経験して、確実にやさしくなったし、自分勝手でもなくなった。でもいまはどうだか。魔力をとりもどして、傲慢な人間にもどってる可能性もあるし、人助けなんてごめんだって言うかもしれない。でもできるだけのことはしてみる。あなたはどうするの？」

「道で会った人が、北のゲシェンフェルに行くと言ってた。ゲシェンフェルには守護隊の基地がある。そこから早馬を出して、ティヴィスキャンに軍隊がせまっていることを伝えてもらう。もどったらそこでぼくを探してみて」

「ピューター評議員の裏切りについては？　守護隊の人たちに話すの？」

「そうしたいのはやまやまだけど、言ったところでだれも信じない。それに先生を救うには奇襲をかけるしかないと思う」アーナーは急にしゅんとなった。「もし先生が死ぬようなことがあれば、ぼくのせいだ」

「しっかりして、アーナー。あたしが必ずアンデラスを連れてくるから！」

　アーナーは不安をおし殺してうなずいた。レンはこれまで出会ったなかで、最もたよりになる人間のひとり。その彼女がだいじょうぶと言うのだ。自分も自信をもたねば。

　レンは前にカラスから人間に化けた茂みにかくれた。しばらくしてカラスのすがたであらわれると、木の梢に飛びうつり、そこから飛びたった。ところがすぐに引き返し、アーナーの前におり立った。

「どっちに行けばいいんだっけ？」レンは言った。

アーナーが指をさす。レンが飛びたつと、彼(かれ)はまた不安になった。

第23章　カラスが如く　レン&アーナー

レンはまだまったく風に慣れていなかった。カラスの体では、わずかな風でも大きな影響を受ける。ほかの鳥たちを観察すると、彼らは風に逆らわず、ただ空気の流れに身をまかせていた。もちろん、翼のあるネズミだったときはさらに大変だった。アンデラスの城へと向かいながら、彼女ははじめて飛んだときのことを思い返していた。ハーメルンの笛ふきの手をのがれ、嵐のなか、彼女は谷間を下降していったのだった。そして、もう安全というところまで来ると、ねむれそうな洞窟を見つけ、嵐が止むのを待った。けれども嵐が止んだところで、完全な鳥のすがたにならなければ、遠くまで行けないことはわかっていた。

朝が来ると、彼女は変身の練習をし、だいぶカラスのすがたに近づくことができた。とはいえ、ネズミの尻尾があり、くちばしの先から前歯が二本のぞいていた。彼女は方角をたしかめようと高い枝にとまった。するととなりに別のカラスがやってきた。カラスはレンの中途半端なすがたに気づくやいなや、おびえた鳴き声を上げて飛びたち、木の幹にぶつかった。地面に落ちたカラスは、起き上がって一目散に逃げていった。

「ごめんなさい！」レンは無意識に口走った。自分が話したことに気づくまで、少し間があった。続けていくつか言葉を口にしてみた。彼女はよろこび、ほっとした。ネズミの前足ならメリサックスで会話ができたが、翼ではそれもかなわなかった。知らずに能力の微調整ができるようになったのかと思い、ネズミのすがたでも話せるか試してみた。けれども、できなかった。おそらくネズミの形態は細かな調整が利かないのだろう。あるいはカラスの形態が、そもそも言葉を発するのに向いているのか。

いまアンデラスの城へと向かう彼女は、ネズミだったころと同じように、カラスでいることに違和感がなかった。前歯はとっくに消えている。幸い尻尾も。

迷子になるのを心配していたが、それはとりこし苦労だった。やがて遠くにフェンドスクースの丘、そしてアンデラスの城が見えてくる。けれどもなにかが少し前とちがう。城に近づくと、ようやくそれがなにかわかった。以前、城のまわりには草がまばらに生えているだけだった。しかしいまは色あざやかな草地が広がり、さまざまな花がさいている。彼女は、それが回復した力を見せつけるものではなく、アンデラスの心のあらわれであることを願った。

草原の手前で着地すると、人間にもどった。アンデラスを説得すると、彼女はアーナーに約束した。ここまで来る道のりで、その方法を考えていた。

アンデラスはきっと協力するのをいやがるだろう。なにしろ邪悪で強大な魔導士に敵対することになるのだ。アンデラスは自己防衛の意識が強い。おそらくこわがっていることをかくしつつ、危険に近づかないための言いわけをするだろう。

言いわけとして最もありそうなのがアルケラン——彼女らが数週間前に助けた、アンデラスの最良の友であるグリフィンだ。アルケランはアンデラスにとってかけがえのない存在だった。彼がいなくなったときのアンデラスの打ちのめされた様子や、再会したときのよろこびようを見るまで、そのグリフィンがアンデラスにとってどれほど大きな存在か、彼女はわかっていなかった。

「アルケランは休養せねばならんのだ！」彼はそう言うだろう。「友を危険な目にあわせられるか」と。

それがわかっていたからこそ、レンはアンデラスを説得するつもりはなかった。アルケランが協力すると言えば、アンデラスはいやとは言うまい。

アーナーは守護隊の基地の外にすわり、ねむろうとしていた。

レンと別れたあと、彼は混雑した街道にもどり、北のゲシェンフェルに向かう人びとのあいだをぬって馬を進めた。そして基地に着く前に、守護隊のローブを身に着けた。真面目に話を聞いてもらうために。なにしろ人命がかかっているのだ。彼は基地にいる守護隊士たちに、たくさんの人が避難してくること、彼らが避難することになった理由を話した。ひとりの守護隊士が基地でいちばん速い馬でティヴィスキャンに向かうと、残りの隊士たちはまもなく到着する避難民たちを助けるため、町の人びとを集める準備にとりかかった。

アーナーは、自分の馬を基地にある厩舎の世話係にあずけた。

「彼女はよくやってくれました」アーナーは馬の体をぽんとたたいた。「上等な藁をあげて、少し休ませてやってください」

「別の馬を用意しましょうか?」世話係はたずねた。

アーナーは空を見上げた。

「いえ、けっこうです。別のものを手配ずみなので」彼はレンの説得がうまくいくことを祈った。

それからローブをぬぐと、基地の壁の外にすわり目を閉じた。そのころにはすでに最初の避難民たちが到着し、町がさわがしくなりはじめていた。

しばらくはねむれなかった。体中の筋肉が悲鳴を上げていたが、うとうとしだすたびに、ペンダントから巨大な手が出てつかみかかろうとする、あの場面がよみがえるのだ。彼はなんとかペンダントを破壊し、事なきを得たのだった。

ようやくねむりがおとずれた。気がついたときには、だれかが脚をとんとんけっていた。目を開けて顔を上げると、そこにレン・コブルのすがたがあった。

「うまくいったのかい？」アーナーは言った。レンの笑顔を見れば、答えは聞かずともわかった。

「西のはずれに、あたしたちのテントがあるわ」レンは言った。


テントは森の奥深くにあった。

「あたし、アンデラスとアルケランの両方に話すと言いはったの。ほんとはアルケランのほうを説得するつもりだったから」森の奥へと進みながら、レンは続けた。「クアラスタスの名前を口にしたとたん、アンデラスはあたしをじっと見つめた。話が終わると、アルケランは、アンデラスとふたりきりで話がしたいと言ったわ。半時間ほどしてもどると、彼はあたしにこう告げた。アンデラスがいくつか道具を準備する。それがすみしだい、自分たちも合流する、と。アンデラスはずっと口をつぐんだままだった」

やがて小さな空き地が見えてきた。空き地の真ん中に焚火があり、そのそばにアンデラスがすわり、じっと火を見つめている。レンとアーナーに気づいても、顔を上げようとしない。彼が身に着けていたのは上質だが地味な服で、魔法使いであることを示すものはなにもない。アーナーはそれを見てほっとした。もしアンデラスが傲慢な人間にもどっていたなら、きっと派手でまったく実用的でない服を着ていたはずだ。

アルケランは火のそばで丸くなっていた。レンとアーナーに気づくと、彼は起きあがってふたりをむかえた。上半身には、バルヴァーがいつもつけているものより簡素な、袋つきのハーネス。おそらくその袋の中に、レンが言っていた道具が入っているのだろう。

「彼はずっとだまったまま？」レンはたずねた。

「ああ」アルケランは言った。「しばらくそっとしておいてあげてくれ。かなり動揺していたようだから」

「なぜ動揺を？」アーナーはたずねた。

「わたしと出会ったばかりのころ、彼は闇の魔法使いとしての道を歩んでいた。大昔の邪悪な魔法使いたちを崇拝する一味に属していたのだ。わたしはそれを知ってがくぜんとし、すぐに一味をぬけるよう説得した。だが彼は聞く耳をもたなかった。一度だけその一味が城をたずねて来たことがあった」アルケランはため息をつき、かぶりをふった。「どうやら連中はわたしを殺したかったらしい。だがアンデラスはそいつらを追い返した。立派な人間だとわたしは思った」

レンは目を見開いた。

「立派って、友だちを殺しに来た連中を追い返すなんて当たり前じゃない」

「そこにいたどの魔法使いも、ためらうことなくわたしを殺したはずだ。だがアンデラスは？彼にとってそれが運命の分かれ道だった。彼はそのとき悟ったのだ。自分はそいつらとはちがう、と。だがずっと必要だと思っていたものを捨てるのは、それほどかんたんではない。彼はしばらくそのことに苦しんでいた。だが彼は打ち勝ったのだ。それがいま、きみたちの話を聞いて当時のことがよみがえった。それというのも、一味が崇拝する闇の魔法使いたちのなかに、とりわけすぐれた魔法使いがいて……」

「クアラスタスですね」アーナーは言った。

「そうだ」と、別の声がする。

彼らは火のそばに立つアンデラスをふり返った。

「あの連中はアルケランを殺し、グリフィンがどんな魔力を秘めているか調べようとした。たしかに《同化》は魔法のなかでも特殊だ。わたしとアルケランは身をもってそれを知っている。ふたつの存在が命の根っこをひとつにする、人間とグリフィンのあいだでだけ使える秘法。おかげでわたしは心臓をとられても死なず、アルケランは海の底でも生きていられた。やつらが城に来た日のことを思い返すと、いまでも怒りがこみあげる。友人だと思っていた連中が、アルケランの首を切りさこうとわたしに言ったのだ！」アンデラスが両のこぶしをにぎると、そこから緑の閃光が走った。「あれはわたしがアルケランと出会い、なんとか回復させたばかりのころだった。わたしたちはまだ深い友情を育むにいたってはおらず、ましてや《同化》もしていなかった。情けないことに、アルケランを殺すという話が出ても、わたしは最初なにも言えなかった。やつらのひとりがナイフを取りだすのを見て、ようやくわたしははっとし、城から追いはらった！」

「協力はしてくれるんですよね？」アーナーはたずねた。「われわれがクアラスタスに立ち向かうのに」

「ドレヴィス議長とランデル・ストーンの救出には手を貸す。だがそれ以上のことはごめんだ」アンデラスはあぐらをかいてすわった。「二時間ほどねむったほうがいい。出発は真夜中すぎだ。そうすれば暗闇にまぎれてティヴィスキャンに侵入できる。ふたりを救出する方法は行ってから考えるとしよう」彼はそう言うと、両手を打ち合わせた。緑の光が顔を照らし、がくりと頭がたれる。すぐに規則正しいいびきが聞こえてきた。

「便利な魔法だわ」レンは言った。

「彼はきっかり二時間後に目を覚ます」アルケランは言った。「しかもじゅうぶんな休息をとった状態で。わたしも一度試してもらったが、結果は理想的ではなかった」

「すぐにねむれなかったの？」レンはたずねた。

「いや。三日間ねむれなくなった」アルケランは苦笑いして言った。「われわれは昔ながらの方法でねむるのがいいだろう」

第24章 地下牢　レン&アーナー

計画どおり、真夜中すぎに彼らは出発した。アンデラス、アーナー、レンの三人が、アルケランの背中にのり、アーナーの案内でティヴィスキャンの西へ向かった。城からじゅうぶんはなれていたので、見つかる心配はなかった。彼らは森のなかにある岩だらけの荒地におりると、そこで夜明けを待った。

次はレンが飛ぶ番だ。辺りにだれもいないか調べるのに、カラスのすがたは最適だった。彼女は飛びたち、あっというまに背の高い松の木を見つけた。アーナーによると、それが廃墟と化した基地の目印だった。

そこは彼女が思っていたよりずっと荒れはてており、一階と二階はほぼ瓦礫の山で、そのほとんどが森に飲みこまれていた。壁の一角に向かって草がふまれたあとがあり、その先にぼろぼろの階段がある。ここね、とレンは思った。ピューターはその階段を使っていた。けれど彼女はそこを通るつもりはなかった。アーナーは、ランデルがつかまるのをペンダントをかいして見ていた。その彼が言ったのだ。ピューターが即席でつくった地下牢の天井に、いくつか穴があった、と。ピューターが中にいたとしても、天井の穴から入れば、見つかる可能性は低い。

瓦礫の山には、カラスが通れるくらいのすきまがたくさんあり、レンは注意してすきまをぬけていった。下へ下へ行くと、広い円形の部屋に通じる穴があった。彼女は上半身をつっこみ、中をのぞいた。真下に人かげが見える。アーナーに聞いたとおり、曲がりくねった太い枝で壁にぬいつけられている。呼吸するたびに、人かげの頭がわずかに持ち上がった。

それはランデルだった。

入口はすぐにわかったが、もどる前に部屋の反対側にいるドレヴィスのすがたを確認しておきたかった。もう少し穴に体をつっこめば……。

そのときなにかがガチャガチャ鳴る音がし、レンはこおりついた――錠に鍵が差しこまれる音だ。彼女は暗がりにかくれて息をひそめた。

ドアが開き、ピューターが入ってくる。その後ろでドアが閉まった。

「おはよう、諸君」ピューターは言った。「今日も苦しそうでなによりだ」

「なんの……用だ」ランデルはしぼりだすように言った。その声を聞けば、彼がどれほどの苦しみにたえているかわかった。

「しゃくにさわる言い方だな、ランデル。お気に入りの囚人の様子を見に来たのだ。そうそう、よろこんでくれ。昨晩、評議会で採決がとられ、無事わたしが議長に選ばれたよ！」

それじゃ評議会は裏切り者ってことに。レンは思った。彼らは知らずにあたしたちを裏切ってしまったんだわ。

「早速、すべての守護隊士をハーメルンの笛ふきの捜索に向かわせることにした。早くあの裏切り者がひざまずく様を見たいものだ」ピューターはそう言うと、ポケットからリンゴを取りだし、かぶりついた。汁があごを伝う。「ああ、なんと軽率な。飢えと渇きで死にそうなおまえの前でこんなものを」ピューターはにやにやして、リンゴを地面に捨てた。

「議長は、昨日から……ひと言もしゃべっていない」ランデルは明らかに苦しそうに言った。「おまえはわたしたちに……水もあたえていない……もう三日も。このままでは、彼は死んでしまう！」

「おまえも死ぬのだよ、ランデル・ストーン。だがいつ死ぬかはわたしが決める。いまやティヴィスキャンのすべての権力は、わたしがにぎっている。だがそれもわたしが得ようとしている力にくらべればささいなものだ。その力はおまえの想像を絶する！」とつぜんピューターの背がのび、体の幅が広がり、顔がゆがむ。たちまち熊ほどの大きさの、黒い毛並と、赤い目と、長い牙を持つ、悪夢のような怪物に変わった。怪物はランデルのほうに身をかがめ、威嚇するように長いうなり声をあげた。やがて体はちぢまり、にやにやと笑うピューターのすがたにもどった。

「今日はこれくらいにしておこう」ピューターはそう言うと、ドアを開けて出ていった。部屋の中に、錠を下ろす音がこだまする。レンは瓦礫のあいだをぬって、慎重に上にのぼっていった。塔のてっぺんまで来ると、地下への階段が見える位置で待った。

やがて階段からピューターがあらわれた。動きはおそく、息を切らしている。とつぜん横ざまにたおれそうになり、なんとかふみとどまった。レンは、ピューターのすがたがふたたび変わるのを見た。けれど今度はおそろしい怪物になるどころか、むしろしなびているようだった。その顔はあわれなほどやせ細り、白目は黄色くにごっている。服の下の体はまるで棒だ。

体はだんだんもとにもどった。しばらくすると息切れもおさまったようで、ピューターは体勢を立てなおし、ティヴィスキャンに向かって歩いていった。

レンは飛んで帰ると、目にしたことを仲間たちに話した。それから人間にもどり、彼らを基地のあとへ案内した。

「あれだ！」アーナーは階段を指して言った。「先生と評議員は、あそこを下りていきました」

アルケランは瓦礫の後ろに身をかくし、ほかの者たちが階段を下りていくのを見守った。

「罠がしかけられていないか、わたしが調べよう」アンデラスは言った。「獲物を閉じこめた部屋も、なんらかの魔法で守られているはずだ」

「さけんでも声は外にもれないと言っていました」アーナーは言った。

「かんたんな封じ魔法だよ。近くまで行けば、すぐにそれとわかる」

長く曲がりくねった通路を進むと、やがて木製のドアの前に出た。アンデラスが両手をドアや壁にかざす。決してそれらにさわらないように。

「かなり強力な魔法だ。アーナー、きみが言ったとおり、この壁は声も魔法もとおさない。それに警報もほどこされている。近くで魔法を使えば、やつに知らせがいくはずだ。戸口には最も強い魔法がほどこされている。ドアも錠も強化されていて堅牢。無理やりこわすことができたとしても、きっとすぐに知られてしまうだろう」

「中の様子はペンダントをかいして見ました」アーナーは言った。「天井に昇降口があり、そこが瓦礫でふさがっていたのを覚えています。その瓦礫をどかすのはどうでしょう。それでも警報は作動しますか?」

「いや、おそらくしない」アンデラスは言った。

レンは顔をしかめた。

「だからって、そんな重いものどうやってどかすのよ」

アンデラスとアーナーはレンの顔を見つめ、すぐにはっとした。

ひとつずつ、アルケランが大きな瓦礫をとりのぞいていく。やがて四角い昇降口があらわれた。アンデラス、アーナー、レンの三人は、アルケランに持ち上げられ、昇降口をのぞきこんだ。

「これを」アルケランは、ハーネスの袋からロープの束を取りだし、一方のはしをアンデラスにわたした。「わたしが少しずつロープをくり出す」

アンデラスはロープを使っておりていった。

レンとアーナーは、昇降口からドレヴィスとランデルを見やった。ふたりとも頭をたらし、ぴくりとも動かない。

着地すると、アンデラスは慎重にまわりを見まわした。

「おりてきていいぞ」彼は声をひそめて言った。「できるだけ静かにな」

まずレンがおりて、次にアーナーがおりる。アーナーはすぐに師のもとへ向かった。ランデルの呼吸は浅く不規則だった。アーナーは、師をぬいつけている太いねじれた枝を引きちぎろうとした。

「待て！」アンデラスは言った。「まだ魔力が残っているかもしれん。うかつに手を出すと、われわれまで身動きがとれなくなるぞ！」

「じゃあどうするの？」レンはたずねた。

「魔法や笛を使えば、すぐに気づかれる」アンデラスはそう言うと、腰につけた鞘から銀色のうすい刃の短剣をぬいた。「トーパル・ナイフだ。これなら枝くらいかんたんに切れるし、察知もされない。だが、手早くかたづけねば」

彼らはまずランデルを解放した。アンデラスが枝を切り落とすと、ランデルは前のめりにたおれた。その体をアーナーとレンが受けとめる。ランデルはほとんど意識がなかったが、一瞬だけ目を開き、アーナーの名前を口にした。アーナーとレンは、彼を昇降口の下まで運び、わきの下でロープを結んだ。そのロープを、アルケランがゆっくりと引き上げる。

ドレヴィスの様子は、ランデルよりさらに深刻だった。ぐったりとしてまったく動かず、枝におさえつけられていた部分に、生々しい傷がある。レンとアーナーは顔を見合わせ、はりつめた。ドレヴィスは何週間もここに閉じこめられていた。正直、生きているのが不思議なくらいだった。

彼らはなかば引きずるようにしてドレヴィスを運び、まもなく彼も昇降口から引き上げられた。アルケランがふたたびロープを投げてよこすまで、長い間があった。アンデラスは、警戒するように枝の切り口を見ていた。そこに――最初はとるにたらないほど小さな――芽が生え、みるみる枝に成長していく。

ようやくロープが投げ下ろされる。

「急げ！」アンデラスは言った。「おまえたちふたりが先だ！」

レンがロープをのぼり、ちょうど昇降口にたどりついたとき、下から枝がきしむ音と、葉がすれあう音が聞こえてきた。アンデラスがトーパル・ナイフをふるい、せまりくる枝を猛然と切りつけている。

「レン、急いで！」アーナーは言った。

レンは昇降口から出ると、アーナーがのぼるのを手伝った。彼が昇降口から出ようとすると、小さな枝がのびてきて足にからみつこうとした。レンとアーナーは、ぎょっとして昇降口からはなれた。いまや昇降口は枝と葉にうめつくされ、下が見えない。

「アンデラス！」アルケランはさけんだ。

返事はない。聞こえるのは、枝のきしむ音と、葉のすれあう音だけ。アルケランはうろたえた。

そのとき下からアンデラスの声がした。

「引っぱってくれ！」

アルケランは力いっぱいロープを引いた。アンデラスがナイフで枝葉をなぎはらいながらのぼってくる。枝はあとを追ってきたが、どうやら昇降口の向こうまで来る気はないようだった。

アンデラスは口に入った葉っぱをはきだし、にやりとした。

「魔法が使えたらもっと楽だっただろう。だが、たまには体を動かすのも悪くない！」

基地のあとから少しはなれたところまでいくと、小川があった。アルケランはそっとランデルとドレヴィスを地面に横たえた――ふたりとも無残なすがただった。

ランデルが目を開けてつぶやく。

「水を……」

アンデラスは腰のベルトから銀のカップをはずすと、それをアーナーにわたした。

アーナーは小川の水をすくい、ランデルをだきおこして水を飲ませた。アンデラスは、ドレヴィスのほうをふり返った。ドレヴィスはひどいすがただった。くちびるはひび割れて血がこびりつき、げっそりとしてうす汚れた顔は、苦痛にゆがんでいる。ときどきまぶたがぴくぴく動くことをのぞけば、とても生きているようには見えない。

「彼を……助けてくれ」ランデルはすがるように言った。

アンデラスはあごをなでた。

「ふたり分はあるか」彼はそうつぶやくと、アルケランのハーネスのところへ行き、袋の中をかきまわして小さな箱を取りだした。箱の中には綿がしきつめられ、そこに一本のビンがおさまっている。ビンの中身は金色の液体で、発光しているように見えた。

「それはなに？」レンはわくわくしてたずねた。

「強力な回復薬だ。死にかけたときにつくることにしたが、材料がものすごく高価でな。そう、ものすごく……」アンデラスはだまりこんだ。

アルケランはせきばらいして、じっと彼を見た。

「いまさらひっこめたりしないだろうね？」

「しないよ」アンデラスはため息をつくと、箱からビンを取りだした。「これで全快するわけではないが、自分で立てるくらいまでは回復するだろう。つまり救出は大成功。あとはわたしに感謝でもしてくれ」

レンとアーナーは、心配げに顔を見合わせた。

「あなた行ってしまうつもり？」レンはたずねた。「いっしょに戦ってくれないの？」

アンデラスは眉を上げた。

「約束したのはふたりの救出だけだ。相手は史上最悪の魔法使いだぞ。戦うのは、まったくの別問題だ」

アルケランは顔をしかめて友人を見つめた。

アーナーは絶望したように言った。

「でもそれほどおそろしい魔法使い相手に、ぼくらができることなんて……」

おどろいたことに、アンデラスは笑みをうかべた。

「できることならたくさんある。おそらくいまのやつの力は、おまえたちが思っているほどではない。わたしもくつを心臓代わりにしていたときは、生きることにすべての魔力を使っていた。それはクアラスタスも同じだ。レン、やつはおまえの目の前で急に年老いたと言ったな」

「ええ」レンは言った。「怪物に変身したすぐあとに」

アンデラスはうなずいた。

「千年生きつづけることはできても、その代償は大きい。われわれがやつだと思っているのは仮のすがただ。やつは魔法ですがたを変えている。そして正体がばれないよう、それを維持しつづけなければならない。怪物に変身するくらい、わずかな魔力でできることだ。にもかかわらず、やつは魔力を使い果たし、正体をあらわした。それほど弱っているのだ。命を維持するため、正体をかくすため、魔力の大半を消費している。つまりやつにはほとんど魔力は残っていない！」

「だが、わたしをとらえたときのことはどうだ」ランデルは言った。「あれはかなり強力な魔法だった」

「棒のようなものを持っていたそうだな。そこから枝がのびたと、アーナーが言っていた」

ランデルとアーナーはうなずいた。

「古典的な手法だ」アンデラスは言った。「物に魔力をためこむ。われわれはそれを〈編み物〉とよんでいるがね。数日、あるいは数週間かけて、必要なだけの魔力をそこに練りこむのだ」

ランデルは眉をよせた。

「だとすると、やつはそれをいくつも用意しているはず」

「だろうな。だが逆を考えてみろ。いくつ持っていようと、それがなくなればやつは無力！」アンデラスはしたり顔で言った。「そんな者に、わたしがおそれをなすとでも？」

彼の本意が伝わるまで、しばらく間があった。けれどそれがわかるやいなや、アルケランはにやりとした。レンとアーナーも。

ランデルさえも、さけたくちびるのはしを上げ、笑みをうかべた。しかし、それは復讐を意味する笑みだった。

「それではすぐに行動にうつろう。その回復薬を、わたしと議長に分けてくれ！」

「わかった」アンデラスは回復薬を半分カップに注ぐと、わたす前に言った。「ひとつ忠告しておくぞ、ランデル・ストーン。この薬は劇薬だ。同僚のドレヴィスは幸い気を失っているが、意識のあるあんたは、いままでにないほどの苦痛を味わうだろう。下手をすれば死ぬこともある」

ランデルの口から、いまいましげなうなり声がもれる。彼はカップを手に取ると、においをかぎ、顔をしかめた。

「わたしには裁きを下すべき相手がいる」ランデルはそう言って、薬を飲みほした。

第25章 あばかれた正体

評議会の議会場は、そびえ立つ主塔の三分の二の高さにある。部屋はたいそう広く、壁際に座席が段状に連なり、裁判が行われる際、傍聴できるようになっている。議会場のいちばん奥に、場内を見下ろすようにして裁判官の席が設置されている。現在、議会場はほぼ無人のため、部屋はいっそう広く感じられる。テーブルがひとつに、椅子が四脚。その椅子に、ローブを着た四人の人物がすわっている。コブ、ラムジー、ウィンクレス、そしてもちろんピューター。

すなわちクアラスタスだ。

レンは彼らが話すのを見つめていた。彼女は、議会場の天井近くにある窓の外枠にとまっていた。もちろんものすごく高い場所だ。けれどカラスのすがたの彼女にとって、高さがなんの問題になるだろう。議会場を囲むたくさんの窓から、その窓を選んだのには理由があった。小さな長方形の窓が一枚割れ、枠にガラスが少し残っているだけだったからだ。おかげで中の会話はつつぬけで、ランデルが立てた計画に影響をおよぼすようなことはないと確認できた。

一羽のハトが、ばさばさとやかましい音を立て、ぎこちなくとなりにとまった。レンはハトをにらみつけて言った。

「ちょっと、あっち行ってよ！」

声を聞いたハトはこおりつき、妙に甲高い鳴き声を上げると、一目散に逃げていった。

下では評議員たちが議論している。ゲシェンフェルの基地から軍隊がせまっていることと、それを率いているのがだれかを知らせる伝令があったのだ。一同はおどろいたが、とりわけ動揺したのはピューターだった。レンは、彼が議長に選ばれたとランデルに告げたときの、勝ちほこった顔を思い返した。いまのピューターは、まるで酢でも飲んだような顔をしていた。

「こちらに来てくれたほうが、むしろ好都合じゃありませんか」ウィンクレスは言った。「オルガンの残骸をうばうつもりかもしれませんが、それがあの男にとって命取りになるでしょう」彼女は不敵な笑みをうかべた。

「好都合だったろうな」コブは言った。「やつが大軍など引きつれていなければ！」

「あやうく守護隊をすべて〈大追跡〉に向かわせるところでした」ラムジーは言った。「そうなっていたら城はほぼ無防備です！」

「あなたの議長としての最初の決断は、大惨事をまねくところだった」コブは言った。「守護隊が出発して数日後にこんな知らせがとどいてみろ。目も当てられない事態におちいっていた！」

「落ちついてくれ」ピューターは言った。「守護隊はまだここにいるし、戦笛の準備もできているんだ」彼は屋上を指さした。

レンは来るとちゅうで、主塔の屋上につき出た七つの巨大な戦笛を目にした。ラッパのように先端が開いた形で、いちばん大きなもので幅が二メートル近くあった。

「前にも言ったが」と、コブ。「われわれは竜石を使ってもっと強力な戦笛をつくるべきだったのだ！」

「その話はもうついたでしょう」と、ウィンクレス。「竜石で戦笛が強化できるとはかぎりません。防御には使えないかもしれないし、だいいち危険すぎます」

四人は部屋の反対側にある大きな扉を見やった。

「それでは、はじめようか」コブは言った。「市民の声を聞くなど、時間のむだだと思うがね。今後の計画を立てるほうがよほど有益だ」

「人びとの不安をとりのぞくことは重要です」ラムジーは席を立ち、壁のほうへ歩いていった。裁判官の席の後ろに、鐘につながるひもがぶらさがっている。彼女は三度鐘を鳴らし、ふたたび席についた。扉が開き、人びとが入ってくる——守護隊、城兵、市民たち。聴衆席がいっぱいになり、議会場は立ったままの者たちであふれた。

レンが城の偵察に来たのはこれが二度目だった。最初は、ランデルとドレヴィスがアンデラスの回復薬を飲んだすぐあと。アーナーが城の偵察を提案すると、彼女はよろこんでそれを引きうけた。ランデルはまだひどく苦しんでいたが、金色の液体を飲んで以来ずっと発していたさけび声は、そのときには止んでいた。

ドレヴィスは気を失いながらも、悪夢でも見ているかのように、地面でのたうっていた。レンは任務があることをうれしく思い、空に飛びたった。

城のまわりにはカラスがたくさんいたので、偵察はたやすかった。ハーメルンの笛ふきの軍隊について聞いたときのピューターの様子も、彼女はその目で見ることができた。ハーメルンの笛ふきはじっと身をひそめていると、だれもが思っていた。そうでなければ〈大追跡〉の意味がない。けれども事実はちがい、ティヴィスキャンへ攻めこむための軍隊を集めていたのだ。それを知ったとき、ピューターは明らかに動揺した。

一時間以内に、城の住人とティヴィスキャンの市民も参加できる緊急集会を開くことが決定した。みんなに知らせようと、レンはいそいで仲間たちのもとへもどった。そこには見ちがえるほど回復したランデルと、ドレヴィスのすがたがあった。ふたりはアンデラスが魔法できれいにした服を着ていた。また、魔法で温められた小川で水浴びすることもできた。

ドレヴィスの顔には、まだはっきりと苦しみのあとが残っていた。くちびるにかさぶたができ、あちこちに治りきっていない傷がある。一方ランデルは、まったく以前の彼にもどっていた。足もももう引きずっていない。おそらくアンデラスの回復薬が、彼の体に残っていた最後の毒を消しさったのだろう。

レンが聞いたことをすべて話すと、ランデルはすぐに計画を立て、ふたたび彼女を偵察に向かわせた。

そしていま、彼女は緊急集会の開かれる議会場の窓枠にとまっている。

ラムジーは、木槌を打って集まった人びとをしずめた。

「お静かに。みなさんすでにごぞんじかと思いますが、ハーメルンの笛ふきが率いるとされる軍隊が、こちらへ向かっているとの報告がありました」会場に不安の声が広がり、ラムジーはふたたび木槌を打った。「できることはすべてやっております。本日この集会を開いたのは、みなさんに安心していただくため。また、質問があるならそれにお答えするためです」

ひとりの城兵が前に歩み出た。

「報告が本当ならかなりの大軍です。正直、勝ち目はうすいのでは。ドラゴンたちが加勢するとのうわさもあります！」

ドラゴンの話が出ると、会場はどよめいた。ラムジーは、テーブルがこわれなかったのが不思議なほどはげしく木槌を打った。

「その件については、コブ評議員がお答えします！」ラムジーは言った。

コブは立ち上がった。

「ドラゴンに関するうわさは、根拠のないでたらめだ。考えてもみろ。ドラゴンがティヴィスキャンを襲撃したのは、ハーメルンの笛ふきを処刑するため。なぜ殺そうとした相手と同盟など結ばねばならんのだ！」

コブの主張は筋がとおっているように思えた。たとえそれがまったくのまちがいだとしても。

ふたたび場内がざわめく。

「ほかに質問のある方は？」ラムジーはたずねた。

ひとりの守護隊士が前に歩み出る。

「遠征隊はもどらないのですか？　城の守りをかためるには、もう少し守護隊がいたほうが……」

ピューターが立ち上がる。

「ああ、幸いいくつかの部隊はすぐにもどると連絡があった」

そんな話は初耳だった。ほかの評議員たちはけげんな顔をしている。ピューターはまちがいなくうそをついていた。

「ほかに質問は？」ピューターは言った。声の調子から、それ以上の質問を望んでいないのは明らかだった。

「では、わたしからひとつ」だれかが言った。

レンはは りつめた。ランデルの声だ。

ランデルがローブの頭巾を上げると、ピューターは息をのんだ。ランデルのまわりにいた者たちが少し後ろにさがる。

「わたしの質問はこうだ」ランデルは言った。「自身にとって都合の悪い相手を牢に閉じこめ、拷問するような者が、評議会の統率者にふさわしいのか？　自らをうそでぬりかため、陰謀をくわだてるような者が、高潔な人物といえるのか？」彼は腕を上げ、ピューターを指さした。

「ピューター評議員、きさまを反逆の罪で拘束する！」

全員の視線がピューターに注がれる。ピューターはさも困惑したように言った。

「ばかばかしい。ヴィルトゥス・ストーンは錯乱している。まともじゃない！」

そのとき、頭巾をかぶったもうひとりの人物がランデルのとなりに歩み出た。彼は頭巾を上げた。ドレヴィス議長だ。今度はだれもが息をのんだ。

「きさまはドレヴィス議長を牢に閉じこめ、彼がひそかに遠征隊を率いて旅立ったとうそをついた。異議はあるか？」

「もちろんある！　わたしは無実だ」

ランデルは続けた。

「そして、わたしが計画の邪魔になることをおそれ、わたしも牢に閉じこめた。異議はあるか？」

ピューターはほかの評議員たちのほうをふり返った。

「みんな、わたしは……」

ランデルは言いのがれさせるつもりはなかった。

「われわれがピューター評議員として知る男。その者の正体は大昔の魔導士。齢はわれわれの想像を絶し、邪悪さはわれわれの理解をこえる。この男がしていることは反逆です。すぐにとらえねばなりません！」

ピューターの顔にうっすらと笑みがうかぶ。

「話にならん」ピューターは言った。「悲しいことだよ。ヴィルトゥスともあろう者が、そんなでたらめで人を裁こうとするとは」

ほかの評議員たちは、どうしたものかと顔を見合わせている。ラムジーは木槌を打って言った。

「評議会としては……あなたが示す証拠を検討したうえで判断します。いいですね、ヴィルトゥス・ストーン？」

ランデルは首をふった。

「そんな時間はありません。アンデラス！　やつの正体をあばいてやれ！」

三人目の人物が動きだす。それまでアンデラスは群衆のなかにまぎれていた。その彼が毅然として歩み出るやいなや、議会場は静まりかえった。静寂のなか、アンデラスは両手をあげた。

その直後、ピューターに向かって緑の閃光が走った。

ピューターは閃光を浴びてもほとんど動じず、怒りの表情をうかべた。が、すぐに苦しむふりをして席にたおれこみ、情けない声を上げた。

「魔法使いだ！　だれかわたしを守ってくれ！」

ラムジーが立ち上がり、アンデラスに向かってさけんだ。

「無礼者！　議会場で魔法を使うことは禁じられています！」彼女は腰のベルトから笛をぬき、曲を組み立てはじめた。

アンデラスはふたたび閃光を放ったが、ピューターの手前で見えない壁にさえぎられ、消しとんだ。レンは、ラムジーが防御壁をつくる速さに舌を巻いた。

「守護隊用意！」ラムジーは言った。「魔法封じの曲！」

ピューター以外の評議員が席を立ち、守護隊士たちが群衆のなかからとびだす。全員が笛をぬき、ラムジーの演奏に続いた。みるみるうちに曲は組みあがり、数秒後にはレンもその力を感じていた。ハーメルンの笛ふきに赤い手枷をかけられたときと同じ、体から魔力がぬけていく感覚。

それがこの曲の効力にちがいない。魔法使いから魔力をうばい弱らせるのだ。アンデラスがよろよろとたおれこみ、その体をランデルが受けとめた。

レンはひやりとした。まさか変身能力にも影響があるのでは、と思わず下をのぞく。いま人間にもどれば地面に真っ逆さまだ。幸い、魔法の質がちがうのか、変身は曲の影響を受けないようだった。

しかしピューターはそうもいかなかった。彼は、すぐに守護隊がアンデラスをとりおさえると思っていたにちがいない。防御曲はともかく、魔法封じは想定外だった。どんどん頬がこけ、本当の顔があらわになる。かなり苦しそうにしている。

「曲を止めろ」ピューターはどうにか立ち上がって言った。ポケットに手を入れると、顔はもとにもどった。アンデラスが言っていた〈編み物〉で魔力を補充したにちがいない。

「いますぐ曲を止めろ！」ピューターはさけんだ。その声は不自然に大きく、彼から発せられた爆風のような衝撃が、評議員たちと近くにいた守護隊を打ちたおし、その先にいた市民たちをも襲った。

議会場が静まる。ピューターは笑みをうかべた。全員が彼に注目している。彼が片手でかんたんな合図をすると、そばにたおれていた数人の守護隊士が立ち上がり、評議員たちをだき起こした。守護隊士たちの目はうつろだった。レンは恐怖した。彼らは笛を捨てると、ローブから短剣を取りだし、評議員たちののど元につきつけた。

「お見事だ、ランデル」ピューターは、わざとらしく拍手して言った。「どうやって逃げたかは知らんが、やってくれたな。わたしの正体はあばかれた！」場内のあちこちで守護隊士たちが笛をかまえ、アンデラスも攻撃しようと腕を上げた。けれどもピューターはすべて見ていた。評議員たちの首に、刃が強くおしあてられる。「いいのか？　少しでも動けば評議員たちが死ぬことになるぞ」

攻撃しようとした者たちの動きが止まる。

「先ほどわたしをなんとよんだ、ランデル？『齢は想像を絶し、邪悪さは理解をこえる』だったか。賞賛の言葉としていただいておこう」

「それは自白ととってよいのだな？」ランデルはぶぜんとして言った。

評議員たちの首に刃があてられ、だれも動けない。

膠着状態なのはレンもわかった。しかし、だれかがなにかしなければ……いや、だれかではなく自分が！

彼女は窓の割れたところから中に入ると、急降下し、横からピューターに突進した。とびかかる直前に「カァ！」と鳴き、翼をばたつかせ、くちばしでつっついた。ピューターはぎょっとしてふり返り、両手で顔を守ろうとした。

「観念なさい、クアラスタス！」レンは言った。

カラスがしゃべったことにおどろき、ピューターは一瞬動きを止めたが、すぐにはげしくレンを打って後ろの壁にたたきつけた。

気がそれたのは一瞬だが、それでじゅうぶんだった。アンデラスがふたたび腕を上げると、うつろな目の守護隊士たちは、熱いものにさわったかのように短剣を落とした。評議員たちは自らその場を切りぬけ、ラムジーにいたっては捕獲者の股間をけりあげた。場内にいたほかの守護隊士たちが救援にかけつける。

レンはふらふらと飛び、上方の裁判官席のそばにとまった。ピューターは憎々しげに状況を見ていた。そしてふたたびポケットに手をのばす。

「そうはさせない！」レンはピューターに向かっていったが、とびかかる直前にピューターは炎に包まれ、そのまま消えてしまった。彼女は最後に、ピューターの顔に不敵な笑みがうかぶのを見た。

評議員たちに短剣をつきつけた三人の守護隊士はとりおさえられ、手首をしばられた。あやつり人形たちは、自分たちがしたことをわかっていないようで、顔に困惑の色をうかべていた。レンは、ランデルのとなりに立つアーナーのところへ飛んでいき、肩にとまった。

「だいじょうぶ？」と、アーナーがたずねる。

レンはうなずいた。

ラムジー、コブ、ウィンクレスが歩いてくる。

「閉会です。市民のみなさんを外へ！」ラムジーは言った。守護隊が人びとを案内するなか、彼女は目の前に立つ奇妙な組み合わせの英雄たちを見つめた。「どういうことか、だれか説明してちょうだい」

そのとき、外に出ようとする人の流れに逆らって、扉口に若い女の城兵があらわれた。封蠟（未開封なのがわかるように蠟で封をすること）のされた手紙をふっている。

ウィンクレスはため息をついて言った。

「今度はなんです」

「評議会宛ての伝言です！」若い城兵は言った。彼女は中に入ると、ラムジーに手紙をわたした。

「それで？」コブはじりじりして言った。「なんと書いてあるのかね」

ラムジーは封を開け、手紙に目を通した。

「海岸近くの基地からです。海から……なにかがこちらへ向かってくると」

ランデルは首をふり、顔をしかめた。

「ハーメルンの笛ふきは船団まで用意していたのか」

「いいえ」ラムジーは言った。

「では、遠征隊か」コブはぱっと顔をかがやかせた。「援軍がぎりぎりまにあった！」

「それもちがうようです。手紙には……」ラムジーは首をふった。「手紙には、島が近づいてくるようだと」

第26章 マサーケン到着

「陸だ、アホーイ！」バルヴァーは言った。

陸から四百メートルほど沖合に、〈錘〉とよばれる背の高い岩がつきでている。その向こうに砂利浜が広がり、奥は森になっている。そこから内陸へ十数キロほど行ったところにティヴィスキャン城があることを、パッチは知っている。彼は窓のそばで弱々しく光るラー・セネンをふり返り、にこりとして言った。

「もうすぐ到着するよ」

パッチはうれしかった。この二日間で操舵小屋をはなれたのは、ラー・セネンの屍を火葬したときだけだったからだ。それは、火葬される本人が参列する奇妙なとむらいだった。

ラー・セネンもほほ笑んで言った。

「マサーケンに上陸の命令を出すのだ。それで無事に岸に近づける」

パッチは島に命令すると、落ちつかなげにたずねた。

「どうやって岸につけたらいいの？」

「なにもせんでいい」ラー・セネンは言った。「あとは島が勝手にやってくれる。さあ、おまえたちは上陸の準備だ！」


バルヴァーの父は、最後にもう一度、洞窟を見ておきたいと言った。

「おかしなものだな。牢獄だというのに、家にも思えるんだ」

彼はバルヴァーとパッチにそう言うと、洞窟に入っていった。バルヴァーはついて行くのをためらった。パッチにはその理由がわかった。バルヴァーは、まだ母の死を父に伝えられずにいた。しかし、これ以上は先のばしにできなかった。バルヴァーは意を決して、父のいる洞窟に入っていった。

パッチはひとり残された。ラー・セネンの幽霊もそばにいない。〈降霊ビン〉はアリーアが持っていた。マサーケンの守り人にいちばんふさわしいのはアリーアだろう。彼はそう思っていたが、まだ彼女にもラー・セネンにも言っていなかった。

しばらくして、バルヴァーがしずんだ顔で洞窟から出てきた。

「少しひとりになりたいそうだ」

「お母さんのこと話したんだね」

バルヴァーはうなずいた。

「なんとなくわかってたって。そう言って父さんはおれにこれを」彼は手を差しだした。手のひらに、洞窟にかざってあった木ぼりがひとつのっている。幅はほんの十センチくらい。それをグリフィンがかぎ爪でほったというのが信じられなかった。

「ほかの木ぼりは置いていくそうだ」バルヴァーは言った。「これだけは大切だからおれに持っていてほしいと」

それは三体の像が手をつないで輪になったものだった。最初パッチは、三匹のグリフィンの像だと思った。けれど一匹はほかの二匹よりだいぶ小さい。また、大きい二匹のうちの一方には、羽根ではなくうろこがほられており、くちばしではなくつき出た鼻がある。パッチは理解した。ドラゴンとグリフィン、そしてその息子だ。

パッチはバルヴァーをふり返り、彼の目から大粒のなみだがこぼれ落ちるのを見た。

兵士とキントナーの戦闘隊たちは、なけなしの野営道具を荷造りしたいと言いはった。それらの道具は、移動装置が発動したとき馬にくくりつけられていたもので、この島に来てからとても役に立った。それを捨てていくのがしのびなかったのだ。

パッチはもう一度、悪魔鳥に巣にもどるよう命令し、一行はラー・セネンのあとをついていった。しばらく行くと下り坂になり、その先に岩だらけの入り江があった。入り江は広く、彼ら一行——二百六十名の人間と三十九頭の馬、四匹のグリフィンと一匹のドラコグリフ、そしてひとりの幽霊——が集合するのにじゅうぶんだった。彼らは、どんどん近づいてくる明るい浜辺を見やった。

「岸の近くまで行くと道ができる。島の防御壁をぬけられるのはそこだけだ。通りぬけたかどうかはすぐにわかる」ラー・セネンはパッチにそう言うと、ギャヴァリーをふり返った。「これでようやくおまえさんも空を飛べるな」

ギャヴァリーは、まわりに気を配りながら翼を広げた。

「いよいよか！」彼は言った。メルタ、ウィンテル、クランバーは歓声を上げた。

バルヴァーはしかめ面で父を見た。

「無理は禁物だぞ、父さん。もう何年も飛んでないんだ。じょじょに慣らしたほうがいい」

ギャヴァリーはにやりとして、バルヴァーの背中をたたいた。

「息子のおまえが父みたいなことを言ってどうする！」

やがてマサーケンの進む速度が落ち、岸の少し手前で止まった。

「どうしたんだろ？」パッチはたずねた。

「島に道をつくるよう命じろ」ラー・セネンは言った。

「わかった。わが命を聞け、マサーケン。浜辺までの道をつくって！」

地面がゆれ、クジラの歌とライオンの咆哮をまぜたような、不思議な音が鳴りひびいた。とつぜん前方の海面が沸騰したように泡立ち、そこから巨大な触手がつき出た。前に見た触手よりも大きく、外皮は岩におおわれている。触手は最初丸まっていたが、やがてゆっくりのびると、細くなった先が砂利浜につきささり、三十メートルほどの道ができた。

触手はそのまま動かず、泡立つ海面もしずまった。

「ほれ、道ができたぞ」ラー・セネンは、アリーアの首にかかった〈降霊ビン〉を指さすと、入り江の真ん中にある大きな石にあごをしゃくった。「〈降霊ビン〉はそこに置いていってくれ。この島の生き物たちと同様、わしもマサーケンの外には出られん」

アリーアはうなずき、首から〈降霊ビン〉をはずすと、それを石の上に置いた。

「ほんとにここでいいの？」

「ああ」ラー・セネンはパッチをふり返った。「そこならもどって来たときすぐにわかるだろう」

「もどる？」パッチは言った。

「もちろんだ。おまえはマサーケンの守り人なのだからな。わしが死んでから六十年、島はだれにみちびかれることなくさまよってきた。だから問題がかたづいたらもどってきてくれ。それから今後のことを話そう。島の外で生きられそうな動物たちに、新しい家を見つけてやりたいのだ。

ここでしか生きられない動物たちには、もっと快適なくらしをさせてやりたい。わしのその夢を手伝ってくれ！」

「でもぼくは別に守り人になりたいわけじゃ……治癒曲を演奏する笛ふきになろうと思ってたし」

ラー・セネンは顔をしかめた。

「決めるのはおまえだ。しかしわしはおまえを気に入っとるのだ、少年。ことわられるのは悲しい。どうしてもだめなら、おまえが守り人にふさわしい候補を見つけてくれ。それくらいはいいだろう？」

アリーアが興味津々で顔を上げる。

「だが慎重に選ばねばならんぞ」ラー・セネンは言った。「島の動物たちの運命がかかっているからな。あと注意しておくが、その人物が邪悪な心のもち主なら……」

「わかってる。爆発するんでしょ」パッチは言った。アリーアは目を見開いた。

「どちらにしろ、一度もどると約束してくれんか」ラー・セネンは言った。「おまえを説得できるかもしれんから」

「約束するよ」パッチは急に幽霊をだきしめたくなった。けれども無理だとわかっていたので、ただほほ笑んだ。「問題が解決したらすぐにもどるよ」

「では、幸運を祈っとる！　おまえたちが出ていくと、島は遠くへ行ってしまうが、守り人ならいつでも見つけられる！」

触手の表面はかたく、まるで岩盤の上を歩いているようだった。半分ほど行くと、目に見えない壁に近づいているのを感じ、パッチはみんなに止まるよう合図した。目の前に、石の壁があるように思えた。しかもこれからそれを通りぬけようというのだ。

目を閉じて数歩進む。まず体のまわりに壁を感じ、それから通りぬけるのがわかった。たちまち胸が高鳴る――。ほんの数日前までは、外に出るのは不可能だと思われていたのだ。先へ進むと、壁を通りぬけたバルヴァーが息をのむのが聞こえた。

「どうかした？」パッチはたずねた。

「あれはアルケランか？」バルヴァーは前方の空を指した。

パッチにもそのすがたが見えた。グリフィンが急降下し、浜辺におり立った。その背中から、ふたりの人かげが下りる。

「おれはまぼろしを見ているのか……」バルヴァーは言った。

なにがまぼろしなのかパッチはたずねようとした。けれども、バルヴァーは説明も弁解もせず、いきなりパッチをかかえて空へ飛びたった。

「ちょっと！」後ろ向きにかかえられ、パッチは不満を口にした。「いきなりなんなのさ！」

島の外に出たグリフィンたちが翼を広げ、飛びたつのが見えた。バルヴァーの父は慎重に、右に左に旋回している。かたい決意と、かすかなおびえを顔にうかべて。

バルヴァーは浜辺におり立つと、パッチを地面に下ろした。パッチは友人にひと言文句を言おうとふり返り、言葉を失った。そこにはアルケランと、そのとなりに立つアンデラスのすがたがあった。

そしてアンデラスのとなりにいたのは、おどろきとよろこびの表情をうかべるレンだった。彼女はなにも言わずパッチとバルヴァーのそばへかけより、三者は長いあいだだきあった。パッチにとっては、時間が止まり、まわりの世界が消えてしまったかのようだった。彼は泣いていた。けれども、これまでにないほど幸せだった。

ようやくレンが一歩後ろにさがると、三者は泣きながら満面に笑みをうかべた。

パッチはレンを見た。とつぜん彼女を目の前にしてわけがわからなくなり、ただひと言、こう質問することしかできなかった。

「どうやって？」

レンは肩をすくめた。

「あたしも同じこと聞こうと思ってたの」

なみだの再会は、パッチとバルヴァーだけのものではなかった。アリーアは自分の番になると、息が止まるほど強くレンをだきしめた。

アルケランとギャヴァリーもまた、特別な思いでこの瞬間をむかえた。漁船の水先をしていて島に捕獲されたのは、もう何年も前のこと。それがようやくこうして相まみえたのだ。

レンはティヴィスキャンでの出来事をふくめ、自分が知っていることをみんなに話した。それでも、その場の祝賀的な雰囲気は変わらなかった。アルケランとギャヴァリーは、笑いながら空を飛びまわり、それをバルヴァーが心配そうに見ている。

「もう少し慣らしながら飛ばないと」バルヴァーは言った。

パッチはというと、レンを見るたびになみだをこぼした。仲間を守って死んだと思われていた親友が、こうして元気に目の前にいるのだ。

「鼻水がすごいな！」バルヴァーはパッチを見て言った。

パッチは思い切り鼻をすすると、残った鼻水を服のそででぬぐい、レンとバルヴァーと大笑いした。

「そうそう、これを見てもらわないと！」レンははやる気持ちで言った。「バルヴァー、ちょっと翼を広げてくれる？」

バルヴァーが翼を広げると、レンはその後ろに立った。ちょっとして、そこからカラスが出てきて砂利浜をぴょんぴょんとびまわった。

「すごいでしょ！」カラスはしゃべった。それからバルヴァーの翼の向こうへ飛んでいくと、今度は人間のすがたのレンがあらわれた。

バルヴァーとパッチは感心した。

「サメにもなれるのか？」バルヴァーはたずねた。

「カラスとネズミにはなれるわ。あとカラスネズミ。ほかもそのうちね……」

第27章 臨戦態勢

全員が浜辺に下りると、触手はふたたび丸くなり、海にかくれた。マサーケンはゆっくりと陸から遠ざかってゆき、霧のなかへ消えた。

ティヴィスキャンは浜辺から十数キロ内陸にある。アルケランとアンデラスは、援軍が来たことを知らせに城にもどっていった。

バルヴァーとほかのグリフィンたちは、歩いてティヴィスキャンへ向かう兵士と笛ふきたちに同行し、旅の大半を空ですごした。それを最もよろこんだのは、ギャヴァリーだった。パッチとレンは、親子がいっしょに空を飛ぶのを、温かい気持ちで見守っていた。

やがてティヴィスキャンが見え、一行は、低地の森と高地の平原をつなぐ上り坂にさしかかった。パッチは、ランデルとアーナーに連れられ、その道を通ったときのことを思い出していた。あのときはまだレンはネズミで、バルヴァーにも出会っていなかった。

「アーナーは元気？」パッチはたずねた。

「ええ」と、レン。「いまはランデル・ストーンと、カシミールの魔法道具を使ってほかにあやつり人形がいないか調べてるわ。あなたの島がティヴィスキャンに到着した時点で、クアラスタスにあやつられた守護隊士が三人いたの。それで城全体を調べることになった。そのあと町も。ハーメルンの笛ふきがやってくる前に、市民を城壁のなかに避難させなきゃならないから。あたしとアンデラスがこっちに来る前は、まだはじめたばかりだったわ」

レンからピューターの正体を聞いて以来、パッチはずっと恐怖を感じていた。

「クアラスタス」パッチは言った。「ぼくはピューター評議員が好きだった。やさしくてさ。でも、ずっと邪悪な本性をかくしてたんだね。なんだかいまもこっちの様子をうかがってる気がする」

「実際そうだと思うわ」レンは言った。「ほとぼりが冷めるのを待って、なにかしてくるはずよ。でもハーメルンの笛ふきの軍隊がせまってるし、いまはそっちに集中しないと……」

彼らがティヴィスキャンに到着すると、町の人びとはすでに黒騎士を打ち負かしたかのような歓声を上げた。パッチは気まずかった。相手は数千の大軍で、しかも街ひとつを消しさったほどの兵器を持っている。たかだか数百の兵士と数十の笛ふきが加わったところで、なにが変わるというのだろう。

町の広場を通りかかると、パッチは中央にある像のそばで足を止めた。台座のところに手押しポンプと細長いたらいがある。長旅のあとでは、それらが一段とありがたく思えた。パッチは取っ手を何度かおし、鉄の口から冷たい水が流れ出ると、手ですくって水を飲んだ。

「おれもまぜてくれ！」バルヴァーはたらいの中に顔をつっこみ、ごくごくと水を飲んだ。

パッチは友人のために取っ手をおしながら、かたわらの像を見上げた。笛ふき評議会をつくった人物――エルボ・モナシュ。像の台座には次の言葉がきざまれている。『悪が希望の音楽に勝ることはない』

心強い言葉だ。けれどもパッチには、それが本当かどうかわからなかった。

城門を出たところにアンデラスとアルケランが立っていて、そばに行くと彼らはうなずいた。

「とっくに自分の城に帰ったと思ってた」バルヴァーは言った。

「きみらは命の恩人だ」アルケランは言った。「その恩人たちが助けを必要としている。それを無視して帰るわれわれではない」彼はじっとアンデラスを見た。「そうだね？」

「正直に言うと」と、アンデラス。「大義のために動くなどわたしのがらではないと思っていた。しかしクアラスタスと対決することに、まんざら悪い気もせん。それにいま帰ると、アルケランが一生ゆるしてくれんだろう」

城門をぬけると、城兵たちがならんで待っていて、到着した彼らを敬礼でむかえた。主塔のそばに評議会の顔ぶれがならび、となりにランデル・ストーンもいる。アリーアとトビアスはドレヴィスとの再会をよろこび、ランデルでさえも普段のきびしい表情を和らげ、笑みをうかべていた。

けれどいちばんの笑顔を見せたのは、かけよってきたアーナーだった。

「パッチ！　アンデラスとアルケランからきみが来ると聞いて、これを取りにいってた」彼はたたんだ茶色のコートを差しだした。「あずかっておくと約束しただろ？」

それはパッチの祖父の手づくりのシカ革のコートで、裁判の前にアーナーがパッチからあずかったものだった。

「ありがとう、アーナー」パッチは声をつまらせた。彼はポケットから笛を取りだすと、牢獄をぬけだしてからずっと着ていた――彼とレンがバルヴァーと出会い、そのあと森で見つけたコート――をバルヴァーのハーネスの袋にしまった。それはこれまで彼を温めてくれた大切なコートで、捨てるつもりはなかった。とはいえ祖父の熟練の手でつくられたものとはくらべようもなかった。

ドレヴィスは緊急の会議を招集すると、アリーアとトビアスにも出席を求め、彼らが必要と思う者も連れてくるように言った。そこには、一度ハーメルンの笛ふきをしりぞけた英雄であるバルヴァー、パッチ、レン、そしてアンデラスとアルケラン、グリフィンを代表してメルタもいた。

　一同は東の大広間に集まった。

「ヴィルトゥス・ストーンと彼の弟子は出席しない」ドレヴィスは言った。「彼らは魔法道具を使って、ほかにピューター評議員にあやつられた者がいないか調べている」

「すでに見つかったの？」アリーアはたずねた。

「いや。幸い評議員たちに剣をつきつけた三人だけだ。ピューター評議員は……」ドレヴィスは首をふった。「もはやその名でよぶべきではないな。クアラスタスは、おそらくもう城にいない。が、いずれ必ずもどってくる。少なくとも内部にやつの手先がいないことは確認しておきたい。その一方で、われわれはよりさしせまった危険に対し、策を講じねばならない。偵察隊からの報告によると、ハーメルンの笛ふきの軍勢は南東からせまっている。レンが警告していたドラゴンとの同盟も、事実であることがわかった。少なくとも百匹のドラゴンが軍に同行し、それを率いているのが、スカモスへの攻撃を指揮したカスターカン将軍だ」

　ラムジーは眉をよせた。

「それがわかりません。なぜドラゴンたちは仇敵と手を組むのです。当然、黒騎士がハーメルンの笛ふきだと知っているのでしょう？」

「〈クモの巣谷〉でも、ドラゴンたちはハーメルンの笛ふきに協力したわ」アリーアは言った。

「スカモスで使ったのと同じ兵器を貸すことで」

「ハーメルンの笛ふきが言ってたわ」と、レン。「あの弾をつくるのに、粉にした竜石が必要だって。あいつはそれをカスターカン将軍にわたしてつくり方を教えたのよ。なにかと引きかえに」

「それなら話はわかります」と、ウィンクレス。「カスターカン率いる軍部は、無理やり三首領を権力の座から追いやった。なぜそうなったのかはわかりませんが、現在ドラゴン族を率いているのは、カスターカンでまちがいないでしょう。ハーメルンの笛ふきとの取引がどんなものであったにせよ、今回の進軍がその条件にふくまれているのは明らかです」

「カスターカンのことをくわしく知っているのはあなただけよ、バルヴァー」アリーアは言った。「意見を聞かせて」

　バルヴァーは顔をしかめた。

「これまでもドラゴンと笛ふきのあいだにはいろいろあった。だがたがいを尊重する気持ちもあったからこそ、人間とドラゴンは何世紀ものあいだ平和を維持することができた。もし三首領がカスターカンを追放すると決めたら、おそらく笛ふきは三首領に協力する。カスターカンにはそれがわかっていた」

　トビアスは冷ややかな笑みをうかべ、うなるように言った。

「それで無理にでもティヴィスキャンをつぶしたいわけか」彼はドレヴィスをふり返った。「準備のために残された時間は?」

「おそらく明朝には敵の軍がティヴィスキャンに到着する」ドレヴィスは言った。

アリーアとトビアスは青ざめた。

「そこまでひどい状況とは思ってなかったわ」アリーアは言った。「下手をすればティヴィスキャンもスカモスと同じ運命よ……」

けれどもドレヴィスと評議員たちは落ちついていた。

「悲観的に考える必要はない」と、ドレヴィス。「包囲戦にそなえた準備はできている。市民も城の地下にある貯蔵庫に避難してもらうつもりだ」

アリーアは眉をよせた。

「だけどスカモスは……今回はもっとたくさんの爆裂弾を用意してるはずよ」

「それは主塔の戦笛で防げる」

「ハーメルンの笛ふきは戦笛の力をちゃんと理解している。こちらの防衛力の限界を知ったうえで攻めてきてるのよ?」

「ドラゴンの襲撃でも、戦笛はたいして役に立たなかった」トビアスはぴしゃりと言った。

「たった一度の奇襲で、城は無防備になったではないか!」

「もう不意打ちを食らうことはない」と、ドレヴィス。「日暮れとともに主塔の笛ふきが防御曲をふきはじめ、決着がつくまで演奏は止めない。それにハーメルンの笛ふきはこちらの防衛力の限界を知っているというが……」彼は笑みをうかべた。「それが逆にやつの仇となるだろう。ウィンクレス評議員、説明してくれるかな？」

ウィンクレスがうなずく。

「ドラゴンの襲撃のあと、戦笛は修理されました。世間には戦笛はもとどおりに修復されたと発表しましたが、それはうそです」彼女はほほ笑み、目をかがやかせた。「もとどおりではありません。より強力なものに改良されたのです」

「どうやって？」アリーアはたずねた。

「まずオルガンの残骸をくわしく調べました。そして……」

アリーアは息をのみ、ウィンクレスをにらんだ。

「まさか竜石を使ったんじゃないでしょうね」

「ちがうわ！　でもパイプオルガンの構造から、戦笛の力を高める方法がわかったの。射程距離はずいぶん広がり、その威力はハーメルンの笛ふきの予想をはるかに上まわる。爆裂弾を防ぐくらいなんでもないわ」

「それにいまはキントナーの戦闘隊と選りすぐりの兵士たちがいる」ドレヴィスは言った。「ハーメルンの笛ふきも、まさかこちらが直接攻撃をしかけるとは思っていまい。そこがねらい目だ！　戦笛と軍による直接攻撃。それで壊滅的な打撃をあたえられる。雇い兵もドラゴンたちも、勝ち目がないとわかれば戦いを放棄するだろう」

アリーアは、スカモスと〈クモの巣谷〉でいっしょだった仲間たちの顔を見まわした。

「実際にあの兵器が使われるのを目にした者としては、その自信を共有することはできない。もしそれがあなたの誤算だとしたら、ドレヴィス、わたしたちは全滅よ」

第28章 子守唄

「ここにいると自分が役立たずに思えてくる」パッチはうめくように言った。

会議のあとアリーアとトビアスは、パッチとレンのふたりになにを期待するかを告げた――ティヴィスキャンの市民といっしょに、城の地下貯蔵庫に避難することだ。

そこには丸天井の大きな部屋が十室あった。それぞれの部屋に少なくとも百人の市民がひしめきあい、かぎられた空間でなんとかくつろごうと、あるいはねむろうとさえしていたかもしれない。けれども、そのような状況でねむるのはかんたんではなかった。

バルヴァーとグリフィンたちは地上にいた。地下の通路は彼らにはせますぎたし、メルタとギャヴァリーにいたっては、入口を通れるかどうかもあやしかった。

「いいじゃない」レンは言った。「どうせハーメルンの笛ふきは朝まで到着しないんだし。いまはとりわけ見るものもないでしょ。それにあたし、明日もここにいるつもりなんてさらさらないから」

パッチは顔をしかめた。

「アリーアとの約束は？　そりゃあぼくだっていやだけど、彼女の言うこともわかるよ。明日どんな戦いになるかはわからないけど、ぼくらはぼくらのできることをやったし、あとは兵士や笛ふきたちの仕事だよ。アリーアはぼくらを危険な目にあわせたくないんだ」

「〈クモの巣谷〉であんなことになったから後ろめたいだけよ。ドレヴィス議長は自信たっぷりだったじゃない。ついにあのハーメルンの笛ふきが打ち負かされるときが来たのよ。見なきゃそんじゃない」

「アリーアはその自信を共有できないって」

「彼女、ときどき心配しすぎるのよ。あなたもね」


真夜中すぎ、深い音色が地下にひびいてきた。

「戦笛だ！」パッチは音の変化に耳をかたむけた。巨大な戦笛の曲は、通常の笛で演奏するものとは大きくことなる。地下まではっきり聞こえるのは低い音のみだったが、そのリズムには聞きおぼえがあり、知っている防御曲を基にしているのがわかった。

ひそひそ声が部屋の中に広がり、おびえた子どもたちがしくしく泣きはじめた。すみのほうで、まだ幼い訓練生の笛ふきたちが不安そうに身をよせあっている。彼らは笛をにぎりしめていた。

それを見て、パッチも自分のコートから笛を取りだした。笛を手にすると心が落ちついた。パッチもレンと同じように、自分たちの勝利を信じたかった。トビアスは計画が進むにつれ、新たな戦笛の力はハーメルンの笛ふきの予想を上回ると信じるようになった。

けれどもパッチには、あの爆裂弾をくい止められるものがあるとは思えなかった。

「あなたならなにかできるんじゃない？」レンは言った。

「え、なにが？」パッチはわれに返り、レンの指さすほうを見やった。

幼子がふたり、親の腕のなかで泣いている。親たちはおろおろしながら、その子たちをあやそうとしていた。パッチはうなずいた。気づかせてくれたレンに感謝して。

「もちろんできるよ」彼は立ち上がると、部屋のすみにいる五人の訓練生のほうへ歩いていった。そばにしゃがみこみ、落ちついた声で言う。「やすらぎの曲のなかでいちばん得意なのはなに？」

五人は顔を見合わせ、口ごもっている。「『のどかな気分』？　それとも『静かなガチョウ』？」

「『静かなガチョウ』」とひとりが言うと、残りの訓練生たちもうなずいた。「第一の部分しかできないけど」

「そこができれば、あとはそんなにむずかしくないよ。ぼくがはじめからふくから、入れそうなところで入ってきて」

訓練生たちがうなずくと、パッチはふきはじめた。『静かなガチョウ』は三つのパートで構成されている。曲の中心となるメロディはとてもわかりやすいが、ふたつの低音部はゆったりとしたリズムで、じょじょに変化していく。パッチはそちらのパートを組み立ててから、中心のメロディにとりかかった。耳なじみのある曲——そのメロディは有名な子守唄にもなっていて、部屋中のだれもがすぐに気づいた。

訓練生たちが曲に加わる。ざわついた室内がしずまり、人びとは曲に聞き入っている。『静かなガチョウ』はもの悲しげな調子ではじまり、曲が進むにつれ、悲しみがよろこびへと変わる。その調べは、心をそっと包み、そこに悲しみを認め、ぎゅっとだきしめて言うのだ。悲しみはいずれ癒えると。

パッチは幼子たちのほうを見やった。どちらの子も、親指をすいながら、笛をふくパッチと訓練生たちをじっと見ている。レンはパッチにほほ笑みかけた。やがて幼子たちはねむりに落ち、訓練生たちは演奏をぬけた。それでパッチひとりの演奏になったかというと、そうではない。部屋の外からも笛の音が聞こえてくる。

城中の笛ふきたちが、市民たちがせめて夢のなかで安らげるよう、『静かなガチョウ』を演奏していた。

パッチは、一定のリズムをきざむ戦笛の音で目を覚ました。となりにアーナーのすがたがあった。彼はしゃがみこみ、ついてくるよう手まねきすると、やさしくレンを起こした。三人は、市民たちを起こさぬよう通路に出た。

「きみらふたりがどうしてるか気になって。昨夜、来ようと思ったんだけど……」アーナーはそう言ってあくびした。「ごめん。二時間くらいしかねてなくて。先生の手伝いをしてたから」

「魔法であやつられた人を調べてたのね」レンは言った。「何人か見つかった？」

「評議員に剣をつきつけた三人を別にして、ふたり。今回は城兵だった」

「そのふたりはどうなったの？」パッチはたずねた。

「牢に入れられた。魔法を解く方法が見つかるまではそこにいることになる」

「その人たち、つかまるときに抵抗した？」と、レン。

「いや。ふたりともおびえてたよ。心から否定していたし、ぼくもまちがいじゃないかと思ったほどだ。でも三人の守護隊士も、剣を手放したあとは自分がなにをしたのかわかっていないようだった」

「おそろしいわね」レンは言った。「ネズミなんかにされるよりよっぽど」

「アリーアはきっともとにもどせるはずだって」アーナーはそう言うと、話題を変えた。「訓練生たちに聞いたよ、パッチ。『静かなガチョウ』をはじめたのはきみだってね。ほかの部屋にいた訓練生たちも、きみの笛につられて演奏をはじめた！　その効果はすばらしかったそうだ」

「わかりきったことだったんだけどね。レンになにかできないか聞かれるまで、ぼくは気づかなかった」

アーナーは、少し強めにパッチの肩をたたいて言った。

「あとで考えて当然と思えることほど、案外気づかなかったりするんだ、パッチ」

「バルヴァーはどうしてる?」レンはたずねた。

「いらいらしてるよ。ハーメルンの笛ふきの軍隊はあと数時間でここに到着する。バルヴァーは第一陣に加わりたいんだけど、グリフィンやアンデラスたちといっしょに食堂で待機するよう言われたんだ。戦笛の曲に巻きこまれるおそれがあるから」

「いまは待つしかないってことだね……」パッチは言った。

アーナーはうなずいた。

「到着したら、ハーメルンの笛ふきは要求をつきつけてくるはず。しばらくはあちらが有利だと思わせておく。その後、城の兵が出撃し、戦笛の保護のもと、一気に攻めかかる」アーナーはほほ笑んだが、表情はかたかった。「そろそろもどらないと。危険だからここを出ないようにね」

「無事を祈ってるわ」レンは言った。そしてアーナーのすがたが見えなくなると、パッチのほうを向いてほほ笑んだ。「ここにいるつもりはないけど、ね?」

パッチはなやんでいた。ハーメルンの笛ふきが負けるところを見たいのはやまやまだが、アリーアとの約束をやぶるのは心苦しかった。

とはいえ、彼の心は決まった。

「うん。ここにいるつもりはない」

第29章　火蓋が切られる

アーナーは階段をのぼり主塔へ向かった。到着すると、彼は門の外で待った。ランデルは主塔の笛ふきたちに会いにいっていた。巨大な戦笛を専門にあつかう笛ふきたちだ。十分ほどして、ランデルが門から出てきた。

「待たせてすまん」と、ランデル。「パッチとレンには会ったか？」

「はい」と、アーナー。「ふたりとも不安そうですが元気です。先生のほうは？　心配事は解消されましたか？」

ランデルがこくりとうなずく。

「主塔の笛ふきたちと話してきた。今回任務にあたるのは選りすぐりの十二名。彼らは新しい戦笛に絶大な信頼をよせていた。まだ最大限の力では試していないそうだが、彼らのことを信じるしかあるまい。それはそうと、ドレヴィス議長から城門の屋上にいる評議会に合流してほしいとの依頼があった。おまえもいっしょに来い」

「なぜそんな場所に？」

「敵の軍勢を見るためだ。おそらくやつらはあと一時間ほどですがたを見せる」

「なぜわれわれがここに？」コブは不機嫌そうに言った。「あえてやつのしゃくにさわるよう、無視するべきではありませんか？」

そこには四人すべての評議員、ランデルとアーナー、そして六人の城兵がいた。

「はっきりと抵抗の意志を見せねばならん」ドレヴィスは言った。「われわれがおびえてなどいないということを。だがさじ加減が重要だ。あまり自信を見せすぎると今度は警戒されてしまう」

ラムジーは笑った。

「はりつめた様子でいろとおっしゃるなら、それほどむずかしくはないでしょう」彼女は前方にあごをしゃくった。

数キロはなれた平原に、一万人規模の軍勢がすがたを見せた。その上空を、ドラゴンたちが火をふきながら舞っている。

軍勢はどんどんせまってきて、城から数百メートルのところで止まった。ドラゴンたちはさらに進み、崖の下の森に陣取った。一匹だけ、雇い兵たちのもとに残っている。

ウィンクレスは目をこらした。

「あれがカスターカン将軍でしょうか」

「いや」と、コブ。「カスターカンは森へ飛んでいった。あれはおそらく下っ端の二等兵だ。ハーネスを見ればわかる」

戦笛の音がだんだん大きく、メロディが複雑になっていく。大気のゆらめきでそれとわかる防御壁が、城壁の少し先まで広がっている。十数匹のドラゴンが、城のまわりをゆっくりと旋回しはじめる。ハーメルンの笛ふきの力を見せつけるかのように。

雇い兵たちの陣から、残った一匹のドラゴンが飛びたち、城に向かってくる。その背中に、黒い鎧をまとったハーメルンの笛ふきがのっている。

「あの一匹を移動手段としてやつに貸したわけか」ランデルは言った。

ドラゴンは戦笛の防御壁ぎりぎりのところに着地し、ハーメルンの笛ふきがおりてきた。白旗を手にしている。彼は、例の〈雷鳴の声〉を使わずによびかけた。

「そこにいるな、ドレヴィス議長！　わたしが手にした力、そしてここに集まった軍勢がどれほどのものかはごらんのとおりだ。あなたをふくめた評議会と率直に話がしたい。わたしがここへ来た理由はおわかりだろう」

アーナーはちらりとランデルの顔を見て、そこに軽蔑の色を読みとった。ハーメルンの笛ふきは、笛ふきたちが白旗を尊重することをわかっていた。しかしその見返りとして、評議員たちの安全が保障されるとはかぎらなかった。

「話すことなどない」ドレヴィスは言った。「おまえがしていることは犯罪だ。たしかにかなりの兵力ではある。しかし、その者たちがここにいるのは金のためであって、おまえへの忠誠心からではない。ドラゴンたちに関して言えば……前回、彼らがここへ来たのは、おまえを処刑するため。どんな取引をしたにせよ、これだけははっきりと言える――ドラゴンたちがおまえを信用することは決してない！　おまえは失敗するのだ、ハーメルンの笛ふきよ。これまでもそうであったように」

この挑発が、どれほどハーメルンの笛ふきのしゃくにさわるかと思うと、アーナーは笑みをこぼさずにいられなかった。

「おかしなものだ。自分の目で見ていることを信じないとは」ハーメルンの笛ふきは言った。「ドラゴンたちは全面的にわたしに協力している。わが軍の忠誠心がゆらぐことはない。一方そちらの城は小さく、あなたが思っているよりも貧弱だ。それにいまわたしが語りかける相手はあなたではない、ドレヴィス議長。その危険なほどうすい壁の向こうにいる人びとだ」その直後、雷鳴の声が城の中庭にまでとどろいた。「評議員たちをこちらにわたせ！　彼らを追放するのだ！　そうすればほかの者には危害を加えない」

ハーメルンの笛ふきは待った。

「返答なしか。まあいい。決断するには時間が必要だろう。そのあいだにおまえたちを待ちうける運命を少し見せてやろう！」

移動用のドラゴンは、ふたたびハーメルンの笛ふきをのせ、空に飛びたった。黒騎士は陣営にもどると、荷車らしきものをおおう帆布を引きはがした。軍の前列にいる十名ほどの兵士が、同じように帆布を引きはがす。

それらは荷車ではなく投石機だった。

すでに弾はのせられている。

「こちらの防衛力を試すつもりだ！」ドレヴィスは言った。「全員退避！　警笛を鳴らせ！」

一同は急いで中庭に下りた。警笛が鳴りひびき、戦笛の音がさらに大きくなる。

地下の避難場所にも、ハーメルンの笛ふきの軍隊に関する情報は伝わってきた。戦笛の重い音がたえず鳴りひびき、部屋には一定の危機感がただよっていた。さらに上からの報告を耳にすると、人びとは不安でいてもたってもいられなくなり、やすらぎの曲でもなだめることができなくなった。

ついに軍隊が到着したとの知らせがあり、パッチの緊張は限界にまで高まった。ドラゴン軍を率いているのはカスターカン将軍だという。それだけでもじゅうぶん悪い知らせだったが、そこへさらに最悪の人物が雷鳴の声で語りかけてきた。その声は地下まではっきりと聞こえた。聞いたことのあるパッチとレンはともかく、はじめて聞く市民たちにとって、それは恐怖でしかなかった。

「衝撃にそなえろ！」通路から声がした。人びとは頭をかかえて丸くなり、子どもたちをだきよせた。

爆発の衝撃は、パッチが思っていた以上だった。一瞬、爆撃中のスカモスの下水路にもどったような気がした。

そして静かになる。戦笛はリズムをきざみ続けている。パッチはほっとしてレンにささやいた。

「戦笛はだいじょうぶみたい」

いままでは大人たちも恐怖ですすり泣き、おびえた顔を見合わせている。これで攻撃が終わったとはとうてい思えない。やがて通路から、「異常なし！　異常なし！」と、さけぶ声が聞こえてきた。

そのときふたたび雷鳴がとどろき、おそろしい声となった。

「評議員たちをこちらへわたせ。さもなくば皆殺しだ。明日の夜明けまで待ってやる」

「明日の夜明け」レンはつぶやいた。「それまでにみんなの忠誠心がゆらぐと思ってるのね」

「ありえないよ。ティヴィスキャンの人たちが評議会を裏切るなんて」パッチは言った。けれども人びとのおびえた顔を見て不安になった――彼らの忍耐もいずれ限界に達するだろう。

「行くわよ」レンは言った。

「え？」

「もうじゅうぶん待ったわ。もうすぐこっちの攻撃がはじまるし、あたしはなにも見のがしたくないの」

レンは出口に向かい、パッチはあとをついて地上に向かう階段をのぼっていった。

明るい中庭に出て、彼はおどろいた。攻撃をひかえた笛ふきや兵士たちが集まっていると思っていたが、中庭にはだれもいなかった。空を見てその理由がわかった。ドラゴンたちが、ゆっくりと城のまわりを飛んでいる。戦笛の射程のずっと外にいるが、それでも城壁の内側で起こっていることを見るにはじゅうぶんだった。

レンとパッチは中庭を横切り、食堂へ向かった。中に入ると、グリフィンたちが床で丸くなっていた。ねむってはおらず、事態にそなえじっくりとかまえている。そのそばで、バルヴァーがしゃがんでハーネスをいじっている。ややあって彼はパッチとレンに気づき、にやりとした。

「よう！」バルヴァーは言った。そしてふたたびハーネスの帯を調整しはじめる。「どうもうまい具合にしまらなくてな」彼はいまいましげに言い、片方の翼を持ち上げ、顔をゆがめた。

「あたしがやってあげる」レンがそう言って歩みよる。

「もうすぐ第一陣が出撃する」バルヴァーは言った。「おれは二陣目にそなえておかないと——雇い兵たちは、多少旗色が悪くなっても戦いつづけるだろう。そこへおれたちが派手にぶちかます。アンデラスがアルケランにのって空から火の玉をふらし、およばずながらおれも炎でやつらの尻を黒こげにしてやる！」

「アリーアは？」レンはハーネスの帯を一度ゆるめ、しめなおした。「あなたの背中にのっていくの？」

「どっちとも言ってなかった」バルヴァーは顔をしかめた。「アリーアと言えばだが……」

「ああ、いいのいいの」レンはハーネスの帯をぎゅっとしめた。「見つからないようにしてるから。彼女もあたしたちがここにいるとは思ってないでしょ。こんなにもりあがってるのに引きこもってなんていられるもんですか」彼女はそう言って一歩後ろにさがった。「はい、できた。どう？」

「いいんじゃない？」アリーアがランデルといっしょにドアから入ってくる。「約束をやぶる子にしては上出来だわ」

パッチは気まずそうに目をそらしたが、レンは臆することなく言った。

「あたしはかくれるつもりなんてないわよ、アリーア。ハーメルンの笛ふきは、あたしやあたしの友人たちを皆殺しにするとおどした。あたしはあいつが負けるところを見たいの。〈クモの巣谷〉であたしがしたことへのごほうびだと思ってよ」

今度はアリーアが目をそらす番だった。

「あれに報いることのできるごほうびなんてないわ」

レンは歩みよってアリーアをだきしめた。

「だからここで役に立たせて。お願い。あたしたちは必ず勝つし、城は安全よ！」

「わたしたちは必ず勝つ。少なくともドレヴィスはそう信じてる。戦笛が期待どおりのものなら、城に危険はないでしょう。でもこうして目の前にいるあなたに、もしなにかあったらと思うとこわくてしかたがないの……」

ランデルはアリーアの肩に手を置いた。

「ふたりのお守りはわたしが引きうけよう」彼がそう言うと、アリーアはうなずいた。「アリーア、わたしもレンとパッチと同じ気持ちだ。おまえもそうだろう。われわれはこの日を十年以上も待った。必ずあの男の敗北を見とどけるぞ！」

第30章 形勢逆転

パッチ、レン、ランデル、そしてアーナーは、城壁の屋上から、敵軍の野営地を見ていた。城壁にそって城兵たちが五、六メートル間隔でならび、辺りを注視している。これなら奇襲を受ける可能性はまずないだろう。

パッチは目が痛かった。屋上に来てからほとんどまばたきしていなかったからだ。彼はずっとある一点を見つめていた。遠くに見える黒い人かげ。黒騎士がドラゴンにのり、司令部のテントとドラゴンたちのテントを行き来している。黒い鎧が太陽の下でぎらぎらと光っている。

ランデル・ストーンもハーメルンの笛ふきを見つめていた。

「全快していれば、わたしも攻撃に加わっていたものを」彼は右のこぶしをにぎりしめた――毒の影響を最も受けたのがその右手だった。「アンデラスの薬のおかげでだいぶ動くようにはなった。だが、まだこわばっている。できればわたしが出向いてあの悪党に思い知らせてやりたい。最後はわたしがやつに鉄槌を下したかった」

「あいつは死ぬまで戦うつもりなのかな」パッチは言った。

レンは鼻で笑った。

「ハーメルンの笛ふきにとってなにより大切なのは自分の命よ。意地をはって死ぬくらいなら、恥をしのんでつかまるほうを選ぶわ。もちろんその前になんとか逃げようとするはずだけど」

「おそらく瀬戸際まで逃げることは考えないだろう」と、ランデル。「しかし、そのときを見のがさないために、われわれがここで見はっている。やつがドラゴンにのって逃げようとした瞬間、戦笛で撃ちおとす」

「あそこまでとどくの？」パッチはおどろいてたずねた。

「そう聞いている。それほどいまの戦笛は強力なのだ。城門の上を見ろ。あそこに主塔の笛ふきがひとりいるだろう」ランデルが指すほうに、パッチとレンは顔を向けた。真っ赤なローブに白いたすきをかけた笛ふきがいる。「こちらの攻撃中、彼女が戦笛の奏者たちに合図を送る」

そのとき、パッチは指揮をする笛ふきの足が少し開いたのに気づいた。ほんの小さな動きだが、その瞬間、戦笛のリズムが変わった。

ランデルの顔から笑みが消える。

「あれが合図だ」彼は中庭をふり返った。「軍が出撃するぞ。戦笛はその援護だ！」

東の広間から、さらにほかの場所からも兵士たちが続々と出てくる。見はりのドラゴンたちに気づかれぬようかくれていたのだ。兵の先頭にいるのはトビアスだ。

指揮者の笛ふきが一方の腕を横に上げると、曲の雰囲気が変わり、テンポが速くなった。城門が開きはじめる。

「見ろ」ランデルは言った。「敵が気づいたぞ」

雇い兵たちが陣形を組むのがわかった。その最前列で、ハーメルンの笛ふきが城に向かって立っている。

「ドラゴンの数も増えています」アーナーが言った。もともと空にいたドラゴンは六匹ほどだったが、そこに二十匹以上が加わった。

ティヴィスキャンの軍勢が、砂時計のくびれから流れ落ちる砂のように、城門からあふれ出た。指揮者の笛ふきがもう一方の腕を上げると、戦笛の真の力があらわになった。城をとりまく防御壁——空気のゆらめきが外に向かって広がっていく。パッチは横を向いた。ドラゴンたちがしりぞいている。明らかに防御壁を警戒している。

攻撃部隊が城門の外に出そろうと、隊列が組まれた。すぐに陣形が整い、指揮者の笛ふきが両腕を前に上げる。戦笛の音の深みがさらに増した。メロディが何層にも重なり、骨まで振動が伝わってくる。パッチは、軍が慎重に歩を進めると思っていた。ところが、彼らは曲を盾にして一気に突進した。

雇い兵たちは矢を放った。が、すべて曲にはじき返された。投石機に発射の命令が下る。けれどあのおそろしい球体さえもまったく役に立たず、空中で爆発した。

ティヴィスキャン軍は足を止め、射手が前に来る編隊に組みなおした。今度はこちらが矢を放つ番だ。敵軍の前線はあわてふためき、五十メートルほど後ろにさがる。

ランデルは指揮者の笛ふきを見た。

「いつ戦笛の全力が解放されてもおかしくはない。敵は戦うことを望んでいるが、それは数で勝る自分たちが有利だと信じているからだ。もし真実を知っていたら、すでに逃げていただろう」

ランデルはどこかなやましげだった。それを見てパッチも不安になったが、その矢先、指揮者の笛ふきが両腕を垂直に上げ、次に横に水平まで下ろした。曲がふたつのパートに分かれる。高い音域のほうはテンポが加速し、低いほうにはさらにメロディが重なる。パッチは、皮膚から内臓にいたる全身が、音に共鳴してふるえるのを感じ、急にこわくなった。

ハーメルンの笛ふきが竜石のオルガンで演奏した曲でさえ、これほど強力ではなかった。とつぜん戦笛の音量がはねあがった。パッチはたじろぎ、その場にひざをつきそうになった──が、なんとかこらえた。ゆらめく大気が、大鎌のようにハーメルンの笛ふきの軍勢をなぎはらうのを、彼は恐怖のまなざしで見つめた。

人がまるで嵐のなかの木の葉のようにふきとんでいる。

パッチはアーナーとレンをふり返った。ふたりも恐怖の表情をうかべている。指揮者の笛ふきが続けて合図を送ると、曲はいったんひっこんで、それからまた敵陣の別の場所をふきとばした。ふたたび曲はひっこみ、今度はそこにとどまっている。指揮者の笛ふきも動かない。

敵軍はさらに百メートルほどしりぞいたが、ふたたび攻撃の態勢を整えた。ハーメルンの笛ふきがドラゴンの背中にのる。ランデルの顔に緊張が走る。いよいよ自軍を置きざりにして逃げるつもりかもしれない。しかしそうではなかった。ドラゴンは顔を上に向けると、空に向かって火をふいた。敵も引くつもりはなかった。雇い兵たちの決意がゆらいだ様子もない。

「はじめから曲だけで攻撃するつもりだった」ランデルは頭をたれて言った。「だがわざわざ兵を突撃させ、これがただの殺戮ではなく兵同士のぶつかり合いだと思わせたのだ。近くまで敵を引きよせ、より多くの被害をあたえるために」彼は主塔をふり返った。指揮者の笛ふきが動きだし、すばやい身ぶりで合図を送ると、戦笛の凶暴さはさらに増した――曲を放つたびに、より遠くへと攻撃範囲を広げている。それはドラゴンたちの陣地にまでおよび、彼らも後退せざるをえなくなった。

どんな軍隊であれ、これほどの力の前では無力であることをパッチは知った。黒騎士の戦力は大幅に減少していた。勝利は目前であり、よろこびを感じていいはずだった。けれども彼の胸にあったのは、深まりゆく恐怖だった。

そのとき、後ろから金切り声のような音がし、パッチはふり返った。なにも異変はない。しかし、どこかで聞いたことのあるような音だった。ふたたびその音がして、今度はランデルとアーナーもふり返った。

音は主塔からだ。それは、不注意で笛に息をふきこみすぎたときに生じるような、耳ざわりな音だった。そしてなぜその音に聞きおぼえがあるのかわかった。笛をつくる際、けずり方がまずかったり、いぶす過程でゆがんだりしたとき、とりわけひびが入ったときに生じる音ににているのだ。

また音がした。今度はさっきよりも大きい。

「いかん！」ランデルは主塔に向かってさけんだ。「演奏を止めろ！　いますぐにだ！」

指揮者の笛ふきはあわてて合図を送った。だがおそかった。遠くにあった曲は、糸が切れた凧のようにあばれまわると、やがて音の出所にもどってきた。

パッチは、ほかの者たちと同じように地面に身を投げだした。頭上で甲高い音がし、ゆらめく大気が主塔に達する。その直後、戦笛の開口部がおそろしい不協和音を立ててくだけ散った。いちばん大きな戦笛は真っ二つに割れ、衝撃は石壁を伝い、主塔に地面にまでとどく亀裂が走った。戦笛や石壁の破片は辺り一面にとび散り、大惨事になった。爆発からかなりはなれていたにもかかわらず、パッチは手がしびれるほどの衝撃を受けた。彼らは立ち上がった。ランデルの首に小さな傷ができ、そこから血がしたたり落ちている。アーナーは目の上が切れていた。

「見て！」レンは、東側の城壁の上に横たわる城兵たちを指さした。彼らは爆発から最も近い場所にいたため、もろに爆風を浴びていた。ほかの城兵たちが、彼らの救出に向かっている。

「われわれも行くぞ！」ランデルは言った。「ひとりでも多くの手が必要だ！」

ランデルは南東の角にある見はり塔へ急ぎ、パッチたちもそれに続いた。ちらりと戦場を見ると、自軍が撤退しているのが見えた。戦闘隊は走りながら、必死に防御曲を組み立てようとしていた。敵の軍勢は前進し、射手はやりたい放題に矢を放っている。

パッチは、ほかの者たちよりも少しおくれて見はり塔に到着した。城壁の屋上を走ってきたが、とちゅうにはまだ歩ける軽傷の者たちもいた。主塔に最も近い城壁の上部は、いちじるしく損傷し、裂け目ができていた。向こう側からやってきた城兵たちが、裂け目に落ちた者たちを助けようとしている。

やがて重傷を負った者たちのもとにたどりついた。ひとりの城兵は片手であごをおさえ、そこから血がだらだらと流れている。

「アーナー！」ランデルは言った。「出血をおさえるための曲を。『サリアの調べ』がいいだろう。レン、アーナーを手伝ってやってくれ。パッチはわたしと来い」ランデルはかけだし、パッチはあとに続いた。次の負傷者はさらにひどかった。ひざから下が真っ赤で、どくどく血が流れ出ている。パッチは傷口を近くで見られなかった。一瞬、気が遠くなったが、深呼吸をして気をたしかに持った。

ランデルは負傷した兵士のそばにしゃがみこみ、傷を調べ、次の負傷者を見た。そちらの兵士は顔が血だらけだった。

「パッチ、血を止めないとこの兵士は死んでしまう。おまえが出血をおさえるんだ」

「でもぼくは『サリアの調べ』を知らない……」

ランデルはかぶりをふった。

「どのみちそれでは、これだけの出血は止められん。いいか、われわれの手は笛を演奏するためだけにあるのではない……こうするんだ！」ランデルは傷口を手でおさえて血を止めてみせた。

パッチは兵士の傷口をぎゅっとおさえた。指の下になにがあるのかを考えないようにして。

「わたしはほかの負傷者を見にいかねばならん」ランデルは言った。「できるだけすぐにもどる」中庭に目をやると、ちょうどそこにアリーアがあらわれた——彼女とアンデラス、そしてアルケランが食堂から出てくる。ランデルはさけんだ。「グリフィンの助けが必要だ！　負傷者を手当てができるところまで運んでくれ！」

「ランデル！　これはどういうこと？」アリーアはさけんだ。「外の人たちは無事なの？」

トビアスは無事なのか。アリーアの頭にまずうかんだのはそれだったはずだ。

「戦笛が自滅した」ランデルは言った。「城は無防備の状態だ。外の兵がもどるまでおまえとアンデラスが戦ってくれ！」

戦う？　パッチは思った。いったいなにと？

ドラゴンたちは城を襲った事故を見ていた。数十匹のドラゴンが、火をふきながらこちらに向かってくる。

「わかったわ」アリーアは言った。「その子たちのことはたのんだわよ。いいわね？」

アンデラスがアルケランの背中にのり、空に飛びたった。指の先から光の玉を出し、それをドラゴンたちに向かって放つ。光の玉はふたつに分かれ、それがさらに四つになり、暮れゆく空を明るく照らした。アリーアは中庭に立っていた。両手から紫の光がほとばしり、その手を上に向けると、空に稲妻が走った。

ドラゴンたちがしりぞいていく。

バルヴァーとほかのグリフィンたちは、城壁からケガ人を運んでいた。バルヴァーがパッチのところへ行くと、ランデルが手をふって言った。

「その負傷者は手当てせずに動かすと危険だ。先にこっちをたのむ」

バルヴァーはランデルのほうへ行き、負傷した兵士を慎重にかかえて、城壁の下へ運んだ。

パッチの右側では、レンとアーナーが手当てしていた兵士をメルタが運んでいる。

ランデルはパッチのそばへ来ると、笛を取りだし、パッチの知らない曲をふきはじめた。

「これが自分の手だと思うとがっかりだ」ランデルはいらだたしげに右手をふった。「すぐにひきつるが、それなりの演奏はできるだろう」

それなりと彼は言ったが、その演奏はおどろくほど細やかで正確だった。パッチは傷をおさえる手の下で、血の流れが落ちつくのを感じた。

城門を見やると、戦場をのがれてきた兵士や笛ふきたちが中になだれこんでいた。守護隊と戦闘隊が防御曲を演奏し、両者の曲が重なり合う。まだ時間がかかるが、じきに防御に使えるくらいにはなるだろう。戦笛には遠くおよばないにしても。門のそばにドレヴィスとトビアスが立ち、急ぐよう兵士たちをうながしている。まだどれくらい城の外に残っているかはわからない。そして敵がどこまで近づいているのかも。

そのとき雷鳴がとどろき、パッチは青ざめた。ランデルさえも一瞬演奏を止めた。辺りに黒騎士の笑い声がこだまする。

「本当に勝てると思っていたのか？　おまえたちはこう思っているのだろう――自分たちには運がなかったと」黒騎士は笑った。「戦笛が自滅したのははたして不手際によるものか、それとも裏切りによるものか」

パッチとランデルは顔を見合わせた。例の魔法であやつられていた者たち。クアラスタスとハーメルンの笛ふきのどちらにあやつられていたにせよ、あの者たちのだれかが戦笛に細工をしていたのか……。

「おまえたちにはもうなにもない」黒騎士は言った。「ティヴィスキャンの者たちよ、評議会はおまえたちの期待を裏切った。だが、わたしは約束を守る男だ。わが軍に対する無慈悲な攻撃のあとでさえも。明日の夜明けまで待つという言葉に二言はない。しかし、評議会をこちらにわたさなければ、そのときは……」

雷鳴が消えると、城門が閉じはじめた。城壁にできた裂け目の向こうで、グリフィンたちが負傷者を運んでいる。見はり塔に近いこちら側では、レンとアーナーが別の城兵の手当てをしている。アリーアとアンデラスは、ドラゴンたちをよせつけないよう稲妻と火の玉を出しつづけ、それがすべてを明るく照らしだしていた。

ランデルは演奏を止め、グリフィンたちをよんだ。

「この兵士ももう運んでだいじょうぶだ」

メルタはひとりの負傷兵をかかえていた。

「すぐにそちらにも行きます」彼女はそう言って、負傷者が集められた北側の城壁へ向かった。

ランデルは腰のベルトからナイフをぬくと、守護隊のローブを切りさいて細い帯をつくり、それを兵士の傷口に巻いた。

「もう手を放していいぞ」ランデルは言った。パッチが手をどけると、彼は包帯をぎゅっとしばり、うなずいた。「これでいいだろう。だがしばらくはそばで演奏する必要がある。わたしはメルタと行く。おまえはアーナーとレンを手伝ってやれ」

パッチはうなずき、メルタがもどってくると、少し後ろにさがった。メルタは城壁のせまい歩道に慎重におりた。ランデルが背中にのると、彼女は負傷した兵士をかかえ、飛びたった。

パッチは血がべっとりついた自分の両手を見つめ、絶望感に打ちひしがれた。上空では稲妻と火の玉が煌々とかがやいていた。しかし相手が攻勢をかけてきたら、それらの魔法でも防ぎようがない。笛ふきたちの防御曲も、総攻撃の前にはひとたまりもないだろう。

城壁の外では、敵の軍勢がときの声を上げていた。

「行くわよ、パッチ」レンは言った。彼女とアーナーは、負傷兵を両わきからかかえ、引きずるようにして見はり塔に向かっていた。パッチはあとを追った。

そのとき、外のさけび声をかき消す大きな音がした。まるで巨人の骨がおれるような音だ。中庭にいた笛ふきと兵士たちが走りだす。ふたたび大きな音がとどろき、パッチはふり返った。

主塔だ。

土台の部分の石にひびが入り、戦笛が残した亀裂から大きな石のかたまりが落ちた。建物はすでにかたむいており、下にいる者たちがあわてて逃げている。

ついに土台がくずれ、主塔が東に向かってたおれはじめた。パッチのいるほうに向かって。彼は走った。前を行くレンとアーナーの目に恐怖の色がうかぶ。背後ですさまじい音がした。衝撃とともに足元の石がぐらつき、城壁の上部がくずれる。それと同時に、パッチは壁の外に転がり落ちた。

落ちてゆく彼の目に、稲妻と火の玉を背にしたレンのすがたがうつる。彼女は胸壁の向こうから手をのばし、大きな口を開け彼の名をさけんでいた。

ティヴィスキャン城の崖下では、死が彼を待ちうけていた。

第31章　賽は投げられた

パッチは落下し、胸壁の向こうのレンのすがたも見えなくなった。森のすぐ上を飛ぶドラゴンたちが見え、下には岩場がせまっている……。

上から黒い影が、彼をめがけて飛んできた。パッチは目をつむった。ドラゴンが始末に来たと思ったのだ。最後は岩場に落ちて死ぬのではなく、ドラゴンに殺されるのか。空中でがっしとつかまれ、一瞬息ができなくなった。

「よしっ！」バルヴァーは言った。

パッチは目を開けた。バルヴァーの足が彼の体をつかんでいた。けれども落下は止まらず、岩場がすぐそこまでせまっている。バルヴァーはかろうじて降下を脱し、木々の上を飛びながら崖から遠ざかっていった。

「上に放るからハーネスにつかまれ」バルヴァーは言った。

「待って、どういうこと？」パッチはたずねた。が、バルヴァーはすでに彼を背中に放り上げていた。

　ぶつかるようにしてバルヴァーの背中にのると、彼は必死にハーネスにしがみついた。後ろを向いた状態で体を起こし、おどろいた。そこにレンがいたからだ。

「まにあってよかったわ！」レンは言った。「ほら、前を向いて足を固定させて！」

　パッチは言われたとおり、足をハーネスの帯に差しこんで固定した。

「いいわよ！」とレンが言うと、バルヴァーは急旋回した。近くにいたドラゴンたちは、最初、彼らに気づかなかった。けれどもいまは明らかに気づいており、近づいてきている。

　バルヴァーは来た方向に百八十度旋回した。パッチは青ざめた――城と彼らのあいだに、すでにドラゴンたちがいる。

「しっかりつかまってろ！」バルヴァーは、正面から向かってきた二匹のドラゴンを上に下にかわし、目いっぱいの速度で、自分より大きな者たちのあいだをぬっていった。パッチは後ろをふり返った。ドラゴンたちが追ってきている。前からも十数匹向かってくる。

　バルヴァーは、城やドラゴンの野営地を避け、北に向かっていた。城壁にはもどれそうになかった。

「だめだ、ふりきれん！」バルヴァーは言った。

「じゃあどうするの！」と、レン。

ある考えがパッチの頭にうかぶ。無謀ともいえる方法だが、逃げきるにはそれしかないように思えた。

「上だ」パッチは言った。「聞こえる、バルヴァー？　上に行くんだ。ドラゴンたちが寒くてついてこられないところまで！」

「おまえたちも凍え死ぬぞ！」

「ぼくを信じて！」パッチは身をのりだしてハーネスの収納袋を開けると、そこにつめこまれた防寒着のなかからコートを取りだした。彼はそれをレンにわたした。

「気をつけろ！」バルヴァーはいきなり体を右にかたむけ、ふき上がる炎をかわした。下から一匹のドラゴンがおどり出た。バルヴァーは速度を上げるため急下降し、木々のてっぺんすれすれを飛んだ。足につかまれたままでなくてよかった、とパッチは思った。

パッチはふたたび収納袋に手をのばし、コートをもう一着とマフラーを取りだした。あわてていたため、ほかのものは落としてしまった。レンはすでにコートを着こんでいる。パッチもいそいでコートにそでを通す。

バルヴァーはちらりと背中をふり返った。

「その程度の装備じゃだめだ！」バルヴァーは言った。けれども、いまやあちこちからドラゴンがせまっていた。

「体を温める曲もあるから。それでなんとかなる！」パッチは言った。そうであることを願って。

「行って！」

バルヴァーは、速度を落とさぬようけんめいに翼をはばたかせ、空をのぼっていった。パッチとレンは必死にハーネスにしがみついた。下からドラゴンたちが円になってせまり、炎がぎょっとするほど近くまでふき上がった。けれどもそこはすでに高空で、空気はかなり冷たくなっていた。

パッチはポケットから笛を取りだし、体を温める曲を組み立てはじめた。風が冷たく、だんだん指の感覚がなくなる。それでもなんとか曲の基本の部分を組み立てられ、体が温まりはじめた。

「曲が効いてるわ！」レンは言った。

ドラゴンたちは高空を飛ぶのにせいいっぱいで、すでに炎をはいていなかった。

空気がうすくなるにつれ、パッチは不安になった。彼自身もいずれ息が苦しくなり、笛をふけなくなるだろう。寒さはいよいよきびしくなり、体を温めるため曲のテンポを上げた。頭がくらくらした。これ以上、テンポを上げるのは無理だった。しかし、寒さは否応なしに増し、すでにつま先の感覚がなかった。

バルヴァーはおたけびを上げ、力をふりしぼった。そして下を見下ろし、歓声を上げた。ドラゴンたちが一匹また一匹と、落ち葉のように脱落している。

「あいつらにはここが限界だ！」バルヴァーは水平に飛びはじめ、背中のパッチとレンをふり返った。「じゅうぶんにはなれたら、ぐるりと回って一気に城に飛びこもう」

パッチは笛をふくのを止めて言った。

「いや、城にはもどらない」

「どういうこと？」レンは言った。「ティヴィスキャンのみんなを見捨てるっていうの？　いまはどんなに小さな助けだって必要なのよ！」

パッチは首をふった。

「だれのことも見捨てやしない」

「なにか考えがあるのか？」バルヴァーはたずねた。

「いちおう。不十分な計画にはなるけど。その方法なら、ぼくらもまだ戦える。それどころか、ハーメルンの笛ふきをたおせるかもしれない」

「その方法ってのは？」

「怪物を使う」

彼らがおり立ったのは、ティヴィスキャンから北東に八十キロほど行ったところにある、草深い丘だった。城が地平線のかなたに消え、ドラゴンたちも完全に見えなくなると、バルヴァーは寒さがきびしくないところまで高度を下げた。地面に着地すると、パッチとレンは転がり落ちるようにして、バルヴァーの背中からおりた。関節がこわばり、両足の感覚がない。

「も、もうぜったい、こんなこと、よしましょ」レンは言った。「じゃないと、あ、足が、二度と言うこと、聞いてくれなくなるわ」

バルヴァーは大きな岩に炎をふきつけ、パッチとレンに暖をとらせた。ふたりのふるえが止まるまでに、しばらくかかった。

「それじゃあ、聞かせてくれ」バルヴァーは言った。

パッチは自分の計画を話すのを先のばしにしていた。じっくりと考え、それがまったくばかげたものではないと確認するために。

彼は話した。

「まったくばかげてるわ」レンは言った。

「ほかの方法も考えたけど、そっちはもっとひどかったんだ。バルヴァー、どう思う?」

バルヴァーは肩をすくめた。

「少々やけくそな方法に思えるが、そうならざるを得ない状況なのもたしかだ。おれは試してもいいと思う」

「まあ、だめな方法でもないよりはましっていうし」レンは言った。「そういうことわざあったわよね？」

「ないよ、そんなことわざ」と、パッチ。「あとこの方法には大きな問題がひとつあって」

「ひとつだけ？」

「通用するのは雇(やと)い兵(へい)たちだけで、ドラゴンたちには通用しない」

バルヴァーは鼻のあたりをかきながら考えこみ、しばらくして目を見開いた。

「おれにもひとつ考えがあるぞ。時間との勝負にはなるが」彼は夕日を見やった。「夜明けまでどれくらいだ？」

「九時間ってところかしら」レンは言った。

「ぎりぎりまにあうか」

「まにあうって、なにが？」パッチはたずねた。

「玉ねぎだ」バルヴァーは、どういう意味か説明した。

話を聞くと、パッチは彼を見つめて言った。

「ばかげてるのは、ぼくの方法だけじゃなさそうだね」

「怪物(かいぶつ)と玉ねぎ」レンは言った。「ばかげた方法はひとつよりふたつがいいってね。ことわざになくたって、そうにちがいないわ！」

空にもどった彼らがまずやるべきことは、マサーケンを見つけることだった。

守り人ならいつでも見つけられると、ラー・セネンは言っていた。しかしどうやって見つけたらよいのか。やり方を聞いておけばよかったと、パッチは後悔した。けれどもそれはいらぬ心配だった。目を閉じて島のことを考えると、不思議と進むべき方向がわかった。「あっちだ！」とパッチは指をさし、バルヴァーはそちらに向かった。

すぐに海の上に出た。陽はほとんどしずみ、空は暗かった。眼下にはまばらに雲がかかっていたが、やがて海上に巨大な霧のうずが見えてきた。

「あれだ！」パッチは言った。

バルヴァーは下降して霧のなかへ入り、海面から数メートルのところを飛んだ。

「島が近いから速度を落として」パッチは言った。「出発した入り江が入口だから、まずはそこを見つけないと。あんまり近づくと頭から壁につっこむよ」

幸い海はおだやかで、しばらく無言のときが流れた。

「いやだぞ、おれは。いきなり壁につっこむなんて」バルヴァーは言った。

「あたしも」と、レン。

「もうすぐそこだ！」とつぜんパッチはさけんだ。霧で三十メートル先も見えなかったが、不思議とどこに壁があるのかわかった。「右に曲がってそのまま進んで。止まってほしいところで言うから」入り江の位置はすぐにわかった。「ここで旋回して。触手に気をつけてね」それから彼は島に向かって言った。「わが命を聞け、マサーケン。道をつくって！」

近くで海面がはげしく泡立つ音がし、霧のなかから巨大な触手がぬっと出た。触手は、わたり板のようにのび、着地できる場所をつくった。

パッチはバルヴァーの背中をおりて言った。

「ここで落ちあおう。四時間後くらい？」

「ああ。気流しだいだが四時間はかかる」バルヴァーはむずかしい顔をして、時間を計算した。「おれの計画を成功させるには、夜明け前にはティヴィスキャンにもどらないと」

「幸運を祈ってるよ」パッチは言った。

「同じく！」レンとバルヴァーはそう言って、空に飛びたった。

パッチは手首のブレスレットを光らせ、まわりを警戒しながら、足早に触手の上を歩いていった。自分は島の守り人なのだと、自分に言い聞かせて。ここを安全と思える者がいるとするなら、それは彼のはずだ。けれどもぼんやりと光る霧のなか、巨大な触手の上を歩くというのは、人を不安な気持ちにさせるものだ。

防御壁をこえた瞬間、すぐにそれがわかった。目の前の霧がうすくなり、岩だらけの入り江が見えた。浜辺におりると、アリーアが〈降霊ビン〉を置いた石のところへ向かった。ビンを首にかけると、ぼんやりと光る見慣れたすがたがあらわれた。最初、ラー・セネンは居眠りをしているかのように無反応だった。けれどもやがてはっとし、眉をよせた。

「ちょっと早すぎやせんか」ラー・セネンは言った。「うまくいかなかったのか？」

「そう。早すぎるし、うまくいかなかった」と、パッチ。「あなたの助けが必要なんだ」

「いいとも！　わしはなにをしたらいい？」

「えっと、コカトリスを何羽か貸してもらえるかな……」

第32章 悪知恵

四時間後、パッチはふたたび巨大な触手の上に立ち、ブレスレットのうす明かりのなか、バルヴァーを待っていた。足元には、口をしっかりと閉じた麻袋が六つ。

それはドラゴンたちから逃げているとき、ふと頭にうかんだ考えだった。パッチは自分の計画がうまくいくのかどうか、もう一度考えてみた。

彼は怪物たちの棲む島の守り人。その彼のためなら、きっと怪物たちも働いてくれるはず。

しかし、怪物たちをどう使うのか。悪魔鳥を使って人間を切りさく？　仮にパッチがそれをよしとしても、ラー・セネンが許可するはずがない。だいたい悪魔鳥がハーメルンの笛ふきの軍隊のみを攻撃するとはかぎらない。そんなものを外に放てば大惨事になる。おまけにあとでつかまえるのも大変で、おそらく何羽かはとり逃がすことになるだろう。

よって悪魔鳥は使えない。

けれどもコカトリスなら……。

パッチが計画を話すと、ラー・セネンはすぐに了承してくれた。

「いい選択だ。コカトリス一羽でも五十メートル以内にいる者は恐怖で動けなくなる。はなれていても自分の頭がつくりあげた化け物におびえ、逃げだすことになるだろう。正直、コカトリスたちにとっても外に出るのはよいことかもしれん。島の生き物のなかでもこやつらがいちばんかわいそうだからな」

かわいそう？　パッチにはその言葉がしっくりこなかった。たった一羽の小さな怪物が、彼にあれほどの恐怖をあたえたのだから、それも当然だろう。

「なんでかわいそうなの？」パッチはたずねた。

「島には刺激が少ないから、ふさぎがちなのだ。できるだけ不幸そうなのを選んでやらんとな。いいごほうびになるぞ！」ラー・セネンは満面に笑みをうかべて言った。ごほうびとは、できるだけ多くの雇い兵を恐怖のどん底に落とすことではあったが……。

ラー・セネンは、あまり元気のない六羽のコカトリスのもとへパッチを連れていった。守り人のブレスレットをしたパッチに、コカトリスの術は通用しなかった。一羽ずつつかまえ、操舵小屋にあった麻袋に入れていく。どれも袋に入れると一瞬あばれたが、すぐにおとなしくなった。

その後、計画の細かな点についてラー・セネンと話し合い、時間が来ると、石の上に〈降霊ビン〉をもどし、ふたたび彼に別れを告げた。

パッチは触手の足場にもどり、バルヴァーの任務がうまくいくことを願った。

すでに霧はない。ひっこめるよう島に命令しておいたからだ。バルヴァーが島を見つけやすいように。パッチは待った。海水が巨大な触手を打つ音だけが聞こえた。やがて夜空に鳴き声がひびき、しばらくしてバルヴァーが足場におり立った。背中にレン、両わきに樽をぶら下げている。

パッチはバルヴァーに歩みより、麻袋をハーネスにくくりつけた。

「なにも問題なかった？」

「ああ。わりと早かっただろ」バルヴァーは言った。「樽はすぐに見つかったんだが、台所のドアがおれには小さすぎてな。レンがひとりで食料庫から樽を引っぱりださなきゃならなかった」

「これがあの有名なコカトリス？」レンはたずねた。

「そう。六羽いるよ！　ラー・セネンは、島の外に出してやるといい気分転換になるだろうって」パッチは樽のひとつをぽんとたたいた。「そしてこれがあの玉ねぎ……」バルヴァーがこの玉ねぎを食べたときのことが頭にうかぶ。バルヴァーとレンは、カシミールの屋敷にこの樽を取りにいっていたのだった。「本当にこれが役に立つの？」

バルヴァーはうなずいた。

「おれはドラゴンたちほどヤブテンサイに敏感じゃない。そのおれがどうなったか、おまえらも見ただろう。炎のげっぷだ！　ドラゴンたちなら少なくともあの十倍はひどいことになる。ほんの少量の玉ねぎでもひどい胃けいれんを起こすだろうが、それよりもっとすごいことになるだろう！　おれはやつらが焼夷性の失禁を起こすんじゃないかと思ってる。どういうことかと言うとだな……」

「わかるわよ、言わなくても」レンは言った。

「大噴火だ！」と、バルヴァー。「上からも下からも！」

レンが片方の眉を上げる。

「わかるって言ったでしょ」

「味でばれたりしないの？」パッチはたずねた。「そこまでヤブテンサイがだめならすぐに気づくんじゃない？」

バルヴァーはにやりとした。

「通常はな。食い物にヤブテンサイが入っていれば、どんなドラゴンでもすぐににおいで気づく。独特な苦みもあるしな。だが、この玉ねぎはちがう。ヤブテンサイの酢につけてあるが、玉ねぎ自体はヤブテンサイの味がまったくしない。トビアスが言うように、酢のおかげで玉ねぎの甘みは増すんだろうが、同時にドラゴンたちの胃をひっくり返す成分もとりこむことになる。念のため玉ねぎだけを食ってみたが、やはりヤブテンサイの味はまったくしなかった」

「食べたの？」パッチは、とつぜんバルヴァーが上から下から火をふくのではないかと不安になり、一歩後ずさった。

「心配するな！　すぐにはき出した。それでもしばらくして腹の具合があやしくなったくらいだ。玉ねぎの効果は申し分ない。苦くなった酢は捨てたし、あとは樽の中身を〈ペサルケン〉に放りこむだけだ」

「大釜でつくる特別な料理だったよね？」パッチは言った。

バルヴァーはうなずいた。別々に行動する前に、パッチとレンにも説明してあった。ドラゴンたちは戦いの前の夜明けに、必ず〈火とうろこの神〉をたたえて食事をする。その際の料理は〈ペサルケン〉とよばれ、大釜でつくられる。それが野営地のすみずみまで配られ、全員が口にすることになる。

「でもどうやって？」パッチは言った。「見つからずに釜に近づくなんて不可能だよ……」

バルヴァーは意外そうな顔で言った。

「おまえのコカトリス作戦を信じてほしいんだろ？　だったらおれの玉ねぎ作戦も信じろ」

「それもそうだね」パッチはバルヴァーの背中にのぼり、レンの後ろについた。

彼らが飛びたつと、触手は水中にしずみ、マサーケンはふたたび霧に包まれた。

バルヴァーはできるだけ地面に近いところを飛び、無事にドラゴンの野営地の東に着地した。

パッチはブレスレットを光らせ、バルヴァーのハーネスから麻袋をはずし、袋の結び目をほどきはじめた。

「ちょっとなにしてるの！」レンはぎょっとして言った。「あたしは恐怖で腰をぬかすなんていやだから」

「わかってる。だから袋を開ける前にカラスに変身して。そうすればバルヴァーみたいにコカトリスの術は通じないから。ぼくは島の守り人だからだいじょうぶ」

レンがカラスに変身すると、パッチは袋の口を開け、コカトリスたちを外に出した。六羽はみすぼらしいと言わざるをえないすがただった。羽根はぼさぼさで、ところどころはげていて、パッチを不意打ちした一羽のような生気もない。

ねむそうなコカトリスたちを見て、バルヴァーはあきれた。

「これじゃ恐怖どころか、あわれみをいだかせるだけだ」

「だいじょうぶ」と、パッチ。「陽がのぼって獲物の気配を感じたら元気になるってラー・セネンが言ってた。でもそれまでにドラゴンたちをなんとかしておかないと。ドラゴンにもコカトリスの術は効かないから、とちゅうで止めに来るかもしれない。バルヴァーがぼくを助けたときみたいに。そうなったら計画がすべて台なしだ」

「どうやってこいつらを雇い兵たちに近づけるの」レンはくちばしでコカトリスたちを指した。

「ぼくが敵の野営地の近くまで行くつもりだった。一羽ずつ茂みのなかに置いてくれれば、コカトリスたちは夜明けまでそこでじっとしてる」

「危険すぎるな」バルヴァーは言った。「すぐに見つかるぞ」

　パッチはうなずいた。

「だから別の方法を考えた。うまくいくかどうかは、レン、きみにかかってる」

　レンは興奮してとびはねた。

「まかせて！　なにをしたらいいの？」

「耕作隊が使う曲に『羊飼いの調べ』っていうのがあって、この曲を聞いた動物たちは引率者のあとをついていくようになる。その引率役をきみにお願いしたい」

「歩くには遠すぎるだろう」バルヴァーは言った。

　パッチは首をふった。

「ラー・セネンが言うには、コカトリスはぼくらが思ってるより長時間飛べるそうだよ。ただ、先導するときはなれすぎないようにだけ気をつけて。行き先は敵の野営地近くの森。コカトリスは群れをつくらない生き物だから、曲が解ければ勝手に散らばって、その辺の茂みで夜明けまでねむってる。もし見つかっても、雇い兵たちはきみらのことを森にいる鳥だとしか思わない」

　パッチはポケットから笛を出し、ふきはじめた。曲はすぐに組みあがった。コカトリスたちは、ほとんど放心状態でパッチを見ている。「レン、ここで三回まわって。それでコカトリスたちは、きみを引率者とみとめる。同じように三回まわれば曲は解けるよ」

レンはうなずき、三回まわった。コカトリスたちは、六羽ともレンのほうを向いた。ときどきクワッと声を上げるくらいで、素直にしたがっている。

結果に満足し、パッチは曲を消えゆくままにした。効果がどれくらい続くかは、その動物の知能による。人間にはまったく効果はないが、例えば羊であれば、何時間もしたがいつづける。コカトリスは見た目のわりにかしこそうだったが、森へ行くまでの時間で効果が切れたりはしないはずだ。

「行っていいよ、レン」パッチは言った。「幸運を祈ってる！」

カラスのすがたでも、彼女が緊張しているのはわかった。レンは飛びたち、コカトリスたちがあとに続いた。

そのちょっと変わった一団が南西に向かって飛んでいくのを、パッチとバルヴァーは不安なまなざしで見送った。なにかまちがいが起こる可能性はじゅうぶんあった。けれども、いまここで彼女のためにできることはなにもなかった。

「それじゃ、玉ねぎくん」パッチは言った。「きみのほうの無茶な作戦にうつろうか」

「ああ」と、バルヴァー。「だがその前におまえにやってもらいたいことがある」

「なに？」

バルヴァーは両わきにぶら下げた樽を下ろすと、ハーネスの袋をあさり、大きなナイフをふたつ重ねたようなものを取りだした。それはハサミだった。

「レンの前じゃ言えなくてな。あいつは本気でいやがっただろうし」

「ぼくはいやがらないの？」

「おまえもいやがるだろう。おれの羽根を刈りとってほしいんだ。一枚残らず」

第33章　刈りとられた羽根

バルヴァーが言ったとおり、パッチは本気でいやだった。それはバルヴァーも同じだ。ハサミが閉じられ、羽根が断たれるたびに、パッチもバルヴァーも顔をしかめた。

「ほんとに痛くないの？」パッチは言った。

「いいから続けろ」バルヴァーは言ったが、見るからにつらそうだった。「次は翼だ」

それまでに、パッチはバルヴァーの顔と首の羽根を刈りとっていた。ブレスレットの光は、手元を照らすのにとても役立った。鼻先の細かな羽根は、ひんぱんに火をふくためまばらだった。けれども体全体となると……その量をパッチはじゅうぶんに理解していなかった。刈りすすめると、バルヴァーはみるみる彼には見えなくなった。見た目はよりドラゴンらしくなり、くちばしのような鼻先もより際立つ。

バルヴァーは日ごろから翼の上部の羽根をほとんど刈りこんでいたが、先の部分の羽根は飛行力を上げるため部分的に残していた。

翼の羽根を刈りこむ段になると、パッチはためらった。

「本当にいいんだね？」

バルヴァーは悲しげにうなずいた。

「飛ぶのに支障をきたすかもしれんが、やるしかない。見た目さえドラゴンっぽくできれば、あいつらをだまして〈ペサルケン〉のところまで行く自信はある」

「さすがに知り合いだとばれない？」パッチは顔をしかめ、大き目の風切羽根を断った。「カスターカンとはち合わせしたらどうするの？」

「あいつには会わないように気をつける。ほかのやつらに関しては……そもそもドラゴンたちはドラコグリフなど眼中にない。とりわけおれのような下級にはな。羽根があって見た目が変わってると思うくらいで、顔など覚えちゃいないよ」バルヴァーは、ハーネスの袋から細い布切れを取りだした。「顔と言えばだが……」

「包帯？」

「おれの顔はいくぶん特徴的すぎる」バルヴァーは、鼻の穴をふさがないようにして、布切れを鼻先に巻きつけた。

さらに翼と胴体の羽根を刈るのに半時間ほどかかり、ようやくすべてが終わった。

「はい、おしまい」パッチは言った。「名前を聞かれたらなんて答えるの？」

「そうだな……ヴァルバー。ヴァルバー・コンカープープルだ」

「もう少しちゃんと考えなよ」

「じゃあデキット・グリンカー。東の海で用心棒をしてたやつの名だ」

「友だち？」

「まさか。ぶあいそうなドラゴンで、返す気もない金を借りまくってた。最後は洗濯中にあやまって死んだが、名前はしゃれてると思ってな。で、どうだ、おれの見た目は？」バルヴァーは威厳を示すように胸をはった。

羽根がなく顔には布。見慣れないすがたの友人を見てパッチは、「ええと……いいんじゃない？」とだけ答えた。ほかになんと言えばいいかわからなかったからだ。

バルヴァーは、ふたたび樽を両わきに固定しはじめた。けれどもちょうど作業を終えたとき、森からずっしりとした足音が聞こえてきた。

「だれか来る」バルヴァーは声をひそめて言った。「翼の下にかくれろ！」

パッチはブレスレットに光を消すよう命令すると、急いでバルヴァーの右の翼の下に入った。

その直後、左の木立から二匹のドラゴンの兵士があらわれた。

「動くな。何者だ！」一方の兵士が言った。雄のドラゴンで、バルヴァーよりゆうに一メートルは大きい。もう一方は、さらに大きな雌だった。

「ええと……どうも」バルヴァーは言った。

「こっちのほうから物音がしたと思ったのよ」と、雌の兵士。「そしたらやっぱり。名前と階級を言いなさい！」

「自分はデキット・グリンカー」パッチの忠告に感謝し、バルヴァーは答えた。「階級はありません。食糧供給班の者です。神のご加護を得られるよう、〈ペサルケン〉用に特別な食材をお持ちしました」

「時間ぎりぎりじゃない」雌の兵士は言った。あいそは悪かったが、うたがっている様子はなく、バルヴァーはほっとした。「大変な旅だったようね」彼女は包帯を指して言った。

「ええ、おっしゃるとおり」と、バルヴァー。

「ここでなにをしていたの？」

バルヴァーは言葉をつまらせた。

「なにをしていたか。ええと……」

「狩りだろう。それを見ればわかる」雄の兵士は不快そうに言うと、地面に散らばったバルヴァーの羽根を指した。

「そうそう、まさにその狩りを！」

「それじゃあなたを責められないわね。わたしたちもう三時間も巡回してて、お腹と背中がくっつきそうなの。だからって、この辺の生き物は小さすぎてとってもしようがないし。あなたは大物をしとめたようだけど……」彼女は足先で地面の羽根にふれた。「いったいなにを見つけたの？」

「そう、なにを見つけたか」バルヴァーはとっさに答えた。「とても変わった鳥です。巨大なハトみたいっていうか。でも体のわりに羽根ばかりで。あんな鳥ははじめてだな。兵隊さんたちが来るとわかってたら少しとっておいたんだけど」

雌の兵士がバルヴァーの右手に回りこむ。バルヴァーは、パッチの足が見えないよう翼を少し下げた。人間がいることがばれたらどうなるか、わかりきっていた。計画はすべておじゃんになり、彼らは密偵としてつかまるだろう。

雌の兵士はあらためてバルヴァーを上から下まで見た。その顔に、はっきりとあわれみの色がうかぶ。

「こんなこと言ったらあれだけど、わたしたちよりあなたのほうがもっと食べたほうがいいみたいね」

雄の兵士は笑った。

「まったくやせすぎだ、デキット。食糧供給班にいるのも納得だよ。おまえが戦うすがたなど想像できん。さっさと〈ペサルケン〉のところまで飛んでいけ！」

バルヴァーは口の中がからからになるのを感じた。ドラゴンが両側にいてパッチをこっそり逃がすこともできず、また空を飛べば彼のすがたが丸見えになる。

「ええと、実はここへ来るとちゅうで翼をぶつけてしまって。歩いていこうかなと……」

雌の兵士はうなずいた。

「ケガをしてると思ったのよ」ぎこちなく閉じられたバルヴァーの右の翼を見て、彼女は言った。「それじゃ、わたしたちがつきそってあげるわ」

バルヴァーは無理にほほ笑んだ。

「それは助かる。すごく助かります……」


人間にはにおいがある。

もちろん明らかにひどいにおいの者もいるが、どれだけ清潔な人間であっても、そこにはドラゴンならたやすくかぎわけられる、人間独特のにおいがあった。とはいえ、これまでのところドラゴンたちはパッチのにおいに気づいていなかった。おそらく、樽からもれ出る玉ねぎのにおいでごまかされていたのだ。また、バルヴァーが大量にかいたいやな汗のせいでもあったろう。その彼の翼のなかが心地よい場所だとは、彼自身も思っていなかった。

しばらくして、彼らはドラゴンの野営地のはしまでやってきた。そこには角灯が一定の間隔で灯り、明るい光を放っていた。最初、パッチは翼の下で足を見られないようにして歩いていたが、そのうちハーネスの帯の下に両手両足を差しこみ、バルヴァーのわき腹にしがみついた。体の片側が重くなり、バルヴァーの歩き方が少し不自然になる。しかし、これでパッチの足が見られる心配はなくなった。

ドラゴンたちのほとんどはまだねむっており、カスターカンのすがたもなかった。それでも足を引きずるようにして歩くバルヴァーのすがたは、多くのドラゴンたちの目を引いた。いまにもそのうちの一匹が、「人間だ！」とさけび、すべておしまいになるのではないかと、バルヴァーはひやひやしていた。ときどきパッチはもぞもぞと体の位置を変えた。それが、彼が窒息していないというゆいいつの証拠だった。

つきそいの兵士たちは、〈ペサルケン〉が準備されている炊事用の大テントへ、バルヴァーを案内した。

「さあ、ついたわよ」雌の兵士は言った。

「どうも、助かりました」と、バルヴァー。

「これも任務のうちよ」

「でもこれでおれたちはよけいにおかわりできるよな？」雄の兵士はそう言ってウィンクすると、雌の兵士といっしょにその場を去った。

バルヴァーはテントに入った。中には六匹のドラゴンがいて、中央で鉄の大釜が火にかけられていた。テントの中に、焼けた肉と香草のにおいが充満し、釜の中で湯が煮えたぎっている。二匹のドラゴンがかがみこみ、釜の底に火をふきつけている。〈ペサルケン〉をつくるのは神聖な儀式であり、いろいろと手順があった。別の二匹のドラゴンが、釜とぶあつい革装の本のあいだを行ったり来たりし、規定の文句を唱えながら、集めた材料を釜に放りこんでいる。

残り二匹のうち一匹は、テーブルのそばに立っていた。テーブルの上には山積みになった緑の植物。バルヴァーの所見では、それは高原パセリとよばれるめったに手に入らない香草だった。六匹目のドラゴンが、「つっ立ってないで動け！」と怒鳴り、テーブルのそばにいたドラゴンはびくりとした。

六匹目のドラゴンをバルヴァーは知っていた。老ティスカーとよばれる、前にティヴィスキャンを襲撃したとき、野営の炊事をしきっていたドラゴンだ。片目で、人使いがあらく、弱い者いじめをする。ほめられるところはまるでない。ティスカーは激高していて、バルヴァーが入ってきたことに気づかなかった。

テントのすみには、〈火とうろこの神〉を祭った祭壇があり、黄金の囲いのなかに、ドラゴンの領土の砂を入れたツボと、神々の彫像がならんでいる。

バルヴァーは、パッチが見つかる可能性を少しでもへらそうと、体の右側をテントの外に向けて立った。急いで樽を下ろし、ちらりと翼を下をのぞく。パッチはまごつき、おびえ、汗だくだった。

「だいじょうぶだ。できるだけ急ぐ」バルヴァーは声をひそめて言った。

パッチは親指を立てた。

「なんだそれは？」ティスカーがいら立たしげに言った。

バルヴァーはゆっくりとふり返った。ひょっとして顔を覚えられているのではと、心配になった。しかしティスカーの目を見るかぎり、気づいている気配はなかった。

「どけ、小僧！」ティスカーは樽のにおいをかいだ。「なんだこれは。玉ねぎか？」

「〈ペサルケン〉用に持っていくよう言われて。この日のために用意した縁起物だそうです」

ティスカーは首をふってため息をついた。

「そういうことはまずわしに知らせろと言ってあるのに」

「〈炎の神殿〉からとどいたものです。大巫女さまが自ら祈祷をささげたものだとか」バルヴァーは祭壇のほうを向き、手で〈炎の祈り〉のしぐさをした。するとテントの中にいた全員——ティスカーまでもが、同じしぐさをした。

もちろんバルヴァーが言ったのは大うそだ。大巫女の祈祷は、ドラゴンたちが〈炎の神殿〉から授かる最高の栄誉のひとつ。しかし、そこにいるドラゴンたちの顔を見れば、うそが功を奏したのがわかった。彼らは畏敬の念に打たれていた。

「では、そいつを釜に入れろ！」ティスカーは言った。「まだ最後の仕上げが残っているんだ、急げ！」

二匹の助手がそれぞれ樽を開け、玉ねぎをすべて釜に放りこみ、大きなしゃもじでかきまぜた。

二匹のうちの一方が、大きく息をすってにおいをかぎ、しゃもじを持ち上げて口元に運んだ。

バルヴァーはぎょっとして目を見開いた。いま口にされるのはまずい……。

バシッと音がして、助手の手からしゃもじが落ちる。ティスカーは、助手の手を打った長い棒を下ろして言った。

「親に教わらなかったのか？」彼は祭壇を指した。「最初の一口は、日の出の直前に神々にささげるのだ、バカたれ」

助手は頭をたれた。

「ちょっと味見したくて。あんまりいいにおいだったので……」

「いいにおいに決まっとるだろ。〈炎の神殿〉の祝福を受けた玉ねぎだぞ！」ティスカーはうぬぼれに胸をふくらませた。「今回は最高の〈ペサルケン〉になるぞ。砂嚢（鳥類の消化器官。砂肝のこと）でそれを感じるんだ！」

ティスカーとその助手たちは準備に夢中で、バルヴァーにかまう者はなかった。

「ええと、それじゃおれは空の樽を運ぼうかな」バルヴァーは言った。返事がないので、彼は樽をかかえてテントを出た。

相手にされないことが、こうして有利に働くこともあるのだ。

バルヴァーは翼を持ち上げ、パッチを見た。

「任務完了だ」彼は声をひそめて言った。「あとはこの場をはなれて待つだけだ」

第34章 怪物と玉ねぎ

バルヴァーとパッチは、野営地のはずれの丘の斜面に積まれた、物資の木箱のあいだにかくれていた。木箱の数から、ドラゴンたちが長期戦にそなえてきたのは明らかだった。しかし、戦笛がなくなったいま、短期決戦は避けられないだろう。

もし怪物と玉ねぎ作戦が失敗に終われば、投石機によりすぐに決着がつく。ティヴィスキャンのわずかな防衛力では、あのおそろしい球体を防げはしまい。バルヴァーの予想が正しければ、ドラゴンたちの目的はティヴィスキャンの壊滅で、たとえ評議会が降伏しても、あるいはクアラスタスのことを話しても、なにも変わりはしないだろう。

丘の下に角灯の明かりが見える。夜明けが近いため光はおぼろげだ。

遠くに見えるティヴィスキャンの城壁と窓は暗い。戦闘隊がふきつづける防御曲の音が、朝の空気のなかをただよっている。丘から見ると、主塔の崩壊による被害の大きさがよくわかる。東の城壁は上部がくずれ落ちていた。

地平線から陽がのぼると、近くで鐘が鳴りひびいた。ドラゴンの兵士たちが、儀式の食事が用意されたテントに向かって、ぞろぞろと歩いていく。

「いよいよだな」バルヴァーはささやいた。

パッチは緊張しすぎて声が出なかった。列をつくるドラゴンたちを見ていると、とつぜん肩に手を置かれ、彼はとびあがった。

「あたしよ」レンが声をひそめて言う。「うまくいった？」

「いまのところは」と、パッチ。「きみのほうは？」

「うまくいったわ。茂みに着いたころには、コカトリスたちはつかれきってたけど。あんなに長いあいだ飛ぶのは久しぶりだったんでしょうね」

「じゃあ、彼らが寝坊しないことを祈ろう」

「バルヴァー、あなた羽根はどうしたの！」レンはぎょっとして言った。

「ドラゴンに見えるように刈りとった」バルヴァーは言った。「心配しなくてもまた生えてくるよ」

「だといいけど……とにかく先へ進みましょう。物資置き場は丘の上まで続いてて、てっぺんに巨大な投石機があるわ。まだだれもいないけど、じきにやって来る。丘の反対側に出られれば、森までかんたんに行けるはずよ」

彼らは慎重に木箱のあいだをぬっていった。丘のてっぺんまで来ると、山積みにされた荷物のあいだにしゃがみこんだ。荷物の山には防水布がかけられ、それぞれがバルヴァーの背よりも高い。その山の向こうに、巨大な投石機があった。

「見ろ！」バルヴァーは南西を指して言った。なにかがこちらに向かって飛んでくる。彼らはさらに荷物の山に分け入った。パッチはそばの防水布の下に手を入れた。そこにあるのは、すべすべとしたなにかだった。

一匹のドラゴンが投石機のとなりに着地し、ハーメルンの笛ふきがおりてくる。パッチ、レン、バルヴァーははりつめた。ドラゴンは急いで〈ペサルケン〉のテントのほうへもどっていった。

ハーメルンの笛ふきは巨大な投石機を見ると、笑みをうかべ、満足そうにうなずいた。腰にかざりつきのベルトを巻き、そこに短刀と航海望遠鏡、そして赤い手枷をつけている。パッチはちらりとレンを見た。

「あの手枷って……」パッチが言いかけると、すぐにレンはうなずいた。彼女が言っていた、魔力をうばう手枷だ。

別のドラゴンがやってきた。それがカスターカンだとわかると、パッチは首筋の毛が逆立つのを覚えた。バルヴァーとレンと顔を見合わせる。三者とも、スカモスを破壊したこのドラゴンに嫌悪感をいだいていた。

「見事だ」ハーメルンの笛ふきは、投石機のどっしりとした枠をなでて言った。「これを見ただけで、ティヴィスキャンの連中はふるえあがるだろう」

「そうだな」と、カスターカン。「フィルケスは役に立っているか？」

「もちろん。とはいえ、鐘が鳴ると夜明けの食事に行くといって聞かなかったがね」

「神を祭る儀式だからな。食べるのは階級の高い者からだ。今回のはうまかった！　だが、それほど時間はかからん。全員の食事がすんだら準備にとりかかる」カスターカンは城を見やった。「なかなかしぶとそうだな」彼はその状況を楽しんでいるようだった。「やつらの防御魔法も思ったより強力と見える。やすやすとおまえの要求をのんではくれんだろう」

「防御魔法などむだだよ。すぐに評議会をこちらに引きわたすことになる。やつらを始末したあとのティヴィスキャンは……きみらの好きにしたらいい」

　ハーメルンの笛ふきは、ほかの者たちには危害を加えないと言っていた。やはりそれはうそだったのだ。さしておどろきはしなかったものの、パッチは怒りでこぶしをにぎりしめた。また一方で、バルヴァーの予想どおり、ドラゴンたちはティヴィスキャンを壊滅させるつもりだった。

「戦笛がああなることをわかっていたのか？」カスターカンはたずねた。「あの笛のせいでそちらの軍に多くの犠牲者が出た。まさか笛ふきの曲があれほどすさまじいとは！　おまえがやつらの力を過小評価していたのではないかと心配した」彼は短いげっぷをし、「すまん」と言って胸をさすった。

「戦笛がどういうものかは知っていた。その力を最大限に使えばどうなるのかも。わたしをうたがうべきじゃないな」

「いや、わたしは……」カスターカンは言葉を切り、またげっぷをした。顔をしかめ、両手で腹をおさえたかと思うと、とつぜん口から火をふいた。彼はひどくおどろいた。ハーメルンの笛ふきもだ。

野営地からさけび声が聞こえる。カスターカンとハーメルンの笛ふきはふり返り、丘のふもとを見てあぜんとした。パッチのいるところからは見えなかったが、警告を発する声、あわてふためく声、そして制御不能の火をふく轟音から、なにが起きているかは予想できた。

「持ち場をはなれるな！」カスターカンはそうさけぶと、腹をおさえてうめいた。「神が……神がお怒りにちがいない」彼は体をぐっと前にたおし、尻尾を上げた。その直後、下から火をふき出し、投石機の前面が、たっぷりと五秒間、炎に包まれた。

ハーメルンの笛ふきは、ぎょっとしてさけんだ。

「よせ！　弾からはなれろ！」

ごろごろお腹の鳴る音がパッチたちにも聞こえた。カスターカンがふらつきながら丘を下っていく。ハーメルンの笛ふきは口笛で冷たい風を起こし、投石機の火を消した。そしてドラゴンの野営地をふり返った。その顔は怒りに満ちていた。

絶望するようななげき声、ときどき悲鳴も聞こえてくる。ドラゴンたちは混乱におちいり、すでに十数匹が軍を離脱――不自然に後ろから火をふきながら北へ飛んでいく。神の怒りにふれたのだと、残りのドラゴンたちも彼らの将軍同様にそう思ったら、まちがいなく全員逃げだすだろう。

パッチ、バルヴァー、レンは、大よろこびで顔を見合わせた。玉ねぎ作戦は大成功だ！

「あとはコカトリスのほうがうまくいくかどうかね」レンはささやいた。

すでに太陽は地平線の上にあった。パッチは、目を覚ましたコカトリスたちがすぐに獲物に気づくことを、ひたすら願った。ハーメルンの笛ふきが、ティヴィスキャンの決断を待たず投石機を発射することを、彼はおそれていた。

そのとき、ふとあることを思い出す。カスターカンが投石機に火を放ったときハーメルンの笛ふきが口にした言葉――「弾からはなれろ」。パッチはそばの防水布に手を置き、上からなでてみた。そこにあるのは、なめらかな曲線をえがくなにかだった。おそろしい考えが頭にうかぶ。彼は防水布のはしからなかをのぞき見た。

そしてこおりついた。

「あの……バルヴァー、レン」パッチは声をひそめて言った。「これ、なんだかわかる？」

彼が防水布のはしを持ち上げると、バルヴァーとレンは目を見はった。それはあのおそろしい球体だった。彼らは爆裂弾の山のなかにかくれていたのだ。

「カスターカンがこっちに尻を向けなくてよかった」バルヴァーは言った。「危うくこっぱみじんになるところだった」

「おならに殺されるなんてごめんだわ……」レンはがくぜんとしたが、ある光景を目にして笑みをうかべた。「ねえ、あれを見て」

パッチとバルヴァーはそちらを見た。

彼らがかくれている場所からは、城の前方にいるハーメルンの笛ふきの軍勢を見わたすことはできなかった。それでも動きがあるのはわかった。最初パッチはこう思った。雇い兵たちは、ドラゴン軍が受けた被害への報復をすべく、その準備をしているのだと。しかし、どうやらちがうらしい。彼らはまったく統制されていない。それどころか混乱し、右往左往している。納得のいく説明はひとつしかなかった。

「怪物だ」バルヴァーはパッチとレンの背中をたたき、ふたりをだきしめた。

ハーメルンの笛ふきも異変に気づいていた。近くでまだドラゴンたちが火をふき、苦悶の声を上げていたが、男の意識は完全に自軍のほうに向けられていた。彼は望遠鏡を手に取り、目に当てるとさけんだ。

「なにをしている！」

彼はもう一度同じ言葉をさけんだ。二度目は雷鳴の声で。怒声が森にひびきわたったが、そのあいだにも、雇い兵たちはほうほうの体で戦場から逃げだしていた。

東の城壁の残った部分に、何人かのすがたが見える。そこにはグリフィンたちもいて、ハーメルンの笛ふきが敗北する様――それ以上の屈辱を味わう様を――目の当たりにしていた。

ハーメルンの笛ふきはどう出るのだろう。パッチは思った。その矢先、別の声がして彼はふたたびこおりついた。

「計画通りにいかなかったか？」

ハーメルンの笛ふきは後ろをふり返った。パッチからはすがたは見えなかったが、すぐに声の主はわかった。

「おまえは……？」ハーメルンの笛ふきは言った。

「わからんか？　長年いっしょにやってきたではないか」焼けこげた投石機のかげから、声の主がすがたを見せた。

ピューター評議員――クアラスタスが、杖をついてゆっくりと歩いてくる。

クアラスタスは投石機のとなりに立ち、すがたを変えた。男の真実のすがたは、レンに聞いて知っていた。棒のようにやせこけた、生にしがみつくみじめな老人。見慣れたピューター評議員のすがたも変装のひとつにすぎない。けれども、ピューターが別人に変わるのを目の当たりにし——背がちぢみ、いくぶんふっくらとし、ヒゲが長くなる——パッチは息をのんだ。

ハーメルンの笛ふきはだまっていた。

「これでどうかな?」クアラスタスは笑みをうかべて言った。「長年知っている顔だろう? おまえはこの顔を信用しきっていた。わたしの正体も知らずに!」

「おまえがクアラスタスであることは知っていた。だが、評議会の一員だったことは知らなかった」

「だが、おまえはわたしをうたがいはじめていた」

「竜石のオルガンによる計画が失敗に終わったときからだ。その後、評議会はわたしをとらえることに執着した。異常ともいえるほどに。そのときに気づいた。だが正直に言うと、わたしがうたがったのは、ピューターではなくドレヴィスだった」

「もちろんだ。いったいだれが人畜無害な老ピューターをうたがう?」ピューターはにやりとした。「だがそれはどうでもいい。十年間、わたしはおまえの師であった。行き場のない迷い子だったおまえに希望をあたえ、教育もした。われわれは友になれると思った」

「しばらくは、わたしもそう思っていた」ハーメルンの笛ふきは言った。

パッチはおどろいた。男の声には悲痛なひびきがこもっていた。

「だが、あなたはわたしを信用せず、本当の自分を見せはしなかった」

「おまえはわたしを裏切った」クアラスタスは、悲しげに頭をたれた。「そして今度はわたしの信用が足りなかったと不満を言う。いまのわれわれを見てみろ！　わたしは正体をあばかれ、城を逃げださねばならなかった。おまえの軍隊は散り散りになり、どこかへ行ってしまった。だがまだ勝算はあるぞ！　ドレヴィスがいかにしておまえを蹴散らしたかは知らんが、われわれが手を組めばまだ計画は実現できる」

「それではあなたが〈命の石〉を？」

「どこにあるかはわかっている。鎧と石がいっしょになれば勝ったも同然だ」

「わたしをゆるすというのか？」

パッチはあんぐりと口を開けた。黒騎士の顔がなみだでぬれている。彼は泣いていた。

「わたしは竜石を、長年の計画をぬすみ、あなたを裏切った……」

「自分の鎧がほしかったのだな。わかるぞ。きっと世界でわたしだけがわかってやれる。だからおまえをゆるそう」クアラスタスは手を差しだした。「ただこの手を取るだけでいい。いっしょにやろう。ともに新しい世界を支配するのだ」

ハーメルンの笛ふきはとまどっているように見えたが、足をふみだし、クアラスタスの手を取った。ふたりはだきあった。

だがそのとき、パッチはクアラスタスが杖の頭をにぎって引っぱるのを見た。なにかが朝日にきらりと光る。黒騎士の背中の真ん中あたりに、慎重に鎧のすきまをぬって、ゆっくりと刃がつきささる。パッチは息をのんだ。

ハーメルンの笛ふきのひざが、がくりとおれる。彼は地面にくずれ落ち、にやにやとするクアラスタスの脚にしがみついた。

「裏切りへのお返しだ」クアラスタスは、したり顔で言った。「おまえは鎧に守られていた。魔法であれ総攻撃であれ、その鎧はすべてはねのけてしまう。だから近づく必要があった！〈命の石〉がなければ、おまえも不死身ではない。わたしはその鎧の弱点を――どこなら刃が通るかを知っていた。そしておまえの弱点もな。おまえはいまも、行き場のない迷い子だ！」

ハーメルンの笛ふきが立ち上がろうとしている。彼は中腰のまま後ずさった。ナイフを引きぬこうと手をのばすが、とどかない。

「そんな目で見ないでもらおうか。どうせおまえは〈命の石〉のありかを聞きだしたら、またわたしを裏切るつもりだったのだろう。それに……」クアラスタスはとつぜん言葉を切り、足元を見た。足首に赤い手枷がはめられている。彼はあわてて後ろにとびのいた。しかし、手枷の鎖が投石機の支柱に巻きつけられていて、はなれられない。地面にひざをつき、両手で鎖を引っぱったがむだだった。彼は怒りで目を見開いた。

ハーメルンの笛ふきはなんとかナイフの柄をつかむと、さけび声とともにそれを背中から引きぬいた。

「こいつを手放すべきじゃなかったな。ナイフがあれば手枷をはずすこともできただろうに」

ハーメルンの笛ふきは笑みをうかべたが、背中の傷のせいで明らかに弱っていた。「体から魔力がぬけていくのがわかるか？　あなたが生きていられるのはすべて魔力のおかげ。だが手枷によりその魔力は失われる。命とともに」

クアラスタスは不敵な笑みをうかべ、ポケットから乾燥した植物の小さな束を取りだし、それをふたつにおった。なにも起こらないとわかると、顔から冷笑は消え、恐怖がとってかわった。

「残念だったな」ハーメルンの笛ふきはにやりとした。「その手枷は〈編み物〉の力もうばう。あなたがその不思議な束に魔力をためているのは知っていた。わたしも魔法使いに金をはらって、にたものをつくらせたことがある」彼はふらつきながら、弾の山のほうへ歩いていった。パッチたちがかくれている場所は、もうすぐそこだ。

バルヴァーとレンは体を奥にひっこめた。けれども、パッチはその場にいつづけた。見つかる危険をおかしてでも、見とどけずにはいられなかった。

「だいぶ弱ってきたか、クアラスタス？」ハーメルンの笛ふきは、一歩進むごとに苦しげなうめき声をもらした。

クアラスタスは刻一刻とやつれていった。悪意と残酷さに満ちた目で、ハーメルンの笛ふきをにらむ。

「弱ってきたのはおまえも同じだ。もうすぐおまえは死ぬ。だがわたしは……このままやせていけば枷から足はぬける。そうなればふたたび魔力をとりもどす」

ハーメルンの笛ふきは弾の山のところまでくると、血のついたナイフで防水布を切りさいた。布の下の球体があらわになる。灰色の表面にナイフをつき立てると、切れ目から黒い粉がさらさらとこぼれ落ちた。硫黄のにおいがつんと鼻をつく。

ナイフを落とすと、ハーメルンの笛ふきは流れ出る粉を両手ですくい、ゆっくりとクアラスタスのほうへ歩いていった。指のあいだから粉をこぼし、地面に線を引きながら。その線と並行して、ハーメルンの笛ふきの血でぬれた黒い線ができている。

クアラスタスはおそるおそるその様子を見ていた。

「おどしのつもりか？　それで石のありかを聞きだせるとでも？」

ハーメルンの笛ふきはなにも答えず、指のあいだからこぼれる黒い火薬を見つめ、一歩ずつ慎重に足を運んでいる。

「わたしは死なんぞ！」クアラスタスは手枷の鎖をよじってさけんだ。「おまえの死体からその鎧を引っぺがしてやる！」

ハーメルンの笛ふきはだまっていた。そして、クアラスタスまで三メートルほどのところで足を止め、地面にたおれた。彼は懸命に体を起こし、ベルトにつけた小さな袋から火打ち石と火打ち金を取りだした。一方の手に石を、もう一方の手に打ち金を持ち、火花を散らそうとかまえる。

「はったりはよせ。そんなことをすればおまえも死ぬ。それにわたしを殺せば〈命の石〉は見つからんぞ」

ハーメルンの笛ふきはあえぎながら、笑みをうかべた。

「それはどうかな。たしかにわたしは石のありかを聞きだすためにここへ来た……だが近づくほどに感じるのだ。まるで鎧のくぼみと石が呼応するかのように！」ハーメルンの笛ふきはティヴィスキャン城のほうを見た。「それはずっとあそこにあった」

クアラスタスの衝撃を受けた顔は、それがまちがいでないことを物語っていた。

「やはりな」黒騎士はうなずくと、せきこみだし、草の上に血をはいた。「背中の傷は深いようだ。そろそろ終わりにしよう」彼は火打ち金を持ち上げた。

「よせ！　傷は治してやる。この手枷をはずしてさえくれれば。約束する！」

「さらばだ、師よ。これもあなたの指導のたまものだ」

火打ち金が打ち下ろされ、火花が散る。火薬は発火し、火とけむりが黒い線にそって、やぶけた球体のほうへ向かっていく。

パッチはうろたえた。彼もクアラスタスと同じように思っていた――ハーメルンの笛ふきが相手を道連れに死ぬはずはないと。パッチはバルヴァーをふり返った。バルヴァーはすでに行動に移っており、パッチとレンをつかんで荒々しく背中にのせると、全速力でティヴィスキャンに向かって飛んだ。

パッチは後ろをふり返った。地面の火が球体に達し、爆発した。炎と噴煙が、彼らに襲いかかった。バルヴァーは自分が盾になり、爆風からパッチとレンを守った。が、その直後、残りの弾にも火が移り、大爆発を起こした。たちまち、息もできないほどの衝撃とけむりに飲みこまれた。パッチは、バルヴァーの背中から引きはがされ、黒煙のなかへと落ちていった。

第35章 勝利か？

パッチにわかったのは、ふたたび自分が落下しているということだけだった。爆音、けむり、粉塵がうずまくなか、彼はむせながらバルヴァーとレンの名をさけんだ。

いきなり体をつかまれたときも、彼はまださけんでいた。黒煙のなかから出て、ようやくだれに助けられたのかわかった。

ウィンテルだ。

「しゃべらないで」彼女は、お礼を言おうとしてせきこむパッチに言うと、彼を東側の城壁の上まで運んだ。そこにはアリーア、トビアス、ランデル、そしてドレヴィスがいた。

ウィンテルはまたすぐに飛びたち、黒煙のほうへもどっていった。

アリーアは、息をしようとせきこむパッチのそばに来て、ひざをついた。

「ゆっくりよ。ゆっくりと息をすって。ここはもう安全だから」

「レン……」息ができるようになるとパッチは言った。「バルヴァー……」

「グリフィンたちが全員で探してるわ」アリーアは言った。「彼らは爆発の直前に飛びたった。ハーメルンの笛ふきを見てたら、とつぜんバルヴァーが背中にあなたとレンをのせて飛びだすから。まさかあなたたちがあそこにいたなんて」

パッチは立ち上がり、ドラゴンの野営地のほうを見た。五匹のグリフィンが黒煙の近くを舞っている。彼はあることに気づき、がくぜんとした。だれもレンを受けとめていない……。

足から力がぬけ、パッチはその場にへたりこんだ。が、そのとき彼らのほうに向かって飛んでくる小さな黒い影を目にし、はっとした。だれも彼女を受けとめる必要などなかったのだ。

レンはカラスに変身し、自分で城まで飛んできた。彼女はパッチの肩にとまると、彼といっしょにバルヴァーの無事を祈って待った。目の前の平原では、雇い兵たちがあわてて退却している。

「これはきみらがやったのか？」トビアスは目を丸くしてたずねた。「ドラゴンたちも？」

パッチはうなずいた。

「ぼくらが協力して」彼はそれだけ言った。まだ説明できるほど息が整っておらず、また、友の無事を確認するまでは話したくなかった。

爆発から数分たったころ、ついにバルヴァーがすがたを見せた。飛ぶのもやっとの状態で、ふらふらとティヴィスキャンの町はずれに着地すると、地面にくずれ落ち、そのままぴくりとも動かなかった。レンとグリフィンたちが急いで彼のもとに向かう。パッチが到着したときには、レンは人間のすがたにもどっていた。

バルヴァーの目はぴたりと閉じていた。ギャヴァリーは、彼をだきしめて泣いていた。体は息子よりずっと大きく、そのためバルヴァーがいっそうか弱く見えた。ほかのグリフィンたちは、がくぜんとしてバルヴァーを見つめていた。羽根がなく、むきだしになった皮膚から、まだけむりが立っているようだった。彼らは最悪の事態をおそれた。

パッチは手をのばし、火傷したバルヴァーの背中にふれた。彼の体は、痛ましいほど熱かった。

「バルヴァーが盾になってくれた」パッチはそう言って、レンをふり返った。「あれがなきゃ、ぼくらはふたりとも死んでた」

「彼の羽根が……」メルタは声をふるわせた。

「全部刈りとるように言われたんだ。そうすればドラゴンに見えるからって。それから野営地にしのびこんで、それで……」

パッチが言葉をつごうとしたそのとき、バルヴァーが目を開けた。彼は、レン、それからパッチを見て、弱々しくほほ笑んだ。

「やったな」バルヴァーはそう言って、父の顔を見上げた。「父さん、おれはちょっとここで休んでいくよ。体中が痛いんだ」彼は目を閉じ、ふたたび意識を失った。

ギャヴァリーは大きな翼で息子をすっぽりと包みこんだ。

「ケガの具合をみましょう」少しあいだをおいてメルタが言った。

ギャヴァリーは翼を広げ、パッチとレンはメルタの邪魔にならないよう後ろにさがった。少ししてメルタは、バルヴァーは骨折もしておらず、命にかかわる傷はないと告げた。

「目が覚めて動けるようになるまで、わたしたちがここで看病します」メルタがそう言うと、ギャヴァリーは感謝の意をこめてうなずいた。

パッチは町の中央広場に立つエルボ・モナシュの石像と、そのそばにある手押しポンプとたらいに目を留めた。バルヴァーの熱い体のことが頭をよぎる。「水だ」とつぶやき、彼はふらつく足で走りだした。とちゅうで道ばたに放置された桶を拾った。水が出るまで取っ手を十数回おさねばならなかったが、すぐに桶はいっぱいになり、急いでもどっていった。

「いい考えです」メルタはそう言うと、少しずつバルヴァーの体に水をかけた。

そこにはアリーアとトビアスもいた。

「クアラスタスがあらわれたのは、わたしたちにも見えたわ」アリーアは言った。「でも、なにが起きたのかまではわからなかった。その点、あなたたちはあそこにいた……なぜハーメルンの笛ふきは自分も死ぬようなまねをしたの？」

パッチはクアラスタスがハーメルンの笛ふきを刺し、その結果、足首に赤い枷がはめられたことを話した。

「出血がひどくて……おそらくハーメルンの笛ふきは死ぬ寸前だったと思う」

「あいつは勝利を手にすることができなかった」レンは言った。「でも、クアラスタスに勝たせるつもりもなかった」

メルタが水を使い切ると、パッチは空の桶を受けとり、ふたたび水をくみに行こうと石像のほうをふり返った。少しのあいだ、彼は雇い兵たちが野営していたティヴィスキャンの平原をながめた。雇い兵たちはすでに軍の体を成しておらず、ばらばらにその場から逃げていた。混乱のため、装備品や武器、馬も何頭か置きざりにしている。彼らはこの世で最も――言葉では言いあらわせないほどの――おそろしい怪物を見たと、これからも信じつづけるだろう。その正体が、六羽の、いくぶんみすぼらしい大き目の雄鶏といった感じの生き物だとも知らずに。

そう考えていて、パッチははっとした。

「そうだ！」彼はレンに言った。「コカトリス！」

レンは目を見開いた。ふたりは平原を見わたし、やがて数百メートル先にひざまずいて動かない数人の雇い兵たちを見つけた。コカトリスたちが狩りをはじめたとき、いちばん近くにいた者たちだ。同じようなグループがあと五つ――放したコカトリスの数だけあるはずだった。

その不運な者たちは、言葉にできないほどの恐怖にとらわれ、動けなくなっていた。これが長く続けば、やがて心臓が止まり、コカトリスたちの餌食になるだろう。戦いはすでに終わっている。雇い兵だからといって、見殺しにするわけにはいかなかった。

「クランバーとウィンテルを連れていくといい」パッチは言った。「きみがカラスに化けて行って。ぼくがいっしょだとおそくなるから」

「麻袋を持っていかないと」レンはそう言って、若い二匹のグリフィンたちをよびにいった。

「いったいどういうこと？」アリーアはパッチに言った。「待って……あなたコカトリスと言わなかった？」

パッチはほほ笑んだ。そして、彼の話を聞きたがっているのは、アリーアとトビアスだけではないと気づく。城からどんどん人が出てきて、たちまち話を待ちのぞむ人たちに囲まれた。

「怪物と玉ねぎさ」パッチは言った。人びとは困惑したが、待つしかなかった。「あとで説明するよ。いまはバルヴァーに水をくんできてあげないと」

「だれかほかの者に行かせるぞ、パッチ」トビアスは言った。

パッチは首をふった。

「ぼくがやりたいんだ。いいかな？」

彼は水をくみに行き、四回往復したところで、アリーアから休むように——そしてもちろん、みなが聞きたがっている話をするように言われた。レン、クランバー、ウィンテルが、六つの麻袋をかかえてもどってきたときには、パッチは自分たちの計画がいかにして成功したのかを話していた。

クアラスタスとハーメルンの笛ふきの最後の戦いの話には、全員がうっとりと耳をかたむけた。物語が終わると歓声が上がり、バルヴァーが目を覚ますと、さらに歓声が上がった。

パッチとレンはバルヴァーにかけより、三者はだきあった。そこに言葉は必要なかった。

午後になると、雲があたたかい陽の光をさえぎり、平原に冷たい風がふきはじめた。

アンデラスとアルケランは、爆発のあった周辺で、クアラスタスとハーメルンの笛ふきの痕跡を探した――死んだと決めつけるのは危険だと、アンデラスは思っていた。しかし、捜索の結果は望ましいものだったらしい。アリーアは、そのぞっとするような詳細を、パッチに話しはしなかったが。

ドラゴンと雇い兵はとっくにいなくなっていた。ハーメルンの笛ふきの軍隊のうち残っていたのは、コカトリスの術にかかった者たちと、恐怖に襲われながらもケガのため逃げられなかった者たちだけだった。彼らはきっちり城の地下牢に入れられた。

兵士と戦闘隊の笛ふきたちは、雇い兵とドラゴンの野営地に残された爆裂弾を集め、それを安全な場所まで運び、破壊した。その光景をひと目見ようと、ティヴィスキャン中からかと思われるほどの人びとが集まっていた。町のはずれに食料が運ばれ、肉やパンを焼くための火が焚(た)かれた。そうして祝宴(しゅくえん)がはじまった。

新たに球体が見つかり、破壊の準備(じゅんび)が整うたびに、角笛が鳴った。それからいっせいに火矢が放たれ、球体が爆発する。

パッチ、レン、そしてバルヴァーは、爆発のたびにとびあがったが、それでもみんなといっしょに歓声を上げ、拍手(はくしゅ)を送った。爆発は遠くで見るほうがずっといいね、とパッチは言った。雇い兵の野営地のいちばん遠いはしで、ひときわ大きな爆発があり、群衆(ぐんしゅう)から歓声が上がる。今回着火したのはアンデラスで、球体は色とりどりの火花を散らせて爆発した。

「いまのがこれまででいちばんね」レンは、食べかけの豚(ぶた)のかたまり肉を一口ほおばると、少し食べないかとバルヴァーに差しだした。バルヴァーは起きあがれるほどに回復(かいふく)していたが、なにも食べておらず、それがレンには心配だった。「お腹(なか)すいたでしょ?」

「あんまり」バルヴァーは言った。「だがのどがかわいた。水をもらえるとありがたい」

「くんでくるよ」パッチはほほ笑(え)み、空の桶(おけ)を持って中央広場に向かった。祝宴のため人びとは出はらい、町はしんとしていた。だれかが城の中庭を横切るのが見えた。ふたたび陽が差し、あたたかいにもかかわらず、頭巾(ずきん)つきのコートですっぽりと体をおおっている。

桶を満たしてもどるとちゅう、パッチは自分の将来のことを考えた。すぐにでも治癒曲(ちゆきょく)の訓練をはじめたかったが、その前に、だれかにマサーケンの守り人をまかせなければならない。彼はまずレンに声をかけるつもりだった。おそらく彼女は、アリーアのほうがふさわしいと言うだろう。だとしても、一度レンには確認するべきだ。

彼はレンとバルヴァーを見つけて手をふった。けれども彼らは気づかず、大声でよびかけても、まわりのさわがしさにかき消され、声はとどかなかった。

そのとき不思議なことが起こった。人びとは相変わらずしゃべっているのに、その声が消えていったのだ。パッチは立ち止まって桶を置き、両耳をぐいと引っぱった。爆発に巻きこまれて以来、ずっと耳鳴りがしていた。おそらくそのせいだろうと、彼は思った。ところが指をはじいてみると、その音ははっきりと聞こえた。

けげんに思いながらも、桶を持ち上げ、ふたたび歩きはじめた。レンとバルヴァーは、まちがいなく彼のほうを見ていた。パッチは手をふったが、彼らは手をふり返さなかった。

「どうしたんだろ」パッチはつぶやいた。その直後、なにかかたいものにぶつかり、鼻をおさえて後ろによろめいた。

最初、そこにはなにもないように思えた。が、よく見ると、かすかに大気がゆらめいている。手をのばすと、かたくゆるぎない、防御壁のようなものがあった。アリーア、トビアス、ドレヴィスがあわててかけつける。そのすぐ後ろにはレンとバルヴァー。兵士と笛ふきたちは一列になり、群衆にさがるよう指示している。

レンがなにか言っているが、声が聞こえない。〝後ろ〟彼女はメリサックスで伝えた。視線は彼の後方に向けられている。ほかの者たちも同じだ。パッチは、ゆっくり、後ろをふり返った。

半球状の防御壁が、数十メートルにわたり辺りをおおっている。中心はどうやらエルボ・モナシュの石像らしい。像のそばには、中庭で見た頭巾つきのコートの人物が立ち、奇妙なことをしていた。たらいから水をすくい、精巧な石の像に手をはわせている。

パッチは血の気が引くのを覚えた。頭巾が上げられ、顔があらわになる。それはパッチの知っている顔だった。それだけではなく、男の首元から黒いものがわずかにのぞき、きらきらと光っている。

ハーメルンの笛ふきの鎧だ。

第36章 生きていた男

「なんで？」パッチは、防御壁の向こうで心配そうに見ている者たちをふり返った。「なんで……」

〝そこを動かないで〟レンはメリサックスで伝えた。けれどもパッチは、気がつくと男のほうに向かって歩きだしていた。とまどいながらも怒りがこみあげた。近くまで行くと、手にしたままの桶を地面に置いた。

ハーメルンの笛ふきは石像から一歩しりぞき、コートをぬいで鎧をあらわにした。そのときはじめてパッチの気配を感じる――彼はぱっとふり向き、身がまえた。しかし、パッチを目にしたとたん、緊張を解いた。彼らは一度顔を合わせていたが、そのときパッチは鉄仮面をかぶっていた。ハーメルンの笛ふきにしてみれば、彼はただの少年だった。

黒騎士は注意もはらわず、また石像に向きなおった。

「おまえは死んだはずだ」パッチは言った。「あの爆発に巻きこまれて……」

「だが、こうしてここにいる」ハーメルンの笛ふきは言った。衰弱した様子で、顔は汗でぎらつき、片方の頰に血がべっとりついている。男はこぶしで像をこつこつとたたきはじめた。なにかしなければと思い、パッチはコートからゆっくりと笛を取りだした。けれども、笛を口に持っていこうとした瞬間、男がふり返った。

「わたしがおまえなら、止めておく」黒騎士は冷ややかに笑った。「ティヴィスキャンの訓練生ごときが、無知がゆえの勇気か！　すぐにでも殺してやりたいくらいだ」

「それがおまえのいう統治者ってやつか？」

ハーメルンの笛ふきの顔から笑みが消える。

「笛を捨てろ。そうすれば見のがしてやる」

パッチは動かず、反抗的な目で見つめ返した。ハーメルンの笛ふきは、口笛で攻撃曲を組み立てはじめた。

「わかった、わかった！」パッチはそう言って、笛を投げすてた。

けれどもハーメルンの笛ふきは曲を放った。パッチはたじろぎ、腕を上げて身を守ろうとした。しかし的は彼ではなかった。曲は捨てられた笛に命中し、笛が粉々にくだけ散った。

「わたしを試すなよ、小僧」ハーメルンの笛ふきはそう言って、石像から数歩はなれた。その動作はおそく、弱々しかった。男が痛みをこらえているのは明らかで、いまにもたおれそうな様子で、かすかに体をゆらしていた。

「おまえはもうじき死ぬ」パッチは言った。

「そうだ」ハーメルンの笛ふきは、憂いの表情をうかべて言った。「鎧の魔力がわたしを守ってくれるが、限界がある。クアラスタスですらその能力を完全には理解していなかった。この鎧は、爆発のように急激で強力な攻撃から身を守ることには長けている。しかし、ナイフの刃はゆっくりと深くつき刺さった。奇跡が起きなければ、わたしは一時間以内に死ぬだろう」それまでと打ってかわり、男は笑みをうかべた。「だが奇跡が起きるのはわかっている。爆発を生きのびられるとわかっていたように」

ハーメルンの笛ふきは、口笛で別の攻撃曲を組み立てはじめた。準備が整うと、石像に向かって曲を放ち、像を破壊した。

「この像はいつからここにあるのか？　数百年前か？」ハーメルンの笛ふきは台座に歩みより、石の破片をかきわけ、しばらくして手をひっこめた。その手のなかに、折りたたまれた布切れがあった。「見よ、奇跡だ！」彼は布をはがし、なかのものを取りだした——手のひらほどの大きさの、あらく削られた黄金色の宝石。それがルーン文字のきざまれた銀の枠におさまり、まわりには金属の突起が、方位を示す文字盤のように八方につきでている。

それは鎧の胸のくぼみと同じ形をしていた。

「ヴィヴィフィカンテム」パッチは言った。「〈命のあたえ主〉だ」

ハーメルンの笛ふきはおどろいてパッチを見た。

「その名を知っているのか?」

「鎧のことも全部知ってる。その石が鎧を完全にするってことも。そしておまえも結局は——傲慢で、残忍で、強欲な暴君だってこともだ」

ハーメルンの笛ふきは冷笑をうかべ、〈命の石〉を鎧の胸のくぼみにはめた。おしこむと、カチリと音がした。

「さらに言うと不死身だ。知ってて言わなかったのか?」

〈命の石〉は、最初ぼんやりと光り、やがてかがやきだした。胸から黄金色の光の線がのび、緻密な模様をえがきながら、ゆっくりと鎧をおおうようにして広がっていく。それでも、ハーメルンの笛ふきの呼吸はあらく、動きも慎重だった。

「おまえはまだ不死身じゃない」パッチは言った。

ハーメルンの笛ふきは感心してうなずいた。

「なかなか観察力があるな。たしかに石の力が鎧全体に行きわたるのを待たねばならない。だがそれが指先にまで達したとき、わたしは不死身となる」彼は防御壁の向こうの群衆を指さして笑った。「あれを見ろ!」

パッチはそちらを見た。アリーアが防御壁に向かって紫の閃光を放ち、アンデラスは緑の閃光を放っている。ふたつの閃光が防御壁の表面上部の一点で合わさり、直径三メートルほどのまばゆく光る部分ができている。

「魔法使いがふたりか……」ハーメルンの笛ふきは言った。「一点をねらって穴を開けようとしているようだが――成功したところで、そこを通る際に無力化され、戦うことなどできん」彼はにやりとした。「たとえ軍隊を送りこめたとしても、かかしの軍隊同然で役には立たん」

パッチはメリサックスで仲間たちに警告したが、防御の専門家であるアリーアが、それを知らないはずはなかった。

返事をしたのはレンだった。

〝すぐにそっちへ行くから〟メリサックスで彼女は伝えた。〝そいつの気をそらせて〟

パッチは瞬時に考えをめぐらし、ハーメルンの笛ふきに歩みよった。

「おまえはぼくの友だちを捕虜にした。鎧の一部をぬすんだ少女だ。おまえは彼女に、夢のなかで勝利を予言されたと言った」

「あの娘がおまえの友人？　ならば娘から聞いたことは真実だ。わたしはいつもそういう夢にめぐまれてきた。現にこの瞬間も――竜石の鎧をまとい、ヴィヴィフィカンテムの力がわたしの体をめぐるのも夢で見た。それも見てのとおり実現した。だからわたしには、自分は死なないことがわかっていた」

パッチは、グリフィンたちが防御壁の上空をぐるぐると旋回しているのに気づいた。

「だけど彼女に言わなかったこともある」

「なんのことだ？」

「彼女は、なぜハーメルンの町が選ばれたのか聞いたはずだ」

ハーメルンの笛ふきは笑い、うなずいた。

「それも予知夢のひとつだ。ある夢のなかで、わたしはハーメルンの子どもたちを見ていた。すると声が聞こえてきた。『そこでかけまわる子らを見よ。そのなかのひとりの男子が、この世でゆいいつおまえを打ち負かせる者。その子が消えれば、おまえの勝利は確実だ』と。目が覚めると同時に、わたしは悟った——ハーメルンの子どもをすべて消し去れば、何人もわたしを止められない。かくてハーメルンが選ばれ、わたしは用意した筋書きどおりに行動した——それは聞く者の想像力を刺激する物語だった。だから世界中に広まった」彼は鎧の腕の部分に広がる光の線を見た。「わたしはずっとそういう夢に救われてきた。そして予言のとおり、いま勝利が現実となった」

「だけどハーメルンの子どもはひとり生きてる。その子は足が不自由で、みんなについていけなかった」

「その子は脅威ではなかった」

「足が不自由なら無害だっていうのか?」小ばかにしたようにパッチは言った。

ハーメルンの笛ふきは笑った。

「わたしはそれほどばかではない。わたしの軍のなかにも、片方の腕や脚、目がなくても、ほかの者と同じように働ける戦士がたくさんいた。その子が予言の子でないと思った理由は別にある。おまえはわたしを悪魔だとでも思っているのだろう。正直、その子もいっそ殺してしまいたかった。だが、わたしはふみとどまった」

「そいつはご立派だな」

ハーメルンの笛ふきは、パッチの皮肉を笑った。

「口の利き方に気をつけろ、小僧。おまえがなにか言うたびに、おまえを殺したい欲求は増す。わたしは高い金をはらって町を見はらせた。ほかにも生きのびた子どもがいた場合にそなえて。だが、ほかにはいなかった」

上空ではグリフィンたちが旋回する速さが増し、アリーアとアンデラスが放つ閃光は、見ていて目がくらむほどだった。

「前にある人が予言について話してくれた」パッチは言った。「危険なもので、争いの種になりがちだと。予言は決して単純なものじゃない。ぼくは身をもってそれを学んだ」

ハーメルンの笛ふきは顔をしかめた。

「なにが言いたい？」

「どうしておまえはそんなに愚かなんだ」

しかめ面が怒りの形相に変わる。

「そんな口を利いて後悔するぞ」

すごい剣幕でにらまれ、口の中がからからにかわいたが、パッチは続けた。『気をそらせて』とレンは指示した。それがまさに彼がやろうとしていることだった。

「夢で見たのは本当に子どもたちだったのか？　気づいてないだけで、そこには親もいたんじゃないか？　もしかしたらその人は、不死身になる一瞬前に、おまえの目を射抜く矢をつくった鍛冶屋かもしれない」

ほんの一瞬、ハーメルンの笛ふきが不安の表情をうかべた。

「わたしは自分の夢の意味をわかっている！」

パッチは確信した。ハーメルンの笛ふきは、別の解釈を考えたことすらなかったのだと。

「考え方はいくらでもある。例えばこの桶に使われている木は、おまえが気づかなかっただれかが、ハーメルンの近くで切ったものかもしれない」

「ではその桶でわたしを殺してみろ」黒騎士はあざ笑った。「だが急いだほうがいいぞ。もうすぐ時間だ」彼は腕を上げ、手首を伝う金色の光を見せた。そのとき上空の動きに気づいた。パッチも空を見上げた。旋回するグリフィンたちの上から、なにかの影が急降下してくる。

ハーメルンの笛ふきは動じなかった。

「面白い。速度をつけて突破するつもりか」

次の瞬間、影は、防御壁のちょうどアリーアとアンデラスの閃光が交わる一点につっこんだ。そして糖蜜にでもぶつかったかのように止まった。けれど壁の光る部分が、溶けたガラスのようにふくらみ、ゆっくりと下に落ちてくる。

そこから火花が散るのを見て、ハーメルンの笛ふきは言った。

「これは痛い！　見ているのがつらいくらいだ」

ふくらみがどんどんのびてゆき、やがてぎしぎしと音を立ててやぶけた。影は防御壁をつきぬけ、パッチから十メートルほどはなれたところに落下した。防御壁の穴はすぐにふさがった。

パッチは、動かない影を見やり恐怖した。ギャヴァリーが、くすぶる体を丸くし、翼を不自然に体の前でたたんでいた。

上空の防御壁から最後の火花が散り、それがギャヴァリーの羽根をこがした。

ハーメルンの笛ふきは首をふり、パッチに向きなおった。黄金色の模様は、いまや指のつけねまで来ている。

「わたしはおまえの王となるのだ」彼は言った。「永遠に」

その背後で、ギャヴァリーが翼を広げる。翼の下からあらわれたのはバルヴァーだった。怒りに満ちた顔で、彼は口を開けた。なにか言うつもりかと、パッチは思った。

けれども口から出たのは炎だった。

ハーメルンの笛ふきの顔に恐怖の色がうかんだが、炎を浴びつづけるうちに、その恐怖も消えた。竜石の鎧はオレンジ色にかがやき、その下の男の皮膚もまた、禍々しく深紅にかがやいていた。男の、人間とは思えないその顔に、笑みが広がる。三十秒間、最大の火力を放射し、バルヴァーの炎はつき果てた。ドラコグリフは絶望したようにパッチを見た。

ハーメルンの笛ふきは手を上げた。オレンジ色にかがやく鎧の上に、白い線の模様が見える。模様はまだ指の半ばにあったが、彼を守るにはじゅうぶんだった。

男は笑いだした。ものすごい形相で、目がぎらぎらとしている。笑い声が、太く重く、雷鳴のようになる。その声は、悪意と勝利感の入りまじる、圧倒的なものだった。

なすすべもなく、パッチは後ずさり、足が水の入った桶に当たった。そのとき不意に、ウィンクレスが毎年行っていた授業のことを思い出した。彼女はガラスや水晶を熱し、ニスにまぜられるよう粉々にしていた。

それが彼に残されたすべてだった。パッチは桶をつかむと、ハーメルンの笛ふきに水を浴びせかけた。

蒸気が上がった。そして、熱したガラスを冷水につけたように、鎧はすさまじいいきおいでくだけ散った。

第37章 最後の息

竜石の破片がとび散る瞬間、バルヴァーは身をすくめた。破片のほとんどは、皮膚のかたいところに当たってはじかれたが、いくつかは翼をつらぬいていた。

ハーメルンの笛ふきはさけび声を上げ、地面にくずれ落ちた。バルヴァーはそばに歩みよった。鎧に竜石はほとんど残っておらず、熱でゆがんだ金属の骨組みが、檻のように男を包んでいた。鎧の保護が消えた瞬間、蓄積された炎のエネルギーが解放され、男は見分けがつかないほど黒焦げになっていた。

それでも彼はまだ生きていた。痛みと怒りで目を大きく見開き、さけび続けていた。

バルヴァーは男を見下ろし、思いがけずあわれみの情を覚えた。さけび声はしだいに消えていった。

ハーメルンの笛ふきはバルヴァーの顔を見上げた。

「わたしの夢……あの夢は……」

最後にぶるりと体をふるわせ、男はこときれた。

上空の大気が波打ち、作り手を失った防御壁が消えてゆく。

バルヴァーはパッチのほうを見た。パッチは五メートルほどはなれたところに立ち、桶のふちを持って目の前にかざしていた。そうしてとっさに身を守ろうとしたのだ。

桶の底には、十数個もの、黒く長い竜石の破片がつき刺さっていた。

パッチはバルヴァーを見て、ほほ笑んだ。桶が破片を止めていなければどうなっていたことか、とバルヴァーは思った。その矢先にはっとした。顔は桶で守られた。しかし体は?

パッチの腕がだらりと下がり、手から桶が落ちる。体に無数の黒いあとがあり、それが血のしみになって広がっていく——脚から胸へと。全身から出血しているようだった。パッチは恐怖に満ちた目で友を見た。

「バルヴァー……」

バルヴァーは瞬時にかけより、たおれかかるパッチを受けとめた。地面にねかせて、頭をだきかかえた。

「だれか!」バルヴァーはさけんだ。防御壁が消え、仲間たちがかけてくる。「だれか助けてくれ!」

最初にたどりついたのは、アリーアとレンだった。レンは息をのんだ。パッチのそばにひざをつき、彼の手を取った。パッチの呼吸は浅く、速かった。彼はレンを見て、それからバルヴァーを見た。口が開いたり閉じたりし、くちびるがふるえた。

「死んじゃだめ、パッチ！」レンは、彼の体に刺さった黒い破片と、そこから流れ出る大量の血を見つめた。そしてアリーアを見た。「お願い……」と彼女は言った。けれどもアリーアの目に希望の色はなく、あるのは無力感だけだった。

トビアスを見やると、彼はわずかに首をふった。顔は青ざめ、目はぬれていた。

それからレンはアンデラスを——心臓をとられても生きていた魔法使いをふり返った。けれどアンデラスは、彼女の目を見ようとはしなかった。

「お願い……」レンはもう一度言った。

バルヴァーは悲痛なうめき声を上げた。なみだが流れた。

「なにもできないのか」彼はさけんだ。「なにもできないのか！　そうだヘルスターホッグ！だれかヘルスターホッグを——」

ランデル・ストーンが、バルヴァーの肩に手を置く。

「バルヴァー……」ランデルは言った。彼もなみだを流していた。〈冷徹なる正義〉といわれた男が。その彼のとなりで、アーナーが苦悶の表情をうかべている。

そして、バルヴァーもレンも、やがて現実を思い知る。パッチの傷は致命傷で、すでに手のほどこしようがないことを。彼らにできるのは、死にゆく友をなぐさめることくらいだった。

パッチは一瞬体をこわばらせ、ぐったりとした。目が閉じ、呼吸が弱くなり、頭が一方にかたむく。

彼は静かに息を引きとろうとしていた。

バルヴァーはさけびたかった。空に飛びたち、こんな仕打ちをした神だか神々だかに、怒りをぶつけたかった。けれどもレンの取り乱した表情を見ると、彼は片手で彼女の肩をだいた。彼らは、悲しみにふるえながらだきあっていた。

するとだれかの声が聞こえてきた。

「どいてくれ。道を空けてくれ！」

バルヴァーとレンは顔を上げた。人だかりが左右に割れ、そこから羽根のこげたグリフィンが、足を引きずりながらあらわれた。バルヴァーの父だ。

ギャヴァリーはバルヴァーの肩に手を置いた。

「父さん……」バルヴァーは言った。「おれは……」

「息子よ」ギャヴァリーは手をのばし、バルヴァーのなみだをぬぐった。「ひとつだけ方法がある」

第38章 最後の希望

「うまくいくと思う?」意見をぶつけあう三匹のグリフィンたちを見ながら、レンはささやいた。

「正直わからん……」バルヴァーは言った。ハーメルンの笛ふきの防御壁を突破する前、アリーアは、バルヴァーが父の翼の下にかくれる策を話した。彼女は自信たっぷりの様子だった。のちに、うまくいく可能性はかなり低かったと白状したが。それでもバルヴァーは、彼女を信用しきっていた。

そして彼の父もまた、同じように自信ありげだった。しかし、バルヴァーには父の言うことがいまいち信じられなかった。

ほかの者たちがパッチのまわりをかたづけるあいだ、トビアスは『最後の希望』を演奏した。治癒曲で最もむずかしいとされる曲で、その効果は体のすべての機能をにぶくし、心臓も呼吸もほとんど止まった冬眠状態にする。

ほかに助かる手段がある場合にのみ、時間かせぎとして使用される曲だ。

ひとつだけ方法がある、とギャヴァリーは言った。しかし、その意図を聞いたとき、バルヴァーはほかの大人のグリフィンたち――アルケランとメルタ――が、すぐに反対すると思った。ギャヴァリーは長いあいだ、だれとも会わずに生きてきた。マサーケンで話したときも、ときどき意味の分からないことを口にしていた……だから今回のことも、そういう幻想のひとつだと思った。

けれどもグリフィンたちは反対しなかった。それどころか、トビアスに時間をかせぐようたのみ、三匹で少しはなれたところへ行って話しはじめた。話し合いはときに熱を帯びた。

ギャヴァリーの言う方法とは、アルケランとアンデラスを結びつけた古の魔法――《同化》を使うことだった。それはグリフィンと人間のあいだでのみ成立する。そのおかげで、アンデラスは心臓をとられても生きていたし、アルケランは網で引き上げられるまで水中で生きていた。

パッチと《同化》する相手は、ギャヴァリーが引きうけていた。しかし、いまグリフィンたちが議論しているのは単純なことだった。

《同化》するにしても、すでに手おくれではないか？

ついに彼らは、まるで死体のようなパッチと、そのそばにいる者たちのところへもどってきた。

「ギャヴァリーの提案について話し合いました」メルタは言った。「非常に危険ではありますが、おそらく可能です」彼女は身ぶりでギャヴァリーに続けるよう示した。

「人間とグリフィンの《同化》は、謎に包まれた魔法だ。その核となる条件はひとつ——おたがいが自分の命を相手にあずけること。それができなければ《同化》は失敗する。そして失敗すれば、両者ともに命を失う。試みる者がめったにいないのはそのためだ」

「だけどパッチは死にかけてる」バルヴァーは声をつまらせた。「意識もないんだぞ。そんな状態でうまくいくのか……」

「うまくいくとは断言できない。前例があるかどうかもわからん。だが危険は承知の上だ」

「それならおれがやる」

「《同化》は人間とグリフィンのあいだでしか成立しない。それが大前提だ」ギャヴァリーは息子の手を取った。「おまえの友人は生きるに値する。そして父さんは彼を救えると信じている。できるならおまえが代わりをつとめていた。わかってる、バルヴァー。でも、ここは父さんにまかせてくれ。あの島につながれていたあいだ、ずっと考えていたんだ。おまえが父さんにとってどれほど大切な存在か、ただそれを示す機会がほしいと」

「死ぬかもしれないんだぞ」

「命を捨てるかくごはできている。おまえの友人も同じ気持ちなら、きっと《同化》は成功する。どうだ？　友人の父とはいえ、彼にとってわたしは知らない者も同然。そんな者のために、彼は自分の命を投げだすだろうか？」

バルヴァーは、動かないパッチを見て、それからレンのほうを向いた。彼女が弱々しくほほ笑むと、バルヴァーもほほ笑み返した。

「ああ。こいつはきっとそうする」

「それならおそれることはない」


アルケランはアンデラスと結びつく際、《同化》についていろいろと調べていた。そのためだれよりもその儀式についてくわしく、彼が準備をになうことになった。

アンデラスとアリーアは森にさまざまな枝を集めに行き、その枝を編んで屋根のようなおおいをつくりはじめた。ギャヴァリーはパッチと頭をとなり合わせにして横になった。

「あれらの枝を、われわれグリフィンは〈四つの番人〉とよんでいる」アルケランは言った。「ナナカマド、ニワトコ、サンザシ、そしてハシバミだ。おおいは、《同化》する人間とグリフィンがぴったりおさまる大きさでなければならない」

バルヴァーはパッチを見た。胸がしめつけられる思いがした。『最後の希望』をほどこされ、パッチの体は死の静けさを帯びていた。胸から脚まであちこちに刺さった竜石の黒い破片は、《同化》がすむまでは危険だとトビアスが言うので、とりのぞかれていない。そのすがたは見るにたえなかった。

おおいの準備ができると、アルケランは植物の束に火をつけ、それをパッチとギャヴァリーのあいだの地面に置き、彼らにおおいをかぶせた。ひざまずき、一方の手をギャヴァリーの頭に、もう一方の手をパッチの頭に置く。そしてぶつぶつとなにかを唱えはじめた。おおいの中にけむりが満ち、細かく編まれた枝のあいだからけむりがもれ出る。

時間が流れた。二分。十分。

おおいが取りのけられると、バルヴァーは息をのんだ。

「呼吸(こきゅう)が止まってる！」彼は父を指さしてさけんだ。かけよろうとする彼を、アルケランとメルタが止めた。

「バルヴァー、待て！」アルケランは言った。「待つんだ。こうなることはわかっていた。ギャヴァリーと少年の体が波長を合わせているんだ」

取(と)り乱(みだ)しながらも、バルヴァーはその場にとどまり、行方(ゆくえ)を見守った。永遠(えいえん)とも思える時間のあと、ほとんどわからないほどゆっくりと、父の胸がふくらんだ。

それと同時に、おどろくべきことが起こった。パッチの体からつき出た、おぞましい竜石の黒い破片が、とつぜん地面の草の上にぽろりと落ちた。

アンデラスは破片を拾うと、パッチのズボンに開いた穴(あな)を指で広げた。皮膚(ひふ)に傷(きず)はなかった。破片を見ると、一方のはしが平たくなめらかだった。それは単にパッチの体からぬけ落ちたというより、むしろ肉に刺さった部分が溶けてなくなったかのようだった。

「面白い」アンデラスは興味深げに言った。

アリーアはパッチのチュニックをやぶり、胴体をむきだしにした——そこにも傷はまったくなかった。竜石の破片を拾うと、それもやはり一方のはしが平らだった。彼女は眉をよせ、アンデラスと顔を見合わせた。

「これってつまり……」アリーアが言いかけると、レンが声を上げて指をさした。

「息をしてる！」レンは言った。目になみだがあふれた。「パッチが息をしてるわ！」

第39章　消滅

パッチとギャヴァリーが目を覚ましたのは、一週間後だった。

彼らは、城の西棟にある小さな集会所に運ばれていた。いまはそこが臨時の診療所になっていた。

レンとバルヴァーは、ほとんどの時間をそこで患者たちの経過を見てすごした。パッチもギャヴァリーも、ゆっくりとだが確実に回復していた。

やがてギャヴァリーが目を覚まし、その晩、バルヴァーはおそくまで父と語り合った。そしてレンが食堂で朝食をとっていると、アリーアがやってきて、パッチが目を覚ましたと告げた。

「あなたとバルヴァーに会いたいそうよ」アリーアは言った。「といってもバルヴァーはとなりでねてたから、起こさないようにあなたをよんできてほしいって」

レンが急いで診療所へ行くと、ねむっているギャヴァリーのとなりで、バルヴァーがいびきをかいていた。

パッチは急ごしらえのベッドの上に体を起こしてすわっていた。レンもそこにすわり、長いあいだ彼をだきしめた。

「ちゃんとねむれたみたいね」レンは言った。「心配したのよ、悪夢に苦しんでるんじゃないかって」

「幸い、いい夢ばかりだったよ」パッチは言った。「なかでも、ほほ笑む母さんを見上げる夢。それが母さんとのゆいいつの思い出なんだ。その夢を見るといつも幸せな気分になる」

しばらく彼らはたあいのないことを話していたが、やがてハーメルンの笛ふきの話になり、パッチが死のふちから生還した話になった。

「アリーアに聞いたよ、バルヴァーのお父さんがしてくれたこと。いろいろありすぎて一度には飲みこめない。バルヴァーは平気？」

「ええ。それにしてもすごい一日だったわ。一生わすれないわよ！」

「黒騎士は死んだ。いまだに信じられないよ。ハーメルンの笛ふきがもういないなんて。そしてクアラスタスも……。死んだと思いたい」

「死んでるわよ。アンデラスが手枷といっしょに、なんていうか、体の部位を見つけたから。アリーアもまちがいないって。くわしいことは教えてくれなかったけど」

「ハーメルンの笛ふきがいない世界。もう世間の人たちは知ってるのかな？」

「もちろん。数週間はお祝いが続くでしょうね。それより、あなたもあいつと話したのよね……バルヴァーとお父さんが防御壁をやぶる前。あたしたちには聞こえなかったわ。いったいなにを話したの？」

パッチはちょっと考えて、顔をしかめた。

「どうだったかな。きみの指示どおり、あいつの気をそらそうとして……でもなにを話したのかあまり覚えてなくて」

「それもしかたないわ。まだ目を覚ましたばかりだし。そのうち思い出すわよ」

パッチはうなずいたが、とつぜんはっとして目を見開いた。

「あいつがきみに話した夢。ぼくはそのことを聞いたんだ。それは予知夢だとあいつは言った。この世に自分を打ち負かすことのできるものがひとつだけある……それがハーメルンを選んだ理由だって」

「それで」レンは急かすように言った。「あいつはそれがなにか言ったの？」

「うん。あいつは夢でハーメルンの子どもたちを見た。そして声を聞いたんだ。その子どもたちのなかにひとり、おまえを打ち負かすことができる者がいると。だからあいつはあの町をねらった。自分の邪魔になるのは、ハーメルンの子どもたちのうちのだれかだ。それで町にいる子どもをすべて消すことにした」

レンは眉をひそめた。

「そんな夢のために町の子どもたちをみんな消したっていうの？　虫唾が走るわ」

「ぼくはあいつに言ったんだ。夢にはいろんな解釈があるって。気づかなかっただけで、そこには親もいたんじゃないか。その人はあいつを射抜く矢をつくった人かもしれないし、あるいは、ぼくの足元にあった桶の木を切った……」パッチは目を見開いた。「まさかあの桶が？　いや、ばかげてる。そんなのありえない……だよね？」

「ええ。その気になれば、どんなふうに考えることだってできるもの。夢は夢でしかないってことよ、パッチ」そのとき不意にあることがレンの頭をよぎる。「あなた、プレーズ・バイ・デステンで育ったのよね？」

「うん。おじいちゃんとおばあちゃんといっしょに、二歳のころから」

「その前は？」

「両親といっしょに近くに住んでたよ。ぼくがその辺をはなれたのは、ティヴィスキャンに入学したときがはじめてだから」パッチはいぶかしげにレンを見た。「なんでそんなこと聞くの？」

「ちょっと気になっただけ。ひょっとしたら……って」

パッチは力なく笑った。

「ぼくはハーメルンの子どもじゃないよ、レン。きみの言うとおり夢は夢でしかないってことさ」

診療所を出ると、ふたたび夢のことがレンの頭をよぎった。パッチの言った桶の解釈はたしかに無茶だったが、なにか心に引っかかるものがあった。ハーメルンの笛ふきの夢は、その多くが実現している。夢で見たとおり、彼は竜石の鎧をまとい、胸には〈命の石〉があった……。

必ず子どもたちの夢にも意味があるはずだ。

彼女はランデル・ストーンを探した。ばくぜんとした疑問だが、それを彼に聞きたかった。中庭を横切るランデルを見つけると、彼女はそちらにかけていった。

「ヴィルトゥス・ストーン！」

「レン」ランデルは言った。「なにか用かな？」

「ずっと気になってたことがあるの。あなたがパターフォールのネズミたちに使った曲のことで」

「『消滅』がどうした？」

「その曲はハーメルンの笛ふきが子どもたちに使った曲でもあるんでしょ？」

ランデルはとたんに顔をくもらせた。

「そうだ」

「なぜそんな曲をパターフォールで？　あなたは子どもたちを連れもどすとハーメルンの人たちに約束した。だけど子どもたちはさらわれたんじゃなく、『消滅』を使って消されていたことがわかった」ランデルの顔にはっきりと苦悶の色がうかび、レンは気がとがめた。けれども聞かねばならなかった。「ネズミたちに『消滅』を使って……いやな記憶がよみがえったりしなかったの？　なぜほかの曲を使わなかったの？」

ランデルはゆっくりとうなずいた。

「『消滅』は処刑の曲。その効果は、想像するだけでだれもが恐怖をいだくものだ——標的となった者の身体は、最小単位にまで分解され、空のかなたへふきとぶ」

「残酷ね」

「ああ。だがほかの処刑とくらべてどうだろうか。『消滅』は一瞬のことで、痛みはないのだ。パターフォール以前にも、何度かこの曲を使ったことがある——一度はジュニパー岬の近くの森で、ケガをしたキツネを死なせたときだ。苦痛はなく、一瞬だった」

「じゃあネズミたちにも慈悲のつもりで？」

「それだけではない。なぜハーメルンの子どもたちのことを思い出させる曲をわざわざ使ったのかとたずねたな？　思い出させるからこそ使ったのだ。子どもたちを連れもどすという約束を、わたしは守れなかった。だとしても、せめてその子らのことを決してわすれまいと誓った」ランデルはけげんな顔をしてレンを見た。「なぜこんな質問を？　なにか気になることでもあるのか？」

「パターフォールのネズミたちのことをよく知ってるの。あたしもそのうちの一匹――彼らのリーダーだったから。だけどあたしは彼らを破滅へとみちびいてしまい、それからずっと罪悪感にさいなまれてる。たまたま見かけたネズミが、知り合いのネズミに見えたりもしたわ。パターフォールのネズミの亡霊ね。最初に見たのは、海賊の館へアーナーを助けに行ったとき。その次はスカモスの下水路だった」

「罪悪感とは強力なものだ、レン。そのせいで、よくにたネズミが知り合いのネズミに見えたのだろう」

「そうかもしれない。でも、もし本当に彼らを見たのだとしたら？『消滅』は標的を最小単位にまで分解して、空のかなたにふきとばすのよね？ だけどネズミの群れの最小単位はネズミよ。もしあれが本当にパターフォールのネズミだったとしたら、それと同じように……」レンは言葉を切った。自分の考えがありえないことに思え、口に出せなかった。

けれどランデル・ストーンが目を見開くのを見て、彼の頭にもそのありえない考えがうかんだのがわかった。

パッチとギャヴァリーが回復すると、ウィンテルとクランバーは住処へもどることにし、アンデラスとアルケランもお別れを言って自分たちの城へ帰っていった。

メルタは、ギャヴァリーが外の生活に慣れるまでつきそうことにした。彼らは、ティヴィスキャンのあわただしさや、城壁や主塔を修理する音からのがれ、数日間、旅をするとのことだった。

けれども、レンは彼らの旅の本当の目的を知っていた。三日後、彼女はパッチの部屋のドアをノックした。彼もレンと同様に、笛ふきの居住区にある一室をあてがわれていた。

「やあ、レン」パッチはドアを開けると言った。「食堂へ食べ物をとりに行くけど、お腹すいてない？」

「実は、あたしたちあなたに話があって」レンは言った。

「あたしたち？」パッチは戸口から顔をつき出した。せまい廊下に、ランデル、アーナー、アリーア、そしてトビアスのすがたがあった。「なにかあったの？」

「気になって調べたことがあるの」レンは、自分が見たネズミの亡霊が、実は亡霊ではなかったこと、それが『消滅』にとってなにを意味するのかをパッチに話した。

「つまり、パターフォールのネズミたちが死んでないってこと？」パッチは言った。「ただ遠くに飛ばされただけで？」

「それもちょっとちがうの。アリーアがくわしく調べてくれたわ」

「ええ、ウィンクレス評議員に協力してもらって」アリーアは言った。「『消滅』は、標的を最小単位にまで分解する。それがこの曲の効果であり、理論上、標的は塵同然になってふきとぶ。ウィンクレス評議員が慎重に調べた結果、曲の効果はそれでほぼまちがいないそうよ。たとえそれがネズミの群れであっても」

「ほぼ？」パッチは言った。

「数千匹いたネズミのうち、何十匹かは生きのびた可能性があるの。おそらく彼らは無傷のまま飛ばされ、気がつくと知らない場所にいた」

「へえ、面白いね。でも……」パッチはそこにいる者たちの顔を見回し、けげんな顔をした。

「それがなんなの？」

アリーアはランデルを見てうなずいた。ランデルは廊下の奥に向かってさけんだ。

「ふたりをお通ししてくれ！」

「ふたり？」パッチは困惑した。

「メルタとギャヴァリーは、ただティヴィスキャンをはなれてたわけじゃないの」レンは言った。

「プレーズ・バイ・デステンにある、あなたの家に行ってたのよ。ランデル・ストーンといっしょに」

「ぼくの家？　じゃあふたりっていうのは……」パッチは笑みをこぼし、廊下にとび出た。そこには、歩いてくる祖父と祖母のすがたがあった。彼らに会うのはおよそ二年ぶりだった。パッチはかけより、相手がまごつくまで、ふたりをだきしめた。「話したいことがたくさんあるんだ！」彼は言った。ふたりは不安そうな顔をしていた。「どうかしたの？」

「おこらないでおくれよ」祖母は言った。

祖父と祖母は、確認するかのようにちらりとランデルを見た。

「話してください」ランデルは言った。

祖父母はうなずいた。

「パッチ、わたしらはおまえを愛している」祖父は言った。「これまでもずっとそうだったし、これからもずっとそうだ」

祖母は深いため息をつき、話しはじめた。

「娘とその夫がサザン・プレーズの地すべりで死んで、一カ月くらいしたころだったわ」パッチは、祖母がそんなふうに父と母のことを話すのを奇妙に思った。「家の近くの森で、迷子になっている小さな男の子を見つけたの。二歳くらいだったわ。わたしたちは村の人たちに言って、あなたのご両親を探してもらった。だけど……」

「ぼくの両親？　ぼくが……ぼくがその子だっていうの？」

「だれもおまえがどこから来たのか知らなかった」祖父は言った。「だれの子なのかも。おまえは長いあいだものを言わず、話すようになっても、なにがあったのか覚えていないようだった」

「うそだ……」

「あなたにはいっさい話さなかったの」祖母は言った。「むだに混乱させたくなかったし。でもいまは……」

「いまは？」パッチは声を荒らげた。「いまはなんなのさ！」

レンがとなりに来て、パッチの手をにぎった。

「あなたが見つかったのは、ハーメルンの子どもたちが消えた翌日なの。わかるでしょ、パッチ。百三十人の子どもが『消滅』の犠牲になった。でも、その全員が塵になったわけじゃないの」

パッチは首をふった。目になみだがあふれた。

「わけがわからない……」パッチは錯乱し、廊下の壁がせまってくるように感じた。彼はレンの手をふりほどくと、祖父母の前から消えようと、アリーアとトビアスをおしのけた。

ランデルはパッチの腕をつかむと、しゃがみこみ、彼の目を見て言った。

「パッチ・ブライトウォーター！」その声のきびしさに、パッチははっとわれに返った。ランデルは、打ってかわって思いやりのある、おだやかな口調で続けた。「ハーメルンの笛ふきの夢は真実だった。やつは夢のなかで、ハーメルンの子どもが自分を打ち負かすと予言された。それはまやかしではなかった。おまえが、そのハーメルンの子どもだったのだ」

第40章 ハーメルンの町

ランデル・ストーンがハーメルンの通りを歩いていく。パッチは町の人びとから、ヴィルトゥスへの尊敬の念を感じた。しかし、彼を見る人びとの目は、悲しげでもあった。

彼らをそこまで運んだのはメルタとバルヴァーだった。ギャヴァリーは、プレーズ・バイ・デステンとティヴィスキャンとの往復で、つかれはてていた。バルヴァーの羽根は、生えそろうまで数カ月かかりそうだったが、高度を上げないかぎり、飛ぶのにそれほど影響はなかった。

パッチ、レン、アーナーはバルヴァーにのり、パッチの祖父母は、ランデルといっしょにメルタにのってきた。メルタは、個人的な問題に立ち入らないよう町の壁の外で待つと言い、バルヴァーも彼女といっしょに待つことにした。

「気にすることないよ」パッチは言った。「むしろいっしょにいてほしい」

けれどバルヴァーはかたくなにことわった。

「いや、おれがいっしょだと町の人たちがおどろく。またあとで会おう」

市民たちの何人かがランデルに向かってうなずき、ランデルもうなずき返したが、彼に近づいてくる者はなかった。

「毎年、あるいは二年に一度、ここをおとずれるようにしている。人びとはわたしが悼む気持ちをくみ、放っておいてくれる」ランデルはパッチをふり返った。「なにか見覚えは?」

「なにも」パッチはいまだに信じられなかった。

「ハーメルンの笛ふきの物語には、決まって足の不自由な男の子が出てくる。ほかの子どもたちについていくことができなかったため、生き残った子だ。しかし、その話には真実でないところがある。引きさかれた家族を守るため、われわれが少し手を加えたのだ」通りの先に花屋があり、店先で金色の髪の女性が、小さな台車にチューリップの束をかざっている。ランデルは彼女を見てほほ笑み、話を続けた。「生き残ったのは、実は十一歳の少女だった。足も不自由ではない。彼女も、おどる子どもたちといっしょにコッペンの丘に向かっていた。しかし、とちゅうで足をくじき、ほかの子たちについていけなくなった」

女性は彼らに気づいていなかったが、パッチは彼女の顔を見たとたん、母を思い出した。何度も夢で見てきた母。けれども、彼女は彼の母というには明らかに若すぎた。まだ二十歳かそこらだ。

「エネリン」そばまで行くとランデルは声をかけた。その名を聞き、パッチはなぜかなつかしさを覚えた。彼女はいぶかしげにランデルを見て、パッチを見た。ランデルに目をもどし、もう一度パッチを見る。そして息をのんだ。手にした花束を落とし、口元をおさえた。目になみだがあふれた。パッチの目にも。なぜなら、彼はようやく理解したのだ。

夢で何度も見た女性。それは母ではなかった。

エネリンがパッチをだきしめると、ランデルは声を落として話を続けた。

「それからというもの少女は、かわいそうに、罪悪感にさいなまれつづけた。彼女は弟といっしょだったのだ。まだ二歳足らずの、彼女の宝物といえる弟。その弟をハーメルンの笛ふきの手から守ることができなかった」

レンはエネリンとパッチを見やった。ふたりはだきあって泣いていた。レンの目にもなみだがあふれ、彼らのすがたがぼやけた。

「わたしは彼女に約束した」ランデルは言った。「弟を連れもどすため、できるかぎりのことをすると。そう約束したのだ」感情が高ぶり、彼の声はふるえた。

その様子を通りぞいで見ていた市民たちは、ランデル・ストーンの約束がついに果たされたことを知った。

ここにひとり、ハーメルンの子どもがもどったのだ。

バルヴァー、レン、アーナーは、パッチといっしょにヴェーザー川のほとりに腰を下し、土手の近くを泳ぐカモをながめながら、夕暮れのひとときを楽しんでいた。

パッチはへとへとだった。彼にとって長く感情的な一日だった。姉と両親に会いながらも、もし彼らに好かれなかったら、あるいは彼らを好きになれなかったらと、緊張しどおしだった。生まれたときの名前——ヤーコプ——とよばれるのは、とても不思議な感じがした。姉はそんな彼を気づかい、パッチとよぶようにしていた。しかしふたつの名でよばれることにも、いずれ慣れるだろう。

彼の祖父母もまた不安だった。本当の家族があらわれ、パッチはもう彼らを必要としないのではないかと。しかし、結局それはとりこし苦労で、彼らはささいなことから重要なことまで、笑顔で話し合うことができた。

けれども、自分の身に起こった一連の出来事を整理するため、パッチは少しのあいだ彼らのそばをはなれる必要があった。そこで彼はレンとバルヴァーとアーナーを探し、いっしょに町の壁の外にある川辺へ向かったのだった。

「ほかにもいると思う?」レンはそう言って、持ってきたパンのかけらをカモに放ってやった。「『消滅』から生きのびた子」

「可能性はあるよ」アーナーは言った。「ハーメルンの事件の翌日、どこからともなくあらわれた子がほかにもいるかもしれない。当時まだ小さくて話せなかったり、記憶がなかったりするかもしれないけど。とにかく先生は探しにいくって。あの様子だと、かなり希望はあるみたいだ」

「なんだか不思議な気持ちよね、また希望を持てるって。ハーメルンの笛ふきはもういない。おびえることなく、未来のことを考えられるのよ」

「おまえはこの先どうするんだ、レン？」バルヴァーは言った。「すぐにアリーアに弟子入りするのか？」

「すぐにじゃないわ。アリーアはマサーケンの守り人になるかどうか考えてるの」レンはパッチに向かってうなずき、ほほ笑んだ。パッチはハーメルンに来る前、守り人になる気はないかとレンにたずねた。しかし彼の予想どおり、彼女はことわった。島をおとずれるのは面白そうだったが、その主となることにはさして興味がなかった。「でも彼女は、すぐにジェムスパーであたしの修行をはじめたいとも思ってて。あたしの準備ができしだいってことだから、一度家に帰ってしばらく両親とすごすことにするわ」彼女は夕日を浴びて草の上にねそべった。「あといろんなものに変身できるようにもなりたいわね……あなたはどうするの、バルヴァー？」

「父さんが旅の計画を立ててる。なにかあっちゃこまるし、おれもついていくよ。それからケルナのところへも行きたいな」バルヴァーは、おじとおばから手紙を受けとっていた。彼らはスカモスの避難民とともに東の海の無人島に移り住み、ふたたびドラゴンと人間が共存する場所をきずこうとしていた。「おじとおばにカスターカンの話をするのが楽しみだよ。やつが投石機に火を放つすがたときたら、傑作だったからな！」

「ドラゴンたちについてなにか聞いてる？」パッチはたずねた。

「うわさは耳にした。カスターカンは神々の怒りにふれたと思われ、一気に支持を失った。今後、三首領が復権する可能性もあるだろう。おそらくカスターカンがやったことはすべて見直され、ふたたびスカモスで人間とドラゴンが共存できるようになるはずだ。もっとも、単なる希望的観測なのかもしれんが……」

「それくらいの希望は持っていいんじゃない、バルヴァー」レンは言った。「アーナー、あなたはどうするの？」

「ティヴィスキャンにもどりしだい、ヴィルトゥス・ストーンはぼくとの師弟関係を解消する」アーナーは言った。それを聞いてバルヴァーは腹を立てたが、アーナーはほほ笑んだ。「昇進ってことだよ。もう見習いじゃなく、正式な守護隊士になるんだ！　きみももどるんだろ、パッチ？　またティヴィスキャンで修業するために」

　パッチの答えは友人たちをおどろかせた。

「いや、もどらない」彼はためらいがちに言った。「なんていうか……ぼくはもう笛を使えないんだ」

全員が彼を見つめた。

「なんだと?」バルヴァーは言った。

「ぼくは笛の力を失った。診療所で目を覚ましたとき、なにかおかしな気はしたんだ。そのときなんとなくわかったよ。アリーアが言うには、心に傷を負って笛の力を失うこともあるみたい。死にかけたくらいだし、そうなっても不思議じゃないよね……」

「どうしてだまってたんだ」アーナーは言った。

「そんなに重要なことじゃないと思って。ほかのことにくらべたら。でも、正直いまはとまどってる」

「また使えるようになるのよね?」レンはうろたえた。

「どうやらだめらしい。力自体が消えてしまったんだ。魔法使いが魔力を失うみたいに。アリーアに言ったらおどろいてた。彼女はランデル・ストーンをよんできて、ぼくにいろんな曲を演奏させた。いままでも習ったことは全部覚えてるけど、いまのぼくが演奏する曲は、ただの音でしかない。そこにもう魔力はないんだ」

「どうするんだ」バルヴァーは言った。

「いまからでもマサーケンの守り人になれるわ。あなたが望むなら」レンは言った。

パッチは悲しげにため息をついた。

「きみもわかってるはずだよ、レン。守り人にいちばんふさわしいのはアリーアだ。ぼくはティヴィスキャンをとびだして旅の楽団にいたときのことを思い返してた。あれも悪くない人生だった。だから音楽家になろうと思うんだ。少なくともそうすれば音楽にふれていられるし。音楽のない人生なんて考えられないから」彼はポケットから笛を出し、指穴に指をはわせた。

「待って」アーナーは言った。「それって先生の笛かい？」

パッチはうなずいた。

「記念に持っててほしいって。ランデル・ストーンは、弱った右手でも演奏できる笛を新たにつくるそうだよ」彼は顔をしかめた。「アリーアとランデル・ストーンも変だよね。何度もぼくに笛を演奏させたりして。魔力がないのは明らかなのに。ふたりとも信じようとしないっていうか、アリーアなんて、ぼくの笛の力が強くなってると思ってたみたいなんだ」

レンの頭にある光景がうかぶ。パッチの体にささった竜石の破片は、まるで吸収されたかのように溶けてなくなっていた。あのときのアリーアの顔を思い返し、彼女がなにか特別なことを期待した理由がわかった。たしかに、あれだけの竜石がなんの影響も残さず消えてしまうはずがない。

「ねえ、試してみない？　万が一ってこともあるでしょ。あそこのカモたちに向けてなにか演奏してみてよ。『舞踏』なんてどう？」

パッチはたしなめるように眉を上げた。

「なにも起こらないよ。笛の力なしじゃ、きみやぼくのおじいちゃんおばあちゃんが演奏するのと変わらない。それに『舞踏』が禁じられた曲だってことわすれたの？」

「もう笛ふきじゃないんだし、かまわんだろう」バルヴァーは言った。

「それもそうか。でも『舞踏』はぼくを牢獄送りにした曲だからね。どうせなら楽しい思い出のある曲がいい。レン、この曲を覚えてる？」

そうして、パッチ・ブライトウォーターは演奏をはじめた。

レンはすぐにその曲がなにかわかった。マーホイール修道院で、パッチが自らけずりニスをぬった笛で演奏した曲。『高揚』だ。その明るく陽気な調べは、曲に合わせて動く小さなアリたちを、彼女に思い出させた。

おそらくレンは奇跡を期待していたのだろう——パッチの笛の力が以前にも増して強力になり、もどってくることを。けれどもそうはならなかった。発した音が消えずメロディが重なっていく不思議な現象は、起こらなかった。聞こえるのは、パッチが実際に演奏している音だけだ。

そして彼が言ったとおり、その音にはまったく魔力がなかった。ただの音楽だ。

しかしそれは美しい音楽だった。その調べは、このすばらしき日に、真の友人たちとならんですわるレンの心を、よろこびと安らぎで満たした。パンくずを満喫したカモたちのやさしい鳴き声が、その場の雰囲気をいっそう幸福にしていた。

それはまれにみる完璧な瞬間だった。この瞬間が永遠に続けばと、レンは思った。ここよりほかに、望む場所などないのだと。

やがてパッチは演奏を止め、笛を下ろした。

「ほらね」彼は言った。「ぼくの笛には、もうなんの力もないんだよ」

「あたしはそうは思わない」と、レン。音楽の美しさが、まだ彼女の心を満たしていた。「まったく思わないわ」


竜石の破片に関するアリーアの考察は正しかった。それがわかったのは、三カ月後の、冬も間近にせまったころだった。

ハーメルンで数週間すごしたあと、パッチと祖父母は、プレーズ・バイ・デステンに帰っていった。今回は馬車で。彼らは一年以内に、いま住んでいるコテージを売りはらい、パッチが家族とすごしやすいようハーメルンの近くに家を見つける予定だった。

祖父母は、パッチに木製の笛を買いあたえた。笛ふきが使うものとくらべて指穴がずっと少ない、普通の笛だ。音楽家として生きていくなら楽器は必要だった。

パッチは寝室で笛の練習をしながら、壁を見た。そこには、笛ふきだったことの記念として、ランデル・ストーンの笛がかざってあった。彼はもどかしかった。いずれよい音を出せるようになるのはわかっていたが、笛ふきの笛に慣れすぎて、普通の笛をふくのが逆にむずかしかった。

それでも根気よく練習し、じょじょに上達していった。

そしてある晩、彼はかつてないほど友人たちが恋しくなった。あと数週間で会えるのはわかっていた——バルヴァーに来てもらい、いっしょにティヴィスキャンにいるアーナーをたずねる計画だった。

ティヴィスキャンのあとは、ついに修業をはじめたレンのいるジェムスパーへ。そこでアリーアを拾い、次の満月にまにあうようにマサーケンへと出発する。守り人の役目を引きつぐために。

パッチは、上達した笛を友人たちに聞かせるのが楽しみだった。けれどもランデルの笛を見ると、たまらなく切ない気持ちになった。そろそろかくごを決めるときだ。新しい楽器に専念するためには、古いほうをわすれてしまわなければならない。

彼は壁にかけた笛をはずした。見えないところにしまうつもりだったが、最後にもう一度だけ演奏しておきたかった——最後にふさわしいのはやはり『高揚』だろうか。

彼は指を動かし、音をつむいでいった。そしてすぐになにかがちがうことに気づいた。次のメロディに移っても、前のメロディが鳴りやまないのだ。曲が、かつてのように、組みあがっていくのを感じた。

パッチはよろこびのなみだをうかべ、友人たちに伝えることを思った。

そして、笛の力をとりもどすだけでは不十分だったのか、さらにおどろくべきことが起こりはじめた。

しかし、それはまた別の物語……。

訳者あとがき

英米児童文学では、主人公が孤児であったり、親とはなれればなれになっていたりするケースが少なくありません。『水の子』のトム、『フランダースの犬』のネロ、『カッコウ時計』のグリゼルダ、『秘密の花園』のメアリー、『思い出のマーニー』のアンナ、くまのパディントン、ハリー・ポッター。枚挙にいとまがありません。もちろん、その時代の社会状況を反映しているということもあるでしょう。しかし理由はそれだけでない気もします。

『なぜ英国は児童文学王国なのか』のなかで著者の安藤聡さんは、「親の不在は少なくとも二つの点で重要な意味を持つ」と指摘されています。ひとつは、親の不在により子どもに自由に行動する余地が生まれる点。「主人公は親の監視の下にあっては実現不可能な物語を経験する」。もうひとつは、子どもが過去と切り離されている点です。「孤児や何らかの理由で親から引き離されている子供は多くの場合、過去とのつながりを奪われ、居場所のみならず自己同一性をも喪失した状態にあり、居場所や自己同一性を探求し回復する過程がその物語の中心をなす」(安藤聡著『なぜ英国は児童文学王国なのか』平凡社　二〇二三年)。

なるほど。その点では本作の主人公パッチも、両親を失った状態にあり、そのため行動の自由があたえられています。そして物語の終盤で判明しますが、パッチというのは彼の本当の名前ではありません。つまり彼は、過去ならびに本当の自分を失った状態にあったわけです。それが予言の成就により、過去と本当の自分を知る。それを踏まえると、主人公パッチが、居場所や自己同一性をとりもどす物語という見方もできるでしょう。もちろん大枠の機能としてですが。

本作「魔笛の調べ」シリーズは、孤児であったパッチが、親元をはなれた少女レン、同じく両親と死に別れた（後に父は生きていると判明）ドラコグリフのバルヴァーと出会い、冒険をする物語です。そして彼らの前にシリーズを通して立ちふさがるのが、ハーメルンの笛ふきとよばれる、十年前にハーメルンで大事件を起こした笛ふきです。

ハーメルンの笛ふきは、使用がかたく禁止された竜石を使ってパイプオルガンをつくり（シリーズ一巻『ドラゴンの来襲』）、その竜石で不死身の力を得るための鎧を作製し（シリーズ二巻『消えたグリフィン』）、さらには最後のピースとなる〈命の石〉を入手して、いよいよ不死身（の一歩手前）になります（シリーズ三巻『ハーメルンの子ども』）。

面白いのは、敵であるハーメルンの笛ふきの力は相対的に増加しているのに対し、主人公であるパッチの力は、新たに治癒曲を覚えたくらいで、あまり変わっていないことです。対決という図式において、相手が力を得たなら、それを上回る力を得て制圧するのが、最もわかりやすい展開ではないでしょうか。しかし、その他の多くの英国ファンタジーがそうであるように、パッチたちは力で敵を打ち負かすのではありません。知恵や感情という頭や心の働きにより相手に打ち勝つのです。それは、予言という不可知な現象はさておき、一巻目から変わりません。一巻目では鉄仮面を裏表逆にかぶってパイプオルガンの中にかくれ、二巻目では竜石をうばい移動装置を使って脱出、三巻目では物質の膨張と収縮を利用して鎧を破壊しました。もちろんそこにいたるまでにもさまざまな葛藤や選択があります。笛や魔法という特殊な力を持ちながら、最後は機転や意志の選択というだれでも持ちうる方法で戦う。そこに親しみを覚え、物語に引きこまれるのではないでしょうか。

理屈っぽい話になってしまいましたが、翻訳という作業は長いあいだテキストと向き合っているため、そういう仕組みとか細かいことまで気になってしまいます。そしてもちろん長いあいだ付き合っていると、物語を閉じてしまうのが惜しくなります。本作はシリーズ三作目で、こちらが最終巻です。数年かけて三作を翻訳しました。そのあいだずっと頭の中にパッチたちがいて、それがいなくなるのは（別に消さなくてもいいのですが）やはりさびしいものです。

しかし、続編をにおわせるような終わり方をしているので、もしかしたら続編あるいは番外編というかたちでなにか発表されるのかもしれません。またパッチたちに会えるのを楽しみに待ちたいと思います。

末筆ながら、本作を紹介してくださった評論社副社長の竹下純子さん、翻訳をなかなか上げないぼくと辛抱強く並走してくださった編集の北智津子さん、そして同じく三作目までお付き合いいただいた読者のみなさんに、改めて感謝を申し上げます。ありがとうございました。

岩城義人

二〇二四年二月

S・A・パトリック
S. A. Patrick
北アイルランド、ベルファスト出身。オックスフォード大学で数学を専攻。作家になる前は、ゲームプログラマーとして13年間働く。ほかの作品に、セス・パトリック名義で書いたホラースリラー、Reviverシリーズなどがある。本シリーズの1冊め『ドラゴンの来襲』が児童書としてはじめての作品。現在は、妻と2人の子どもとともに、イギリスのコーンウォール在住。

岩城義人
Yoshihito Iwajo
翻訳家。訳書に、『うみべのまちで』(BL出版、産経児童文化賞 翻訳作品賞受賞)、『はねをならべて』(BL出版)、『ヨシ——3万7千キロをおよいだウミガメのはなし』(あすなろ書房)、『フレディ・イェイツのとんでもなくキセキ的な冒険』(岩崎書店)、『ドラゴンの来襲』『消えたグリフィン』(評論社) などがある。

魔笛の調べ3 ハーメルンの子ども
二〇二四年三月一〇日 初版発行

◆著者 S・A・パトリック
◆訳者 岩城義人
◆発行者 竹下晴信
◆発行所 株式会社評論社
〒162-0815 東京都新宿区筑土八幡町2-21
電話 営業〇三-三二六〇-九四〇九
編集〇三-三二六〇-九四〇三
◆印刷所 中央精版印刷株式会社
◆製本所 中央精版印刷株式会社

ISBN978-4-566-01456-5 NDC933 p.416 188㎜×128㎜
https://www.hyoronsha.co.jp